제주
올레길

한라산
둘레길

제주 올레길 한라산 둘레길

발행일	2022년 1월 21일		
지은이	김정구		
펴낸이	손형국		
펴낸곳	(주)북랩	편집	정두철, 배진용, 김현아, 박준, 장하영
디자인	이현수, 김민하, 허지혜, 안유경, 한수희	제작	박기성, 황동현, 구성우, 권태련
마케팅	김회란, 박진관		
출판등록	2004. 12. 1(제2012-000051호)		
주소	서울특별시 금천구 가산디지털 1로 168, 우림라이온스밸리 B동 B113~114호, C동 B101호		
홈페이지	www.book.co.kr		
전화번호	(02)2026-5777	팩스	(02)2026-5747

ISBN   979-11-6836-068-6 03810 (종이책)   979-11-6836-069-3 05810 (전자책)

(주)북랩 성공출판의 파트너

북랩 홈페이지와 패밀리 사이트에서 다양한 출판 솔루션을 만나 보세요!

홈페이지 book.co.kr   •   **블로그** blog.naver.com/essaybook   •   **출판문의** book@book.co.kr

작가 연락처 문의 ▶ ask.book.co.kr

작가 연락처는 개인정보이므로 북랩에서 알려드릴 수 없습니다.

본 책에 포함된 인용문 중 일부는 저작권자의 사전 허락을 받지 못했습니다.
문제 시 연락주시면 알맞은 조치를 취하겠습니다.

Jeju Natural Trail

제주 여행, 아는 만큼 보인다

제주 올레길

한라산 둘레길

김정구 지음

북랩 book Lab

서문

이 세상에는 상상 속에서나 그려봄직한 절묘한 비경이 곳곳에 산재해 있습니다. 알래스카, 그랜드 캐니언, 세도나, 브라이스 캐니언, 자이언 캐니언, 로키 산, 노르웨이 빙하 피요르드, 밀포드사운드 등이 그렇습니다.

화산 폭발, 용암 분출, 융기로 이루어진 섬 제주도가 바로 그런 곳 가운데 하나입니다. 제주도는 세계에서도 유일하게 섬 전 지역이 세계생물권보존지역, 세계자연유산, 세계지질공원으로 등재된 인류의 보물입니다.

바닷가 해안이든 섬 내륙이든 제주도 풍경은 가는 곳마다 절묘하리만큼 아름답습니다. 그 가운데서도 나는 성산일출봉, 섭지코지, 서귀포 70리 해안, 주상절리대, 산방산, 차귀도를 특히 좋아합니다. 발걸음을 조금만 옮겨 한라산에 오르면 민둥산처럼 보이던 한라산에도 가파른 바위에 원시림 숲이 무성합니다. 그 숲에는 한 발짝의 발도, 한 뼘의 손도 들이밀 공간이 없을 정도로 나무가 울창하며, 피톤치드와 테라펜 향기 가득한 숲은 온몸과 가슴에 신선한 에너지를 끊임없이 채워줍니다.

몇 년 전 하와이로 이민 가서 40년째 살고 있던 친구가 고국을 방문해서 제주도를 다녀왔습니다. 4박 5일 동안 제주도 전역을 돌며 관광을 마치고 올라온 그 친구는 "제주도가 하와이보다도 더욱 멋지고 아름다운 섬이다"라고 극찬했습니다.

그 말에 동의하기가 어려웠습니다. 세계적인 관광지이자 일 년 내내 수영할 수 있는 성하(盛夏)의 섬 하와이와 제주도를 단순 비교하는 것은 어불성설이라고 생각했습니다.

그 생각이 바뀌는 데는 오랜 시간이 걸렸습니다. 그동안 세미나, 수련회, 각종 행사, 관광 등의 목적으로 제주도를 수십 차례 다녀왔습니다. 제주도에서 머무는 동안에는 대부분 버스를 타고 패키지여행을 하거나, 차를 빌려 주요 포스트를 돌거나, 박물관 투어, 맛 기행, 멋 기행으로 시간을 보냈습니다.

이름 있는 관광지도 빠짐없이 방문했습니다. 명성 있는 향토음식점을 찾아 미식 순례도 했고, 올레길도 부분적으로 몇 개 코스는 걸었습니다. 그래서 제주도는 누구보다도 많이 알고 있다고 자부했습니다.

그러던 중에 2021년 5월 초부터 6월 말까지 50여 일 동안 제주 올레길 26개 코스를 걸었고, 10월과 11월에도 한라산과 둘레길 8개 코스를 걸었습니다. 한라산에도 올랐습니다. 6년 전 산티아고 순례길 1,000㎞를 종주한 이래, 제주 올레의 성공사례로 문화 수출된 규슈 올레길과 함께 미완의 숙제로 남겨두었던 길입니다.

제주도를 오래전부터 그렇게도 자주 방문했고, 올레길도 부분적으로 걸었지만, 해안도로를 따라가는 올레길 425㎞와 한라산 둘레길 100㎞를 종주해보기는 처음입니다. 그 길을 걸으며 그동안 미처 깨닫지 못했던 제주도 구석구석에 숨어 있는 아름다움에 매료되었습니다.

성 어거스틴의 말, "멈추고 서서 자세히 바라보면 보이는 것이 참 많다."라는 말에 백번 공감합니다. 하와이에서 고국을 방문했던 그 친구의 말도 사실이라고 수긍하지 않을 수 없습니다. 천천히 걸으며 자세히 바라보니 제주의 아름다움이 다양한 각도에서 새롭게 재조명되었습니다.

제주도와 비슷한 섬으로 밴쿠버아일랜드가 있습니다. 밴쿠버 앞에 있는 섬으로, 세계적인 관광지 토피노, 우쿨루릿, 포트렌프류가 있는 바로 그 섬입니다. 태평양의 거대한 기운을 머금고 밀려오는 파도가 바위에 부딪치며 일으키는 파도 소리는 천지를 진동시키고, 무시무시한 힘으로 다가와 산산이 부서지는 하얀 포말은 감탄사가 터져 나오도록 아름답습니다.

그 섬에 감추어진 천혜의 원시비경, 태평양 해안을 따라 이어진 레인 포레스트 트레일, 수백 년 거목들로 숲을 가득 메운 맥밀란 공원, 전 세계 트레커들이 극찬하며 찾아오는 웨스트 코스트 트레일, 거센 파도와 끝없이 펼쳐진 테라스 비치나 빅 비치 백사장, 서핑을 좋아하는 친구들이 열광하는 롱비치 해변은 말로 형언하기 어려울 만큼 아름답습니다.

규모는 작을지라도 제주도는 밴쿠버 아일랜드와 환경이 비슷합니다. 올레길로 연결되는 해안에는 화산활동으로 융기된 기암괴석이 바다와 만나 절묘한 형상으로 풍화·침식되어 있고, 태평양의 거센 바람을 타고 밀려오는 파도가 해안가 기암괴석에 부딪칠 때마다 아픈 신음소리를 내며 산산이 부서져 흩어집니다. 함덕, 협재, 금능, 김녕, 세화, 표선에는 백사장이 펼쳐진 해수욕장도 있습니다. 제주도 근해 바다에는 돔, 갈치, 오징어, 방어 등 각종 어종이 풍부하며, 해안선은 전체가 갯바위낚시 천국입니다.

그동안 하와이도 수차례 다녀왔습니다. 하와이가 세계적으로 이름난 관광지임을 백번 인정합니다. 하지만, 비교의 관점은 다르겠으나 제주도가 가진 천혜의 아름다움은 하와이를 능가한다고 생각합니다. 하와이에도 세계적으로 이름난 와이키키 해변이 있고, 다이아몬드 헤드 산이 있고, 오하우 숲이 있고, 해안선을 따라 아름다운 길이 있습니다. 하지만, 제주 올레길만큼은 아름답지가 않습니다. 하와이에도 파인애플 농장, 과일 농장, 각종 플랜테이션이 있지만, 제주도 농장이나 밀감밭처럼 돌밭을 일구어 옥토로 만든 기적을 이룬 감동은 없습니다.

전 세계 트레커들이 최고로 꼽는 트레일은 밴쿠버 아일랜드에 있는 웨스트 코스트 트레일입니다. 태평양 해안과 숲속을 따라 연결된 원시림 트레일은 가슴 설레도록 아름다운 비경입니다. 트레일 중간에는 원주민 마을만 두 곳 있을 뿐 민가도, 숙소도, 식당도 없습니다. 밀림과 늪지대를 지나는 일주일 동안 곰과 늑대가 출현하기도 하고, 썰물 동안에만 잠시 나타나는 바닷속 길을 지나기도 하는, 위험하지만 매력 넘치는 길입니다.

스페인의 카미노는 자신을 발견하고 깨달음을 찾아가는 수행길입니다. 1,000km의 길을 걷는 동안 고대 로마 시대부터 현대에 이르기까지 인류가 역사에 남긴 유적과 문화 현장을 답사하며, 신앙과 인생과 삶의 본질을 생각하고, 자신을 향하여 묻고 답하며, 자신의 내면 속 참모습을 발견하는 깨달음의 길입니다.

알래스카나 북미의 트레일을 걸을 때는 항상 귀를 쫑긋 세우고 스틱을 단단히 잡고 끊임없이 주변을 살펴야 합니다. 언제 어디서 곰, 늑대, 산사자 등 맹수가 나타날지 알 수 없기 때문입니다.

이에 비해 제주 올레길은 호기심 가득한 소풍길입니다. 가는 길마다 신화와 역사가 어우러져 있습니다. 바람 많고 돌 많고, 여자 많은 애환이 담겨 있고, 돌밭을 일구어 옥토로 만든 제주인의 억센 숨결이 녹아 있습니다.

누구나 잘 안다고 생각하고 있지만, 자세히는 알 수 없었던 가슴 시리도록 아름다운 이야기! 이제 그 이야기를 들려드리겠습니다.

2022년 1월

김정구

추천사

어행을 왜 가는가?

지난 11월 초, 한라산을 등반하며 예상치 못한 어려움 속에서도 감동적 체험을 하였다. 해발 1800m가량 올랐을 때, 겨울철 산행의 백미인 얼음 꽃, 상고대를 보는 행운을 누렸다. 그런데 안개 속에 진눈깨비가 몰아치는 정상 근처는 너무 위험해 망설이다가, 아쉽지만 하산을 결정했다. 엉금엉금 내려오는 도중 미끄러운 계단에서 넘어져 힘들어하는 여자 등산객을 우리 부부가 함께 도우며 진달래 대피소까지 잘 왔는데, 이번엔 내 무릎에 탈이 났다. 한발 옮길 때마다 상상할 수 없는 무릎 통증이 밀려왔다. 설상가상으로 핸드폰 플래시도 꺼지고, 성판악 출구까지 2㎞ 정도 남겨놓은 지점에선 눈보라까지 휘몰아치며 칠흑같이 어두워지자 두려움이 엄습했다. 그런데 뒤에서 불빛과 함께 어떤 부부가 다가오고 있었다. 다행히 두 분의 배려에 용기를 내어 함께 걷기를 2시간 후, 출구의 불빛이 보이기 시작했다. 넘어져 크게 다치거나 얼어죽지 않고 살아났다는 안도감과 더불어, 부부의 진정한 도움에 왈칵 눈물이 솟을 만큼 고마움을 느꼈다. 사람은 더불어 살아가야 한다는 것을 절실히 체험한 산행이었다.

이 책의 저자는 같은 직장의 동료였다. 그는 현직에서 은퇴한 후 10여 년간 세계 이곳저곳을 두루 여행하는, 자유와 낭만을 누리는 멋진 사람이다. 알래스카와 캐나다 로키 마운틴 지역에서 오랫동안 머물며, 아름다운 풍경은 물론 그 고장 사람들의 삶의 방식과 문화를 즐기고 체험하기도 하였다. 몇 년 전, 스페인 산티아고 순례길 약 1,000㎞를 종주하며 세상을 어떤 관점으로 살아갈 것인지 소박한 마음으로 피력한 『나를 찾아 떠나는 산티아고 산책』을 출간하였다. 저자가 여행을 하는 목적이 산과 바다의 풍경을 즐기고 쉬기 위한 것만이 아님을 알 수 있는 대목이었다. 자신의 지나간 인생을 되돌아보는 힐링의 시간과 함께, 앞으로 다가올 미래를 어떻게 준비하고 맞이할 것인지 사색하는 과정이 돋보인 책이었다.

저자는 최근 제주도 올레길 26개(총 425㎞)코스를 비롯, 한라산 둘레길 8개 구간(100㎞)을 완주하고 한라산도 등반하였다. 사실 제주도는 세계에서도 유일하게 섬 전체가 세계생물권보존지역, 세계자연유산, 그리고 세계지질공원으로 등재된 인류의 보물이다. '아는 만큼 보인다'라고 한다. 저자는 화산 폭발과 용암 분출로 이루어진 제주도의 자연적 특성에 대한 연구는 물론, 올레길 이곳저곳에 숨어있는 역사적 사건에 대해서도 폭넓게 사전 조사를 하여 풍류를 더했다. 그는 올레길 주변에 있는 허물어진 돌담을 무심코 지나친 것이 아니라 고려시대 삼별초 항쟁, 태평양전쟁 등의 역사적 현장 이면에 숨어 있는 스토리를 되새겼다. 그리고 국가가 그런 국난을 다시 겪지 않으려면 국민이 어떤 마음으로 세상을 살아가야 하는지 생각해보는 계기로 삼았다. 천주교 박해에 휩싸여 제주 관비로 여생을 마친 정난주 마리아 이야기는 시대를 초월하여 가슴을 아프게 했다. 양민으로 태어나 기생이 되었다가 다시 양민으로 회복된 후 객주 집과 물류유통업으로 모은 재산을 빈민에게 아낌없이 베푼 의인 김만덕은 대단한 여장부였음을 새삼 알게 되었다. 이외에도 저자는 제주도에서만 볼 수 있는 여러 비경과 제주도에서만 맛볼 수 있는 음식을 소개하면서, 일상의 스트레스를 시원하게 날릴 수 있었음을 강조하고 있다.

누구에게나 친숙하지만 자세히는 몰랐던 제주도의 숨은 이야기, 『제주 올레길 한라산 둘레길』 일독을 권합니다. 여러분! 제주도 여행 한번 떠나지 않으시렵니까?

2022년 1월

김준석

연세대학교 명예교수

추천사

유엔무역개발회의(UNCTAD)는 한국을 공식적으로 선진국으로 인정했습니다. 2020년 우리나라 국내총생산은 1조 6,309억 달러, 세계 경제 규모 10위로 러시아와 브라질을 제치고 전 세계 톱10에 진입했습니다. GEM(Global Economic Moniter)이 발표한 1인당 GDP도 1963년 세계 125개국 중 최하위 수준이던 1인당 $79에서 $31,288로 400배나 성장했습니다.

영국이 1780년 제1차 산업혁명 이후에 이룬 성장이나, 독일의 성장 못지않은 괄목할 만한 쾌거입니다. 그들이 지난 350여 년 동안 직물·석탄·금속·전기·화학·철강으로 이룬 성장을 우리는 60여 년 동안 압축적으로 이뤄내고, 반도체·자동차·조선·ICT·신기술 융복합을 통해 이룬 성과입니다. 거기에는 올바른 정책 방향, 남다른 교육열, 세계적 기업가와 기업가정신, 국민의 근면이 큰 역할을 했습니다.

이제 우리가 맞이하는 세계는 지식혁명, ICT, 신기술 융복합, 초지능, 초기술이 연계된 사회(Hyper Connected Society)로 진입하여 새로운 제4차 산업혁명 시대를 예고하고 있습니다. 우리의 성장 동력도 새 시대에 맞게 성장 엔진을 새로 바꾸고 창의성을 기초로 하는 새로운 패러다임으로 바꾸어야 합니다.

얼마 전 미국의 Pew Research Center가 전 세계 17개국 약 19,000명을 대상으로 삶을 의미 있게 해주는 요소 중에서 가장 중요한 것이 무엇이냐고 물었습니다. 17개국 가운데 14개국은 가족이라고 응답했고, 스페인은 건강, 대만은 사회라고 응답했는데 한국은 물질적 풍요가 중요하다고 응답했습니다. 부, 명성, 성취, 물질적 풍요를 행복과 동일한 개념으로 인식했기 때문일 것입니다. 물질적 부, 명성, 풍요가 우리 삶을 행복으로 인도하는 요소임은 틀림없습니다. 우리가 살아가는 궁극적 목적은 행복 추구와 성취에 있지만, 인류의 스승 소크라테스는 BC 4세기에 정당함, 공정, 그리고 의(義)를 삶의 중요한 요소라고 강조했습니다.

우리가 의미 있고 가치 있는 삶을 살아가기 위해서 가장 중요시해야 할 첫째 요소는 가족과 가정이며, 다음으로는 이웃에 대한 사랑, 봉사를 통해 건강한 신뢰공동체를 세우며 더불어 살아가는 사회를 지향하는 일입니다. 물질과 풍요를 우선시하는 사회는 부정과 비리에 물들기 쉽고, 공정·정의·윤리가 아닌 물질적 가치만을 중시하여 우리의 정신세계를 복잡하고 혼란스럽게 할 우려가 있습니다.

지난 30년간 지구를 약 100바퀴 돌며 10년은 한국에서, 10년은 외국에서, 10년은 하늘에서 비행기를 타고 날아다닐 정도로 바쁘게 비즈니스를 하며 세계를 두루 다녔습니다. 하늘을 바라볼 사이도 없을 정도로 바쁘게 돌아가는 무한경쟁 속에서 우리는 누구이며, 무엇을 위해 어떻게 살다가 어디로 가는 것이 올바른 삶인가 하는 근원적 질문을 던지며 자신을 되돌아보기도 합니다. 이럴 때는 생각만으로도 가슴이 떨리는 자유로운 여행을 꿈꾸어보기도 합니다. 마음만 먹으면 떠날 수 있는 여행이지만 결코 선뜻 나서기는 쉽지 않습니다.

저자인 김정구 님은 순수하고 영혼이 맑은 자유여행가입니다. 나는 김정구 님을 연세대학교에서 만났습니다. 저자는 넓은 세상을 여행하며 삶과 인생의 근원적 문제에 대해 끊임없는 사색의 탐험을 하고, 여행하면서 얻은 경험과 지식을 자신과의 대화를 통해 우리에게 전해주곤 했습니다.

이번에는 제주도 올레길과 둘레길을 걸으며 제주 역사와 문화에 담긴 생각과 느낌을 우리에게 들려주겠다고 합니다. 제주도는 우리가 익히 잘 알고 있는 섬입니다. 하지만 그가 두 발로 걷고 체험하며 순수하고 맑은 영혼으로 엮어낸 이야기는, 우리가 경험한 제주도가 아닌 또 다른 각도에서 제주에 숨겨진 신비롭고 아름답고 가슴 찡한 이야기로 다가옵니다. 제주 여행을 계획하시는 분들에게 이 책을 추천함은 물론, 여행을 다녀오신 분들 역시 이 책을 일독하시면 아름다운 제주도를 다시 한번 느껴보실 수 있을 것이라 생각합니다.

2022년 1월

황재광

㈜F.S.KOREA 대표이사

경영학박사

1장   제주 올레길

2장 한라산 둘레길

3장 맛기행 멋기행

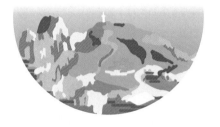

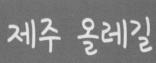

제주 올레길

차귀도

1. 마음으로 보는 올레길

올레길 길안내 표시와 리본

．．．

사람에게는 누구에게나 눈이 있다. 그것도 좌우에 하나씩, 두 개씩이나. 한 눈으로만 보지 말고 두 눈으로 바라보며 현명하게 사리판단 하고 올바르게 처신하라는 조물주의 배려다.

우리는 눈에 비치는 현실만을 믿고 받아들이려 한다. 눈에 보이는 것은 현실 속에 존재하지만, 눈에 보이지 않는 꿈·희망·초자연적 현상 등은 눈에 보이지 않기 때문이다. 게다가, 눈에 보인다고 하더라도 우리는 우리가 믿고 싶은 것만 받아들이려 한다. 귀에는 들리더라도 내가 듣고 싶은 소리만 들으려 하며, 그 소리만 기억에 남는다.

우리 정치·경제·사회 현실은 매우 복잡하다. 현재와 미래를 바라보고 인식하고 기대하는 시각이 매우 극단적이다. 왜 그런가? 심안이 열려 있지 않기 때문이다. 어떤 이야기를 해주고 그에 대해 질문을 던지면 대답이 각기 다르다. 똑같은 이야기를 동시에 해주어도 대답이 다른 것은 이 때문이다. 이럴 때 우리에게 필요한 것이 마음으로 보는 심안(心眼)이며, 진실을 듣는 청이(淸耳)다.

성경 속 인물 여호수아는 2,500여 년 전 실존 인물이다. 그는 이스라엘 민족을 애굽 땅에서 구해낸 모세의 참모로서, 장군이었다. 여호수아는 모압 광야에서 40년을 모세와 함께 지냈다. 이스라엘 민족이 정착할 땅을 찾기 위해서다. 어느 날 그는 모세의 지시에 따라 다른 정탐군과 함께 가나안 땅을 정탐했다. 여호수아가 마음으로 바라본 그 땅은 젖과 꿀이 흐르는 땅이었다. 미래를 내다볼 줄 아는 그 선각자는 미래에 대한 꿈과 희망으로 미래를 바라보았다.

2,500년 전 팔레스타인은 지금과 마찬가지로 사막이었다. 유럽과 아시아를 연결하는 반도의 연결선에 있기에 일찍이 페니키아 문명이 이 지역을 중심으로 번성하여 유럽과 지중해를 장악하고 호령했다.

이스라엘은 유럽, 아시아, 아프리카를 이어주는 지정학적 요충지이다. 그러하기에 고대로부터 아시리아, 페르시아, 이집트 등 여러 민족과 세력 사이에 패권을 차지하기 위한 분쟁이 끊이지 않았다. 성경 속 인물인 아브라함과 롯이 이 땅을 지나갔고, 여부스, 회의, 헷, 브리스, 아무리 족속 등이 이 땅에서 분쟁의 소용돌이 속에 살았다. 알렉산더, 시저, 로마, 이슬람, 영국도 이 지역을 점령하고 식민통치했다. 수시로 전쟁이 일어났던 까닭에 그 땅에는 평온할 날이 없었다.

여호수아가 이스라엘 민족을 이끌고 사막을 지나 팔레스티나에 이르렀을 때, 그 땅에는 기골이 장대하고 철제병기로 무장한 부족 국가가 이미 존재하고 있었다. 그들은 여러 차례 전쟁을 치르는 동안 공격과 방어에 능한 강력한 군대까지 보유하고 있었다. 분쟁이 그칠 날 없던 시절, 가나안 땅에 정착하기 위해 이스라엘 민족 지도자 모세는 여호수아와 다른 정탐꾼을 보내어 팔레스타인 땅을 사전 조사케 했다. 그들은 사람의 눈으로 똑같은 현장을 동시에 보았다. 하지만, 느끼고 받아들인 시각은 서로 달랐다.

정탐꾼들이 본 팔레스티나는 "거구에 장대하고 훈련이 잘된 병사들이 철기와 전차로 무장하고 있어, 오합지졸인 이스라엘 민족으로서는 도저히 싸워서 이길 수 없는 상대"로 보였다. 그러기에 정탐꾼들은 "그 땅은 돌투성이의 척박한 사막이어서 거주하기 어렵고 아무 쓸모가 없는 땅이다"라고 보고했다.

그러나 여호수아의 눈에는 모래사막과 암반뿐인 불모지가 젖과 꿀이 흐

이스라엘 광야

르는 땅, 하나님이 주신 약속의 땅으로 보였다. 기골이 장대하고 강한 성과 철기로 무장한 팔레스티나 땅 부족국가 군인들은 오합지졸로 보였다.

　모세와 여호수아의 지도와 인도에 따라 조직력도 약하고 훈련조차도 안된 오합지졸 유목 민족이 이중, 삼중 방어벽을 세우고 강한 성과 철제 병기로 무장한 국가들을 차례로 점령하는 기적과도 같은 일이 일어났다. 어떻게 그런 일이 가능했을까?

　2,500년 전, 아라비아 광야에서 패잔병이나 다름없던 이스라엘 민족에게 꿈과 용기를 심어준 여호수아에게 가나안 사막은 하늘이 내려준 축복의 땅이자 기회의 땅으로 비쳤다. 생각은 누구나 할 수 있고 꿈은 누구나 꿀 수 있다. 꿈은 마음속에 있을 때는 그냥 꿈일 뿐이다. 그 꿈과 희망을 현실로 이루는 데서 지도자의 위대함이 빛난다.

　이스라엘은 사막 가운데 있으면서도, 좁은 땅에서 세계 최고로 당도 높은 과일을 생산해낸다. 공동 농장 키부츠에서 생산되는 과일, 육류, 계란은 자체 소비를 하고도 남아서 고급 상품으로 해외로 수출된다. 이스라엘의 정보, 국방, 과학기술, 창업 인큐베이팅 지원은 세계 최고 수준이다. 꿈과 희망으로 미래를 내다본 지도자 한 사람의 혜안과 리더십이 오합지졸을 모아 젖과 꿀이 흐르는 땅으로 바꾼 것이다.

신라 이래 우리에게는 중국인과 서역인을 통해 세계를 볼 수 있는 창이 열려 있었다. 조선시대에도 명나라, 청나라와 기독교 선교사를 통해 세계를 알 수 있는 창은 열려 있었다. 일본에 통신사를 16차례나 파견하면서 선진 외국 문물을 도입할 수 있는 기회의 문도 열려 있었다. 온갖 외침과 사화 속에 시달리던 조선은 1876년 강화도 조약 체결 이후 일본의 발달된 문물을 시찰하기 위해 1차로 수신사를 파견했으며, 1880년 2차로 김홍집 등을 다시 파견했다.

조선이 왜 망했나? 무능한 임금과 쇄국정책, 제로섬 게임을 능가하는 치열한 권력다툼과 당파싸움 때문이다. 그 이전에도 일본을 다녀온 통신사의 보고가 있었다. 박지원의 『열하일기』도 있었다. 아니, 그 이전 신라시대 때에 이미 세계 최초 기행문인 혜초 스님의 『왕오천축국전』도 있었다.

조선시대 통신사들이 작성한 보고서와 수신사들의 보고서 내용은 서로 달랐다. 미래는 바라보는 관점과 시각과 견해에 따라 결과가 달라진다. 당시 임금이나 수구파 대신들은 육신으로 보는 현실의 눈이 아니라, 마음으로 내다보는 미래의 눈이 없었다. 판단과 정책 결정은 지도자의 몫이다.

조선 최고의 석학이자 실학의 거두 정약용은 강진에서 18년간이나 유배생활을 했으며, 학자이자 예술가 추사 김정희도 제주도에 유배되어 7년간 유배 생활을 했다. 개혁을 받아들이지 못하고, 다가올 미래 변화를 읽지도 못하고, 집단적 이기주의와 자신들의 이익과 안위만을 추구했던 수구파 지도자들의 어리석음 때문이었다.

수신사 김기수나 김홍집의 눈에 비친 일본 개혁이나 세계 변혁의 흐름은 범상치 않게 보였다. 수신사들은 서양과 일본의 근대 문물을 배워야 한다고 강력히 주장했다. 김홍집의 강력한 요청에 따라 고종 15년인 1881년 5월 조선은 일본제국에 조선 시찰단을 파견했다. 시찰단원들은 4개월 동안 일본에 머물며 일본의 외무, 대장, 농상, 교육, 군부 등을 고루 시찰하고 들어와 조선의 근대화 작업에 착수코자 했다.

그러나 조선이 신문물을 받아들이고 근대화를 추진하기에 조선의 정치 체제는 노쇠했고, 관료들은 부패했으며, 사회 시스템은 낙후되어 있었고, 군주는 무능했고, 국가는 무기력했다. 그 결과가 어떠했나? 조선의 멸망과 굴욕적인 한일합병이다.

제주도에 온 많은 사람들이 태평양으로 끝없이 펼쳐지는 바다를 바라보며 올레길을 걷는다. 또 올레길가에 펼쳐진 밀감밭과 이국적 풍광을 신기한 듯 바라본다. 그 길을 걷는 많은 사람의 얼굴 속에 행복 가득한 미소가 피어나고, 호기심 가득한 기대로 충만해 있다. 그 미소 속에 기대와 새로운 도전을 향한 꿈과 희망이 보인다.

불과 50년 전만 해도 제주도는 온통 돌투성이 땅이었다. 화산재로 이루어진 그 땅은 원천적으로 작물 재배가 힘든 땅이었다.

오죽하면 '제주도 처녀가 시집가기 전까지 먹은 쌀밥의 총량이 한 바가지를 넘지 않았다'하지 않는가! 60년 전만 해도 '곤솔밥에 솔라니(제사상에 올리는 흰 쌀밥에 제주 특산물 옥돔)'는 제주도 사람들에게는 꿈의 음식이었다. 옛 시절 옥수수, 보리, 조, 고구마, 기장, 산나물, 바다가 내주는 해산물이 제주도민들의 목숨을 지켜주는 생명줄이었다.

50년 사이에 척박한 돌밭이 개간되어 황금 열매를 맺는 밀감밭으로 변했다. 현재 제주도민의 생활수준은 도시민의 생활수준을 능가한다. 일본의 밀감 재배 기법을 어깨너머로 배워 도입하고, 밀감 품종을 개량하고, 과학영농 기법을 도입했기 때문이다.

돌투성이 땅 제주도

돌밭에서 옥토로 변한 감자밭

끝없이 펼쳐진 밀감밭과 특용작물 재배 하우스　온실 호박

익어가는 밀감

한라봉, 천혜향, 레드향, 천지향, 미화향, 황금향 등 신품종 과일의 맛과 향과 질은 이미 일본이나 미국 오렌지의 그것을 능가하는 것으로 평가되고, 멜론, 자몽, 두리안 등 여타 열대 과일에 비교할 때 가격 경쟁력도 월등하다.

원래 제주도 땅은 젖과 꿀이 흐르는 땅이 아니었다. 지금도 여전히 제주도 땅은 돌밭이다. 그러나 의지와 집념으로 일군 밭은 단순한 돌밭이 아니라 밀감, 감자, 호박, 무, 마늘 등 황금을 캐는 밭으로 변했다. 땅만 변한 것이 아니다. 대한민국 최고의 매력 넘치는 관광지로 바뀌었다. 그 사이에 제주도의 주요 산업도 농업과 어업에서 관광과 서비스 산업으로 바뀌고, 그 땅에서 살아가는 사람들의 의식이 바뀌었다. 사회 작동 시스템도 바뀌었다. 지도자의 혜안, 꿈과 희망으로 미래를 내다보는 마음의 눈, 제주도 사람들의 억척스러운 근면, 국제화 덕분이다.

우리에게 21세기 복된 미래를 열어준 지도자는 누구인가? 조선왕조에 마침표를 찍은 망국의 군주 고종인가? 대한민국 건국의 아버지 이승만인가? 근대화를 이끈 박정희인가? 개발시대 신화를 창조한 산업의 역군들인가? 매일 이권과 세력다툼에 싸움질만 해대는 정치인들인가? 그것도 아니라면 미래를 내다보며 내일을 준비하는 우리 모두의 마음의 눈인가?

그 대답은 각자의 마음속에 있다. 미래는 자신이 마음의 눈으로 바라보고, 자신이 희망하고 개척한 그대로 이루어진다. 눈에 보이는 올레길도 아름답지만, 마음으로 바라보는 올레길이 더욱 아름다운 것처럼.

2. 세계 지질공원
성산일출봉

...

유네스코 선정 세계자연유산이자 세계지질공원인 성산일출봉! 사면이 커다란 암석으로 둘러싸여 있고 해수면에서부터 솟아오른 암석이 급경사를 이루어 마치 고대시대 산성을 연상케 한다. 해 뜨는 광경이 아름다워 '영주십경(瀛州十景)' 가운데 으뜸으로 꼽히는 성산일출봉은 해발 182m 높이에 일출봉 정상에는 높이 90m, 지름 600m, 면적이 약 21.44ha인 커다란 분화구가 펼쳐져 있다.

올레길이 시작되는 올레 1호길 길가에 있지만, 인근 지역이 평평하기에 멀리서도 눈에 잘 뜨인다. 그동안 제주도는 여러 차례 다녀왔다. 갈 때마다 성산일출봉을 지났지만, 먼발치에서 가재가 게 보듯 쳐다보기만 하고 그냥 지나쳤다.

이번 올레길 탐사에서는 성산일출봉을 세 차례나 다녀왔다. 보는 각도에 따라 성산일출봉을 바라보는 감회가 새롭다. 역사나 문화는 아는 사람 눈에 아는 만큼만 보인다고 한다. 그런데 성산일출봉은 볼수록, 알아갈수록 새로운 느낌으로 다가왔다. 분화구 위에는 99개의 바위 봉우리가 빙 둘러서 있다. 그 모습이 거대한 성과 같다 해서 성산이라 했으며, 해돋이가 아름다운 곳이라 하여 성산일출봉이라고 불렀단다.

대기 중에 있는 산소의 고마움은 산소가 없는 곳에 가서야 비로소 가치를 알 수 있듯이, 성산일출봉 근처에 사는 사람들은 일출봉의 아름다움을 잘 모른다. 로키 산 근처에 사는 사람들이 로키 산 진가를 잘 모르고, 그랜드 캐니언 인디언들이 그랜드 캐니언의 위용을 잘 모르듯이….

성산일출봉은 5,000년 전 제주도의 수많은 분화구 중에서 드물게 얕은 바닷가에서 폭발하여 만들어진 화산체다. 뜨거운 마그마가 수중에서 분

우도 해상에서 바라본 성산일출봉

하늘에서 보는 성산일출봉

올레 광치기 해변에서 바라본 성산일출봉

출하여 물과 섞일 때 발생하는 강력한 폭발로 인해 마그마와 주변 암석이 가루가 되어 쌓여 일출봉이 만들어졌다. 일출봉의 화산재가 쌓여 굳어진 암석지층 모습으로 미루어, 그 형성 과정을 추측할 수 있다.

조사에 의하면 성산일출봉은 총 3번에 걸친 화산 폭발로 만들어졌다고 한다. 최초 분출은 현재 분화구 동쪽에서 일어났고, 다음은 일출봉 분화구에서 발생했다. 넘실거리는 바다 저편 수평선에서 이글거리며 솟아오르는 아침 일출은 온 바다를 물들이고 보는 이로 하여금 감탄사가 절로 나오게 한다.

2000년 7월 19일 천연기념물로 지정된 성산일출봉은 빼어난 경관과 지질학적 가치를 인정받아 2007년 유네스코 세계자연유산에 등재되었고, 2010년 유네스코 세계지질공원으로 인증되었을 뿐만 아니라, 2012년 12월 한국 관광 기네스 12선에도 선정되었다.

광치기 해변을 지나가는 길가에는 오징어 말리는 작업이 한창이다. 제

성산 일출

해안가 마을 오징어 건조작업

주도 하면 흔히 밀감을 떠올리지만 제주도민 가운데 20%만이 농업에 종사하고, 70% 이상은 관광업, 서비스업, 상업, 어업에 종사한다.

성산일출봉 근처는 밀감 재배가 어려운 지역이다. 바람 많고 강수량이 적기 때문에 밀감 농사보다는 다른 농업이나 관광, 서비스, 상업 등에 종사하는 사람이 많다. 성산일출봉 근해에서 잡히는 한치나 오징어는 맛과 품질이 우수하고 씨알도 굵다. 오징어나 한치잡이는 주로 야간 선상낚시로 이루어진다.

제주도 농어촌마을 풍경도 많이 변했다. 제주를 찾는 관광객이 증가하자 옛 시절 황량했던 바닷가에 콘도와 펜션 등 숙소가 들어서고, 고급스

바닷가 농촌 마을에 들어선 펜션

러운 식당과 카페가 들어서면서 지역 부동산 가격도 상당히 많이 올랐다.

관광은 황금알을 낳는 산업이다. 지역이 발전하면 새로운 고용이 창출되고, 지역 주민 소득이 오르고, 생활수준도 개선되는 것은 사실이다. 하지만 관광객을 바라보는 주민들의 시선이 그리 곱지만은 않은 듯싶다. 이 지역 주민 말에 의하면 펜션, 식당, 카페 등 주인 대부분은 현지인이 아니라 외부에서 온 사람들이 운영한다고 한다. 영업장 직원들도 육지에서 온 외부 사람인 경우가 많으며, 식당에서 일하는 사람들은 대부분 동남아시아게 외국인이다. 경제발전의 효과가 있기는 하지만, 현지 지역 주민이 느끼는 개발의 낙수효과는 미미한 수준인가 보다.

부동산 가격과 물가도 예전에 비해 상당히 올랐다. "가격을 경쟁적으로 올리는 주범이 외부인과 관광객이다"라는 얘기에 가슴 찌릿하기도 하다. 이런 현상은 고급 식당이나 호화롭게 내장된 카페에서 확연히 느껴진다.

그나마 그런 영향을 덜 받는 곳이 제주 곳곳에 있는 해녀의 집 식당이다. 제주 해녀들이 바다에서 물질해온 전복, 소라, 해삼, 보말, 미역 등을 재료로 만든 해녀의 집 식당에서는 제주의 훈훈한 인정이 느껴진다. 해녀의 집 밥상은 소박해서 좋고, 파도 소리가 담겨 있는 것 같아 좋고, 음식속에 제주인의 인정이 듬뿍 담겨 있는 것 같아 정감이 간다. 가격도 다른 전문 식당에 비해 착할 만큼 저렴하다.

올레 코스를 따라 시흥리 해변을 거닐었다. 바다에서 카이트서핑을 즐기는 젊은이들의 도전적 모습이 흥미롭다. 카이트서핑(Kitesurfing)은 서핑과 파도 타는 것을 주목적으로 하여 수상에서 보드를 탄 상태에서 카이트(연)와 바람의 힘을 이용하여 서핑하면서 날기도 하고 점프도 하는 모험 가득한 레포츠다. 1998년 말부터 스포츠로 보급된 카이트서핑은 윈드서핑과 원리는 같지만, 상대적으로 윈드서핑 쪽이 강풍에서 선호되는 스

외국인의 카이트서핑

성산일출봉 앞바다 카이트서핑

포츠다.

    카이트서핑을 하는 친구들 면면을 살펴보니 모두 30대 미만의 젊은이다. 내 인생에 봄날은 지나갔지만, 더 이상의 좋은 날은 앞으로 다시는 나에게 다가오지 않을 테니, 바로 지금이 나에겐 봄날이다. 나도 더 늦기 전에 다이나믹한 스포츠 카이트서핑에 도전해봐야겠다.

3. 와사보생(臥死步生)
제주 올레

　올레 7·8길이 지나가는 서귀포 칠십리는 기후가 온화하고 아름다우며, 사시사철 수목이 푸른 이국적인 관광지다. 한라산을 경계로 제주시와는 또 다른 문화와 정서를 지니고 있으며, 제주도의 전형적인 문화와 생태가 보이는 동시에 제주에서 가장 맛있는 밀감이 생산되는 지역이기도 하다.

　섭지코지, 쇠소깍, 허니문하우스, 서귀포항, 주상절리대로 이어지는 서귀포 칠십리는 눈부시게 아름다운 해안, 빼어난 절경, 밀감 농장 등 비경으로 가득 채워져 있지만, 서귀포항, 허니문하우스, 외돌괴, 주상절리대 해안은 서귀포의 백미다. 이 길은 올레길 26개 길 가운데 가장 아름다운 길이고, 가장 많은 올레객들이 즐겨 걷는 코스다.

　흔히 남국의 상징으로 워싱턴 야자나무를 떠올린다. 외양은 야자나무와 비슷하게 생겼으되, 남국의 뜨거운 태양과 시원한 바닷바람을 연상케 한다. 워싱턴 야자나무의 북방 생존 한계선은 서귀포다. 제주공항에서 청

우도 올레　　　　　　　　　　　　송악산 해안 올레길

사 밖으로 나오면 맨 먼저 눈에 띄는 것이 바로 이 나무다.

제주시에서도 워싱턴 야자나무가 인위적으로 가꾸어져 조경수로 쓰인다. 그러나 워싱턴 야자나무의 자연적 생태환경은 서귀포가 최북방이다. 그래서인지 서귀포에는 이 나무가 유난히도 자주 눈에 뜨인다. 동네 마을 어귀에, 밀감밭 바람막이로, 허니문하우스 담장 안팎에, 정방폭포에, 중문 관광단지에서 자주 볼 수 있는 관상수다. 이 나무를 볼 때마다 '아! 남국에 왔구나!' 하는 느낌이 든다.

올레6길이 지나가는 서귀포 정방폭포 위에 서복공원(徐復公園)이 있고 서복을 기념하는 기념관이 있다. 진나라 시대, 신선사상의 영향을 받아 천문·의학·점성술을 연구하던 서복(徐復, 혹은 서불徐市)이 진시황제(秦始皇帝)의 명을 받아 불로불사약을 구하기 위해 동도(東渡)하여 서귀포로 왔다가, 봉애, 방장, 영주의 삼신산(한라산)에서 약초를 구해 진시황제에게로 돌아갔다는 포구다. 그래서 이름이 서귀포(西歸浦)다. 정방폭포 바위에 그가 진나라로 돌아가면서 남겼다는 글 서불과지(徐市過之)가 음각되어 있다.

13세에 왕으로 등극하여 약관 29세에 중국 천하를 통일한 위대한 영웅 진시황제(秦始皇帝)! 중국 천하를 통일하고 세계 최초 황제로 등극하여 영원히 신선이 되기를 원했던 영웅! 그러나 그는 잔악한 통치자였다.

진시황제는 BC 247년 13살 나이에 왕위에 올라 BC 231년까지 분열된 중국 천하를 통일하고, 황제 제도와 군현제를 도입하는 한편, 화폐·문자·도량형을 통일하고 중앙집권 체제를 공고히 하여, 2,000년 중국 왕조의 기틀을 마련했다. 그는 타국을 침탈하여 세운 자신의 왕조를 굳건하게 유지하고 이민족의 침략을 저지하기 위해 120만 명의 노동자를 강제 동원하여 만리장성을 축조했고, 분서갱유(焚書坑儒)의 만행도 불사했다.

사람이 돈과 권력을 얻게 되면 그다음 누리고자 하는 것이 건강과 불로

워싱턴 야자나무가 가득한 길을 걷는 올레객

백두산 천지를 닮은 올레 7길 소천지

장생이다. 천하통일 위업을 달성한 진시황은 당연하게도 이 땅에서 영원 불멸한 권력을 누리고 싶었을 것이고, 더 나아가 신선이 되고 싶었을 것이다. 그는 BC 219년 산둥성에서 신선사상과 천문·의학 등을 연구하는 서불에게 많은 보물을 하사하고 동남동녀(童男童女) 3,000명을 동행시켜 해동 땅에서 불로장생 약을 구해오도록 명령했다. 서복은 불로장생 약을 구하기 위해 보물을 선단에 가득 싣고 동남동녀 3,000명과 신선이 산다는 해동 땅 제주로 와서 많은 약초를 구해 배에 싣고 중국으로 돌아갔다.

서복전시관에 불로초 약재라고 전시된 품목은 당귀, 고삼, 구기자, 생강, 야관문, 엉겅퀴, 어성초, 치자, 자소엽, 칡, 댕유자, 탱자, 겨우살이, 도라지, 두충, 모과, 산수유, 홍화씨, 황칠, 복령, 천궁, 뽕나무 뿌리 등이다.

기록에 의하면 서복은 BC 210년 다시 동남동녀 3,000명과 오곡 종자와 여러 기술자를 데리고 불로초를 구하기 위해 두 번째로 해동땅으로 와서 금강산 유점사(楡岾寺)를 거쳐 일본으로 건너갔다고 한다. 일본으로 간 그는 갯벌이 있는 평탄한 땅에 나라를 세우고 세상에 불로사약이 없다는 사실을 알기에 다시는 돌아오지 않았다고 한다. 일본에도 그의 도해(渡海)를 기념하는 기념관이 있으며 매년 그를 기리는 기념행사가 개최되고 있다.

그가 구하고자 했던 불로초가 한국 인삼이라는 설도 있고, 영지버섯이었다는 설도 있지만 확인되지는 않는다. 확실한 점은 중국 여행객이 한국에 오면 누구도 어김없이 한국 인삼을 한 보따리씩 사간다는 사실이다.

진시황제가 그토록 간절히 불로장생을 원했기에, 중국 각지에서 정체불명의 약과 정체불명 주술사들이 모여들었다. 평범한 풀을 불로초라고 속이는 사기범과 가짜 주술사까지 등장했다. 나라 안팎으로 온갖 거짓과 효험 없는 불로초가 등장하자, '거짓 불로초를 판매하거나 가짜 주술을 시행하는 주술사는 사형에 처한다'라는 법까지 만들었다.

신선이 되어 영원불멸하기를 간절히 원했던 시황제! 그는 재임 중에 중국 천하 명의를 불러들였고, 그들이 권하는 불로장생 약을 과신한 나머지 약을 남용하기도 하고 오용하기도 했다. 시황제가 불로불사 약으로 알고 장복하고 늘 가까이하여 자신의 생명을 단축시킨 약이 있다. 수은이다. 그의 나이 불과 49세, 29세에 천하 대업을 이루고 신선이 되고자 했던 그에게 너무나 아까운 나이였다. 중국의 새로운 황제로 등극한 시진핑도 2005년 서복기념관을 방문하여 진시황제의 뜻을 기린 바 있다.

올레길에는 단순한 관광객도 있지만, 배낭을 메고 길을 걷는 사람들이 참 많다. 의사들도 "건강과 장수를 원한다면 많이 걸어라"라고 조언한다.
신선이 되고자 했던 진시황제가 현세에 환생하여 나에게 불로장생 비법을 묻는다면, "제주 올레길을 하루 한 코스씩 걸으라!"라고 조언하겠다.
와사보생(臥死步生)! 제주 올레!

서귀포 올레길을 걷는 일가족

4. 올레길의 여성들

· · ·

　건강을 위해 공원이나 둘레길을 걷는 사람들이 눈에 띄게 많아졌다. 산에 오르는 사람들도 많아졌다. 그들의 성비를 살펴보면 2/3가 여성이다. 주목할 만한 점은 길을 걷거나 산을 오르는 사람 가운데 비만인 사람은 별로 눈에 띄지 않는다는 사실이다.

　헬스클럽에 가보면 운동을 하지 않아도 될 것 같은 사람들은 열심히 운동한다. 반면, 정작 운동이 필요한 사람이 운동하는 모습은 잘 보이지 않는다. 제주 올레길에서도 길을 걷는 사람들을 관심 있게 살펴보았다. 2/3 이상이 여성이다. 왜 그럴까? 여성들은 체력이 약해서 운동이 필요하고, 남성들은 운동할 필요를 느끼지 않을 만큼 건강해서인가?

　산티아고 순례길인 카미노 1,000㎞를 90일 동안 순례 여행한 적이 있다. 그 길은 전 세계 트레커들이 가장 선호하고 가장 많이 찾는 트레킹 코스다. 길을 걷는 동안 참여자들의 국적을 전수 조사해보았다. 스페인에 있는 길이기에 스페인 사람이 당연히 많았고, 미국인, 영국인, 독일인, 프랑스인 순으로 많았다. 한국인이 그다음으로 많았다. 중국인이나 일본인이 카미노 길을 걷는 경우는 거의 없었으며, 기타 아시아인도 볼 수 없었다. 그런데 그 길을 걷는 사람의 2/3는 여성이었다.

　그 길을 동양인 가운데 한국인이 유난히 많이 찾아와 걷는다는 사실에 나도 놀랐지만, 세계인들도 놀라워하고 또 그 이유를 궁금해 한다. 그들은 "한국이 가톨릭 국가인가?" 하고 종종 묻기도 했다. 나는 한국인이 활달하고 적극적이며 열정이 강한 민족이라고, 이해하기 쉽게 대답해주곤 했다. 에베레스트 산이나 북미 최고봉 데날리 산을 오르는 사람도 미국인, 영국인, 독일인, 스위스인 순이고 그다음으로 한국인이 많았다.

캐나다 로키 산에 3개월간 체류하며 로키 산 여러 봉우리와 트레일을 오르내린 적이 있다. 산을 오르내리며 마주친 사람의 2/3 이상은 여성이었다. 낮은 동산이 아니다. 3,000m급의 페어뷰 산, 빅토리아 산, 세인트 피렌 산, 후버 산, 서크 피크 봉우리를 오르는 사람의 2/3 이상이 여성들이라는 사실이 놀라웠다. 더욱 놀라운 사실은 암벽을 오르는 암벽등반가의 2/3 역시 남성이 아닌 여성들이라는 점이다.

연약해 보이는 여성들이 자일을 타고 암벽을 오르는 모습을 보면 아찔한 모습에 손에 땀이 나기도 하고 그 용기가 부럽기도 하다. 그 시간에 남자들은 어디에서 무엇을 하며 지내는지 궁금해진다. 남자들은 평일이기에 직장에서 근무하거나, 일하는 업무 시간이라면 이해가 된다. 그러나 퇴근 이후 저녁 시간이나, 토요일, 일요일, 혹은 공휴일이라면 이야기가 달라진다.

미래학자들은 21세기는 여성시대가 될 것이라고 예견했다. 20세기까지는 남성들이 세계를 이끌었지만 21세기는 감성이 뛰어난 여성들의 시대가 될 것이라는 얘기다. 그런 시대가 생각보다 빨리 다가왔다.

여성은 강하다. 모성애로 강한 것이 아니라 생물학적으로 남성보다 강하다. 신생아의 성비는 역사 이래 여성이 항상 남성을 앞질렀다. 평균수명도 여성이 남성보다 5~6년 길다. 교육학자들은 남성은 이성적 능력이 뛰어나 철학·인문과학·사회과학 분야에서 두각을 나타내지만, 여성의 인지 지각 능력은 남성보다 우수하고, 감성적 능력이 풍부하여 문화·예술 분야에서 남성보다 유리하다고 한다.

16세기 영국을 통치하며 영토를 확장하고 세계에 해가 지지 않는 대영제국의 기틀을 마련한 이는 남성이 아닌 빅토리아 여왕과 엘리자베스 여

왕이었다. 만성적 '영국병'인 노동조합 파업을 종식시키고 영국을 구한 이도 남성이 아닌 여성 수상 마가레트 대처였다.

독일 역사상 최초의 여성 수상으로 16년간 집권한 앙겔라 메르켈도 최장수 여성 수상으로서 독일 통일 이후 강력한 리더십을 발휘하여 독일을 반석 위에 올려놓았고, 유럽연합 사무총장을 수차례 역임하며 유럽의 안정과 번영을 이끌어 세계인들로부터 존경을 받았다. 그녀는 재임 시에도 퇴근 후에는 시장에 가서 손수 생필품을 구입하여 집에서 요리할 정도로 소박했으며, 퇴임한 이후에는 가정에 충실하며 평범한 가정주부로 생활하고 있다. 조 바이든 미국 대통령이 취임 직후 전화 인터뷰를 요청했을 때도 채소밭을 가꾸느라 바쁘다며 거절했을 정도로 자신의 일에 충실히 임하는 여성이다.

삼십여 년 전만 해도 여성이 법학, 의학, 공학, 경영학을 전공하는 경우는 드물었다. 이제는 상황이 달라졌다. 우리나라에서 우수한 두뇌를 가진 학생들이 입학한다는 법대, 의대, 공대, 경영대학 신입생의 절반이 여성이다. 교육대학이나 사범대학에 입학하는 신입생의 90% 이상이 여성이고, 초중등학교 교사의 대부분도 남성이 아닌 여성이다. 신규 임용되는 법관 가운데 여성 판사, 여성 검사, 여성 변호사가 절반 가까이 되고, 의

올레길을 홀로 걷는 여성

올레길을 걷는 여성들

사고시에 합격하는 의사 지망생 가운데 절반이 여성이다. 언론계, 경영계에도 여성들의 참여 영역이 점차 넓어지고 있다. 종래 여성들의 영역이라고 여겨지던 생활과학대학, 가정대학, 간호대학, 식품영양학 분야에 남성들이 많이 진출하고 있는 것도 주목할 만한 현상이다.

연구에 의하면 사고나 수술 시 남성은 1/3의 출혈로도 사망하지만 여성은 1/2이 출혈되어도 생존하며, 여성들의 생물학적·신체적 능력은 남성들보다 훨씬 우수하다고 한다. 순간적인 힘을 발휘하는 데는 남성들이 앞서지만, 인내력이나 지구력은 여성들이 앞서며, 과도한 육체 활동을 필요로 하지 않는 지식정보화시대를 살아가는 데는 여성이 남성보다 훨씬 유리하다는 것이다.

남성들이여 각성하라! 그리고 올레길 걷기가 어렵다면 공원길이라도 걸어라! 현대는 국경조차 없는 무한경쟁 시대다. 여성이 남성보다 약하다는 생각은 위험천만한 편견이다. 남성이 주도하고 여성이 보조해야 한다는 개념에서 빨리 탈피하라. 그리고 여성의 능력을 100% 인정하고 존중하라.

5. 올레 최고 비경,
서귀포 칠십리 길

· · ·

여행이 우리에게 주는 즐거움으로 아름다운 경치, 맛있는 먹거리, 즐길 수 있는 여러 가지 체험이 있지만 낯선 사람과의 만남, 좋은 추억, 신선한 대화, 짜릿한 경험도 빼놓을 수 없는 즐거움이다. 맛있는 음식은 순간이 즐겁고, 멋진 옷은 일 년이 즐겁지만, 좋은 경험과 잊을 수 없는 추억은 일평생이 즐겁다. 여행을 통해서 체득되는 경험과 교육적 효과는 우리가 평생 살아가는 추억거리가 되고 지혜의 샘이 되어준다.

누가 나에게 대한민국에서 가장 아름답고 온화하고 살기 좋은 곳 한 곳을 선택하라고 한다면, 나는 주저 없이 서귀포를 선택할 것이다. 서귀포는 풍광이 수려하고 칠십리 해변이 아름다우며, 온갖 해산물과 먹거리가 풍부할 뿐만 아니라, 바다낚시, 요트, 등산, 골프, 사이클, 스킨스쿠버 등 체험거리가 풍부하기 때문이다.

제주도에서도 서귀포는 특히 인상 깊다. 이국적인 분위기, 따뜻한 기후, 사시사철 늘 푸른 초목, 황금빛 밀감, 일 년 내내 즐길 수 있는 바다낚시터, 골프장이 산재해 있으며, 각종 먹거리가 풍부하기 때문이다.

올레길은 대부분 바닷가로 이어지는 평탄한 길이지만, 구간에 따라서는 제법 높은 산길을 오르내리기도 한다. 중문 올레길 전망대를 힘겹게 올라왔다. 올레길치고는 꽤 높은 편이다. 뒤로는 한라산이 보이고, 앞으로는 중문시내, 여미지식물원, 문섬, 범섬, 서귀포 절경이 한눈에 내려다보이는 곳이다.

올레길을 걷는 사람들 중에는 여성들이 단연 많다. 도보 여행자의 3/4

유네스코에 등재된 세계자연유산 주상절리

서귀포 칠십리 해변길

이상이 여성이다. 산정까지 힘겹게 올라와 휴식을 취하고 있는 젊은 모녀에게 "제주 올레길을 걷는 특별한 이유가 있습니까?"하고 물었다. "올레길이 아름다워서 걷는다" 라고 대답했다. 또 "올해 초에는 어머니와 함께 배낭을 메고 남미 여행도 다녀왔다"라고 덧붙였다.

모녀가 남미 여행이라니! 그것도 배낭을 메고! 내공이 대단하다. 아니 그보다도 어머니와 장시간 여행을 함께하며 어머니를 배려하는 딸의 마음에서 찡한 감동이 전해왔다. 그녀는 올해 초 대학을 졸업하고 서울에서 직장에 다니다가 휴가차 내려와서 대전에 사는 어머니와 함께 여행 중이라고 했다.

"올레길은 눈으로 보는 길이 아름답지만, 산티아고 순례길은 마음으로 느끼는 길이 더욱 아름답습니다. 산티아고 순례길을 다녀오시면 일평생 살아가는 데 좋은 경험이 될 것입니다"라고 권면했다.

산티아고 순례길! 공식적으로는 820㎞지만 땅끝마을 피스테라까지는 1,000㎞다. 멀기는 하지만 그리 험하지 않아 여성들이 걷기에 적합한 길이다. 그 길이 지나가는 길에는 로마 시대 이래의 각종 문화와 역사 유적이 산재해 있어 눈이 심심치 않고, 맛있는 음식이 있어 입이 심심치 않고, 아름다운 음악이 있어 귀가 즐겁다. 스페인에 남아 있는 역사적 유물, 종교적 건축물, 예술품, 미술작품은 놀라움을 넘어 경이롭기까지 하다. 무엇보다도 소중한 체험은 길을 걷는 것 이외에도, 깨달음이라는 또 다른 의미 있는 체험을 할 수 있는 길이다.

제주 과일 하면 밀감이 먼저 떠오른다. 근래 밀감은 품종 개량과 재배 기술 발달로 경작지역이 제주도 전 지역으로 확대되었지만, 서귀포 효돈 지역에서 재배되는 밀감이 맛과 향에서 최고급으로 평가된다. 밀감은 노지에서 재배되기도 하지만, 온실에서 생산되는 양도 상당하며, 밀감 종류만 해도 하귤, 겨울 밀감, 한라봉, 천혜향, 황금향, 카레향, 레토향, 궁천, 청견, 병귤 등 10여 종이 넘는다.

밀감꽃은 4월 중순부터 개화한다. 밀감꽃 향기를 맡아본 적이 있는가? 밀감꽃 향기는 라일락 향기보다도 훨씬 진하고 몽환적이다. 4월 중순부터 5월 초까지 서귀포 천지에 밀감꽃이 개화할 때 밀감 밭에서 풍겨나오는 향기는 서귀포 온 천지를 몽유도원의 향기로 물들인다.

서귀포 근해 바다에서 낚시로 잡히는 돔만 해도 참돔, 돌돔, 갓돔, 황돔, 흑돔, 벵에돔, 다금바리, 구문쟁이, 옥돔, 자리돔 등으로 그 종류가 수없이 많다. 서귀포 앞바다가 내주는 전복, 소라, 해삼, 멍게, 성게, 보말, 미역, 톳 등 먹거리는 식탁을 별미의 세계로 안내한다. 오죽하면 "서귀포에서는 각종 돔, 옥돔구이, 자리물회, 성게 미역국을 먹어야 제주도에 다녀온 것이다"라는 말까지 있을까!

꽃향기 진동하는 서귀포 쇠소깍 밀감 농장

밀감꽃

창작공간 덕판배 미술관의 야외 전시 작품

제주 올레길은 26길 모두가 자연환경과 어우러져 아름답지만, 월평포구를 지나가는 올레 7길은 서귀포 최고 비경이다. 제주 올레 협회에서 올레길을 완주한 사람들을 대상으로 가장 인상 깊고 아름다운 길을 평가토록 했다. 그 결과 많은 사람이 올레 6길·7길·8길이 아름답다고 대답했다. 그 가운데에서도 올레 7길이 26개 길 가운데 최고로 아름답고 인상적인 길이라고 응답했다.

바람, 물, 여자가 많다는 제주에 또 다른 삼다(三多)가 있다. 습기가 많고, 벌레가 많고, "카더라" 하는 소문이 많다. 바다에 접해 있기에 습기가 많고, 청정지역이기에 온갖 벌레가 우글거리며, 외지인이 많이 와서 정착하고 살기에 "카더라" 하는 소문이 무성하다.

제주도는 박물관 천국이다. 지역마다 각종 박물관이 산재해 있어 눈과 귀가 심심치 않다. 박물관만 탐사한다 해도 1달로는 부족하다. 근래 제주도에는 전국 각지 외지인들이 와서 단순한 관광 대신 2~3개월씩 장기체류하며 올레길을 걷고 박물관을 탐사하며 제주도 문화를 체험하고 향토음식을 즐기는 사람들이 늘고 있다. 제주도민보다 외지인 비율이 더 높아지자 부동산 가격과 물가가 폭등했다. 거기에 더하여 "카더라" 하는 소문도 무성하다.

제주도에서는 가까운 이웃 성인 남녀 모두를 삼촌이라 부른다. 오랫동안 혈연으로 뭉쳐진 씨족사회였기에 그만큼 이웃 간에 가까운 사이로 살아왔고, 도둑이 없기에 담장이 있을 이유도 없었다. 이웃과의 나눔과 배풂이 많은 정(情) 깊고 풍(風) 넘치는 신뢰 기반 협동사회였다. 장기 출타 중이라도 대문을 걸어잠그고 외출하는 경우는 거의 없었다.

그러나 외지로부터 유입해서 정착하는 이방인들이 점차 늘어났다. 타지역에서 이주해온 사람들이 자신들의 평소 방식대로 대문을 걸어잠그거

올레 7길 허니문하우스 해안

도시에서 이주해온 사람의 아름다운 밀감 농장과 지중해풍 주택

나 자신들의 평소 습관을 유지하고 생활하면서 전통적으로 살아온 주민들과 마음의 벽을 허물고 서로 이웃하여 삼촌으로 삶의 방정식을 풀어나가는 것이 쉬워 보이지는 않는다.

청정의 섬 제주도는 기후 좋고, 생활여건 좋고, 취업 기회 다양한 매력 넘치는 곳이다. 한때는 중국인 관광객들이 몰려와서 섬의 주인 행세를 하기도 했고, 제주도의 상당수 부동산 소유권이 중국인 수중으로 넘어가서

'이러다가 제주도가 중국인 소유가 되는 것 아닌가?' 하는 우려의 목소리도 높았다. 그러나 개발에 대한 자성이 발동하고, 한중 관계의 재정립으로 진정세가 유지되었으며, 건설 붐을 타고 무분별하게 신축되던 중국인 소유의 주택단지나 빌딩 등의 건설이 중단되어 몰골 흉한 모습으로 남아 있는 모습도 가끔씩 보인다.

국제화·개방화·세계화 시대에 저임금 근로자의 유입을 인위적으로 막을 수는 없겠지만, 근로여건이 열악한 식당, 주방, 양식장, 농장 등 3D 업종에서 일하는 외국인 근로자들의 급격한 증가는 제주에 어두운 그림자를 던지고 있다.

개인적 경험에 의한 견해를 밝힌다면, 제주도는 세계인이 선호하는 관광지 하와이보다 관광자원이 풍부하고 볼거리, 즐길거리, 체험할 거리가 많은 섬이라고 생각된다. 시장경제 기조 확산, 자유무역 확대, 15억 인구의 폭발적인 힘, 중국 경제의 상승세를 고려한다면 관광의 섬 제주를 품격있고 아름다운 섬으로 잘 지키고 발전시켜 세계적 관광지로 거듭나게 하기 위한 특단의 관심과 대책이 필요하리라 생각된다.

6. 이십만 원짜리
고등어 한 마리의 추억

···

　올레길이 지나가는 제주 바닷가는 사방이 낚시터다. 길을 걷다 보면 배 낚시꾼도 많지만, 해안가 바위나 방파제에서 낚시하는 낚시꾼들을 자주 본다. 릴을 감고 던지고, 밑밥 던지기를 수없이 되풀이하는 그들의 끈기와 노력에 박수를 보내지 않을 수 없다. 낚시꾼을 볼 때마다 그들의 어망 속 바구니 안이 궁금하여 어망 바구니를 슬쩍 넘겨보기도 한다.

　바다낚시는 갯바위낚시든 선상낚시든 장비를 많이 준비해야 하는 스포츠다. 낚싯대 세트, 낚시 공구함, 미끼, 밑밥 통, 뜰채, 어망바구니, 안전 조끼, 안전화, 낚시 장갑, 선글라스, 방석 등…. 그 많은 장비를 다 갖추려면 웬만한 승용차 한 대 값이 필요하며, 그 장비를 다 넣으려면 커다란 트렁크도 필요하다. 그 무거운 장비를 양손에 가득 들고 이동하는 낚시꾼을 보면 그 정성이 대단하다.

　사람들이 왜 낚시에 열광하는가? 승부에 대한 근성 때문이다. 인간의 본성 속에 잠재적으로 내재되어 있는, 경쟁에서 이기고 싶은 승부욕 때문이다. 잡히는 고기가 크든 작든, 값이 저렴하든 비싸든 물고기와의 싸움에서 이기고 싶은 욕망 때문이다. 거기에 경쟁의 대열에서 남에게 뒤지고 싶지 않은 경쟁심도 활활 타오르는 욕망을 부채질한다.

　나는 낚시를 즐기는 편은 아니지만, 몇 번 바다낚시를 경험한 적이 있다. 바다낚시에 나서려면 집에서 새벽 2~3시에는 출발해야 새벽 6시까지 배가 출항하는 항구에 도착한다. 심한 경우 전날 밤 11시에 집을 나서 새벽에 항구에 도착하여 해장국을 먹은 후, 6시 출항하는 낚싯배를 기다리기도 했다.

갯바위낚시

선상낚시

차귀도 갯바위낚시

　새벽 6시 전후 배를 타고 2~3시간을 바다로 나가야 비로소 바다에 낚싯줄을 던질 수 있다. 아침 8시부터 12시까지 4시간 동안 쉬지 않고 낚싯줄을 던진다. 낚싯배에서 준비해주는 도시락으로 간단히 점심 식사를 한 후, 오후에도 낚시는 1~2시간 더 계속된다. 운이 좋은 날은 꽤 묵직한 광어, 우럭, 도미 등이 낚이기도 한다.

　낚시꾼들은 바다에서 낚아올린 생선으로 즉석에서 회를 떠서 소주 한 잔 곁들이는 것을 '천하 별미'라고 한다. 하지만, 나는 어종이 무엇이든 바다에서 낚은 생선으로 즉석에서 떠먹는 생선회를 별로 좋아하지 않는다. 생선회는 물고기를 낚아올려 피를 뺀 후, 2~3도의 저온 냉장고에서 4~5시간 숙성시켜야 제맛이다. 정갈한 분위기에서 맛으로 한 점 먹는 차가운 생선회! 바로 그 맛이다! 선상에서 먹는 밍밍한 생선회가 맛이 있을 리 없다.

　낚싯배는 오후 2시 이전에 바다에서 철수해야 4시 전후에 출발한 항구에 도착한다. 항구에서 다시 4~5시간 운전해야 서울에 도착한다. 간단히 저녁 식사를 하고 집에 도착하면 밤 열 시가 넘는다. 샤워를 끝내고 잠자리에 들기까지 48시간 가까이 뜬눈으로 밤을 지새우며 낚시와 씨름하는 셈이다. 보통 체력으로는 감내하기조차 힘들다. 거기에 뱃멀미까지 하면 그건 낚시가 아니라 완전히 초죽음 행진이다.

한번 출조하는 데 드는 비용도 상당하다. 낚시하는 데 소요되는 시간과 노력과 비용을 생각한다면 쉽게 접근할 수 있는 스포츠가 아니다.

바다낚시 성지는 알래스카다. 알래스카 남쪽 호머 항구는 세계 바다낚시꾼들이 환호하는 환상의 낚시터다. 그곳에서 낚이는 바닷물고기는 할리벗, 연어, 락피시, 뽈락 등 어종도 다양하지만 크기가 엄청나게 크다. 대문짝만큼이나 큰 할리벗이 낚인 것을 보기도 했다.

3년 전 캐나다 동부 노바스코서 주 헬리펙스를 지날 때다. 노바스코서 주와 케이프브렌턴 섬의 리아스식 해안선은 남해안 해안선보다도 훨씬 길고 복잡하다. 대서양 바다에서 낚이는 그곳 어종은 무척 크고 다양하다. 어른 키만큼이나 커다란 참치를 낚아올리는 광경도 목격했다. 그곳 해안을 지나다 방파제에서 낚시질하는 낚시꾼을 만났다. 낚시꾼이 낚시를 바다에 던지기가 무섭게 은빛 반짝이는 고등어가 4~5마리씩 물려 나왔다. 그곳 고등어는 씨알도 굵다.

프린스에드워드 아일랜드를 지나올 때부터 이런 순간이 오기를 손꼽아 기다려왔다. 도저히 더 이상 그냥 지나칠 수가 없었다. 서둘러 낚시가게로 가서 낚싯대와 낚시 장비를 구입했다. 아내는 낚싯대를 구입하는 비용이면 맛있는 생선을 얼마든지 사먹을 수 있다며 낚시질하는것을 극구 반대하는 눈치다. 그 소리가 귀에 들어올 리가 없다. 낚시가게 주인에게 잘 물리는 낚시 포인트를 물었다. "근처 방파제는 어디서든 잘 낚인다"라고

알래스카 호머 앞바다 할리벗, 연어 낚시

한다. 그러고는 "운이 좋으면 커다란 농어나 도미, 또는 락피시(Rockfish)도 물린다"라며, 그런 고기가 낚일 경우 담으라고 커다란 비닐 백까지 덤으로 주었다.

뛰듯이 방파제로 달려갔다. 낚싯대를 던지자마자 낚싯대가 부르르 떨리며 고등어 한 마리가 올라왔다. 심장이 두근두근 뛰고 가슴이 벅차올랐다. "오늘은 싱싱한 고등어조림을 실컷 먹게 해주겠다"라고 호언장담하며 부지런히 낚싯대를 던졌다.

그것이 처음이자 마지막으로 낚은 고기다. 그 이후 2시간 가까이 낚싯대를 부지런히 던졌지만 더 이상은 입질조차 없었다. "이제 대서양 물고기의 저녁 만찬 시간이 끝난

헬리팩스 항구에서 낚시꾼이 잡은 참치. 생고등어를 미끼로 4시간 동안 씨름하여 올렸다 한다.

모양이다"라며 계면쩍게 낚싯대를 거두었다. 그날 저녁 아내와 나는 RV에서 이십만 원짜리 고등어 한 마리로 눈물겨운 만찬을 즐겼다.

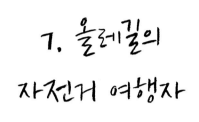

7. 올레길의
자전거 여행자

．．．

　근래 우리나라에 사이클 인구가 급증했다. 자전거를 타는 첫 번째 이유는 스포츠로서 건강 증진이 목적이겠지만, 부상 위험이 적고 공해를 일으키지 않는 교통수단으로서도 권장할 만한 스포츠이기 때문이다. 전국에 자전거 전용 도로도 잘 닦여 있다. 그래서인지 사이클 동호회원들이 줄지어 운전하며 가는 모습이 도시는 물론 지방에서도 심심치 않게 목격된다.

　올레길에서도 사이클리스트가 질주하는 모습을 자주 본다. 혼자서 자전거 페달을 밟으며 여행하는 사람도 있지만, 대부분이 2~3명 혹은 10여 명씩 줄지어 자전거를 타고 지나간다.

　제주도에서 자전거 국토종주길은 보행자용 올레길과 겹치는 경우가 대부분이지만, 바닷가 해안이나 산악지역은 자전거 통행이 금지된 길이어서 별도로 분리된 구간을 지난다. 보행자용 올레길 총 길이가 425㎞이니, 자전거길도 이와 비슷한 거리라고 보면 된다. 각 구간마다 지정된 장소에 설치된 국토종주 확인스탬프를 찍으며 26개 코스를 종주하는 데 3~4일이면 충분하다고 한다. 거기에 새로 개설된 5개 코스를 추가할 경우 배를 타고 이동해야만 하는 것을 감안하면 1~2일이 더 소요된다.

　광속처럼 빠르게 진행되고 빠르게 결정되는 초스피드 시대에, 길을 걷다가 자전거를 타고 스르륵 소리 내며 지나가는 사이클리스트를 보면 편하게 빨리 가는 그들 모습이 부러울 때도 있다. 하지만 달팽이처럼 느리게 걷는 여행에는 느림의 미학이 있다. 천천히 걸으며 새로운 환경에서 다양한 사람을 만나고 서로 모르는 사람과도 흉금을 터놓고 이야기하며, 지역 특산 음식을 맛보는 것도 도보 여행이 주는 묘미다.

올레길의 사이클리스트

청보리밭 사이를 달리는 사이클리스트 연인　국토순례하는 사이클리스트

　성 어거스틴은 "모든 것이 빠르게 지나가는 현대 사회에서 멈추고 서서 찬찬히 바라보면 보이는 것이 참 많다"라고 말했다. 승용차나 자전거를 타고 운전할 때는 깊은 생각을 할 수 없다. 하지만 천천히 길을 걸을 때는 동서양 인류 문명사를 포함한 여러 가지 생각을 머릿속에 펼쳐놓고 사색의 탐험을 하게 된다.

7년 전 산티아고 순례길을 걸을 때다. 10여 명의 한국인 페달리스트들이 그들만의 방식으로 대화를 나누며 쏜살같이 곁을 스쳐 지나갔다. 그들이 지나가며 신호로 주고받는 언어가 재미있어 한참을 바라보며 서 있었다. 저녁에 이들 페달리스트들을 알베르게라 불리는 숙소에서 만났다.

산티아고 순례길은 하루 평균 25㎞씩 걸으면 프랑스 국경 마을 생장 피테포르(Saint-Jean-Pied-de-Port)에서 땅끝 마을 피스테라(Fistera)까지 1,000㎞를 종주하는 데 40일 가까이 걸린다. 이들 페달리스트들은 그 길을 일주일에 주파할 계획이라고 했다. 자전거는 여행하는 동안 기동성 있게 움직일 수 있어 좋고, 교통비 들이지 않아서 좋고, 도로가 없어서 접근하지 못하는 오지도 구석구석 탐험해볼 수 있어서 좋다.

'짧은 길을 빨리 가려면 혼자 가고, 먼 길을 가려면 동행자와 함께 가라'라고 한다. 오랜 시간 동행자와 공동의 목표를 향해 대화하며 가므로 우의를 돈독히 할 수 있어 좋고, 발길 닿기 어려운 외진 곳까지 구석구석 상세히 탐사할 수 있어 좋고, 페달을 열심히 밟는 동안 건강도 증진되니 더더욱 좋은 일 아닌가!

오랜 시간이 지났어도 매튜(Matthew)와 나이암(Niamh)은 기억 속에서 지워지지 않는다. 매튜는 자전거 여행가이자 사이클여행 선생이다. 기행에세이 작가인 동시에 'PEDALGOGY' 홈페이지 운영자이기도 하다. 나이암도 자전거로 세계여행을 하던 호기심 많은 여성 자전거 여행가였다. 두 사람은 여행지에서 만나 절친한 친구가 되었고, 결국 결혼하여 가정을 이루고 부부가 되었다.

그들은 지난 18년 동안 세계 60개국을 여행하며 60여 편의 에세이를 자신들의 홈페이지와 아마존에 책으로 남겼다. 그들의 경험은 자전거 페달을 밟으며 세계를 여행하는 이들에게 선행 사례와 길안내 지침으로 활용되고 있다. 여행하며 육필로 남긴 땀 냄새 농후한 글과 세계 구석구석에서 촬영한 진귀한 사진은 그들의 팔로워들과 전 세계 구글·유튜브 독자들에게 잔잔한 감동을 전한다.

로키 산 트레킹에 나서기 위해 롭슨 산 롭슨 캠프 그라운드(Robson Meadows Campground)에서 대기하고 있을 때였다. 며칠 전부터 계속 비가 내려 재스퍼 국립공원과 프레이저 강가를 맴돌며 맑은 날이 오기를 고대해왔지만 비는 며칠간 지속되었다.

사이클리스트에게 비는 정녕코 반갑지 않은 손님이다. 사이클링을 하기에도 곤란하고, 하루 종일 텐트 안에 머무르는 것도 지루하고 답답하다. 음습한 야간에 은하수는 물론 별조차도 얼굴을 내밀지 않는다. 캠프파이어 낭만도 허용되지 않는다. 침묵 속에서 명상을 하거나, 외로움을 벗 삼아 책을 읽기도 하지만, 이런 상태가 며칠 계속되면 문명 속으로 하산하고픈 마음 간절해진다.

그날도 아침 일찍 일어나 산행 가능성을 타진하며 일기부터 확인했다. 밤새 비가 내린 후 잠시 개었지만, 역시 하루 종일 비가 내린다는 예보다. 실망스러운 기분으로 캠프 그라운드를 산책하다가 자전거 상태를 점검하던 캠퍼 두 사람과 우연히 조우했다. 로키에서 자전거 페달을 밟으며 여행하는 페달리스트는 흔히 볼 수 있다. 하지만, 캠프 그라운드에서 캠핑까지 하며 여행하는 페달리스트를 만나기는 쉽지 않다. 인사를 건넨 후, 그들의 자전거를 살펴봐도 괜찮은지 물었다. "OK"라는 대답을 듣고 그들이 타고 온 자전거와 장비를 꼼꼼히 살폈다. 예사로운 자전거가 아니었다. 외형으로 보는 것보다 훨씬 강하고 튼튼했다. 자전거 핸들을 잡고 바퀴를 굴려 보았다. '스르륵' 소리를 내며 두 팔로 전해지는 각 부품의 움직임이 깃털처럼 부드럽게 느껴졌다.

"자전거를 타고 여행한 지 얼마나 되었는가?" 하고 물었다. 자그마치

"18년 동안 여행했다"라고 한다. "그동안 테헤란에서 베이징까지 실크로드를 따라 9개국 10,105㎞를 114일 동안 달렸고, 이집트 카이로에서 케이프타운까지 아프리카를 41일간 종단했으며, 북유럽, 서유럽, 아시아 여러 국가와 호주, 뉴질랜드를 지나왔고, 현재는 미국 시애틀에서 출발하여 캐나다를 여행 중"이라고 한다.

18년 동안 사이클을 타고 페달을 밟으며 전 세계 60여 개 나라를 여행하다니 대단한 젊은이들이 아닐 수 없다. 자전거 페달을 밟으며 세계 곳곳을 누비는 그들의 탐험심과 집념이 놀랍지 아니한가!

젊어 보이는 그들에게 직업이 무엇인지 궁금해서 물었다. 매튜는 아일랜드에서 온 경제학 선생이며, 그의 부인 나이암은 영국 초등학교 선생이라고 소개한 그가 내미는 명함에는 'PEDALGOGY'라 쓰여 있었다. 자전거 여행을 가르치며 길을 안내한다며, 더 나아가 사이클 여행자를 위한 홈페이지까지 운영한다고 하였다.

'사이클 여행자' 하면 일본인 이시다 유스케가 떠오른다. 그는 대학 졸업 후 자신이 꿈꾸어왔던 세계여행을 위해 자전거를 타고 8년 동안 혼자서 세계를 돌며 87개국의 진귀한 경치를 보았고, 여행 지역의 이색적인 체험도 즐겼으며, 세상에서 가장 특별하고 희한한 요리까지 맛보았다. 그가 여행하는 동안 자신이 소유한 것이라곤 자전거, 노트북, 텐트, 비옷, 오리털 침낭, 의류 몇 점, 간단한 취사도구, 낚시도구, 비상식량, 카메라, 물통, 신용카드 한 장이 전부였다.

이시다 유스케는 알래스카에서 아르헨티나 우수아이아까지 남·북아메리카 대륙을 종단했고, 북유럽 핀란드에서 아프리카 최남단 희망봉까지 유럽과 아프리카 대륙을 종단했다. 중동을 출발하여 실크로드와 아시아를 거쳐 러시아도 횡단했다고 한다. 여행하는 동안 그는 여행 정보지에

에세이를 기고하거나, 가게 점원으로, 혹은 식당에서 아르바이트로 여행 경비를 마련하기도 했다. 여행 중에 강도를 만나 자신이 소유한 자전거와 카메라, 신용카드, 여권 등 전 재산을 털리는 수난을 겪기도 했다. 여행을 마치고 일본으로 돌아온 그는 여행지의 삶과 자신의 체험을 바탕으로 『가보기 전엔 죽지 마라』, 『맛보기 전엔 죽지 마라』라는 저서를 남겼고, 현재는 집필과 강연 활동에 전념하고 있다. 그의 여행기는 멋진 기록으로 나의 마음을 항상 설레이게 한다.

4년 전 알래스카 클루아니 국립공원(Kluane National Park) 캠프 그라운드에서 만났던 자전거 여행자 마이클 토빈(Michael Tobin)과 패트리시아 화이트(Patricia White) 부부도 잊을 수 없는 사람들이다. 그들은 자전거로 알래스카 일주 여행을 마치고 집으로 돌아가던 길이었다. 당시 마이클은 67세로 종합병원 외과의사로 근무하고 있었고, 그의 부인 패트리시아는 64세로 영어 선생이었다.

저녁 무렵에 클루아니 국립공원 캠프 그라운드에 도착하여 캠프파이어 화덕에 불을 피워놓고 앉아 있는데, 옆 사이트 캠핑 테이블에 그들 부부가 앉아 말없이 책을 읽고 있었다. 그들의 캠핑 테이블 옆에는 밤을 지내기 위한 텐트도 세워져 있었다. 대개 여행자들은 하루 일과를 끝낸 후 캠프파이어 불가에 둘러앉아 맥주를 마시거나 동료들과 얘기꽃을 피우며 저녁 시간을 보낸다. 그런데 페달리스트 부부가 캠프 그라운드에서 독서라니, 특이하지 않은가! 하루 종일 자전거 페달을 밟느라 무척 피곤하여 쉬거나 일찍 잠자리에 들고 싶었을 텐데, 조용히 앉아 책을 읽고 있는 모습이 신선처럼 고고한 모습으로 다가왔다. 그들 부부에게 다가가 인사를 건넸다. 그들이 가진 짐이라곤 자전거 외에 텐트와 비옷, 침낭, 기능성 의류 몇 벌, 취사도구, 마른 식량, 휴대폰, 물병이 전부였다. 그렇게 간단하게 짐을 꾸리고 자전거를 타고 이동하며 7주째 알래스카를 여행 중이라고 했다.

자전거 여행으로 다져진 날렵한 몸매에서 그들의 강인함이 엿보였다. 대화를 나누면서 나는 그들의 건강한 육체, 맑은 영혼, 풍부한 식견, 여유로운 삶의 방식에 탄복했다.

그들은 "알래스카 주노에 살고 있다"라고 했다. 주노에서는 비행기나 배를 타지 않고는 외부 세계로 나갈 수 없다. 그래서 주노에서 자전거를 배에 싣고 스캐그웨이까지 이동한 후에, 클론다이크 골드 트레일을 따라 캐나다 유콘을 지나고 미국 국경을 넘어 발디즈, 헤인즈, 호머, 앵커리지, 데날리, 페어뱅크스를 거쳐 이제 집으로 돌아가는 길이라고 했다.

나는 그들의 여행 경로를 듣고는 깜짝 놀라지 않을 수 없었다. 내가 자동차로 여행하고자 계획하는 50일 동안의 여행루트와 비슷한 길을 이들 부부는 자전거를 타고 질주해온 것이다. 그들이 지나온 거리는 5,000㎞는 족히 넘는다. 7주 동안 하루 평균 100㎞ 이상을 쉬지 않고 달려온 셈이다.

두 사람은 캐나다 광활한 클루아니 국립공원, 알래스카의 숨 막히도록 아름다운 케나이 반도와 케나이 피오르 국립공원, 미국 최고봉이 있는 데날리 국립공원, 세계 최대 규모인 랭겔 세인트 엘리아스 국립공원의 높은 산과 빙하 계곡도 지나왔다. 거대한 빙하 협곡에 잠겨 있는 비경까지 다 거론하자면 숨이 막힌다. 그 장엄하고도 아름다운 알래스카의 속살에 자전거 바큇자국을 남기며 구석구석 탐방하고 체험한 것이다.

그들에게 "장거리 여행이 힘들고 고독하지 않습니까?" 하고 물었다. 그들의 대답은 짧고 명쾌했다. "어렵고 힘든 만큼 고난을 극복한 후에는 보람과 즐거움이 찾아온다"라며, "자전거를 타고 여행하는 도중에 비바람이 치거나 햇볕이 강하게 내리쬘 때는 본능적으로 페달만 밟을 뿐, 머릿속엔 아무 생각도 들지 않는다"라고 했다. 그 힘든 과정 속에서 "자신의 삶과

장비 점검 중인 매튜와 나이암   사이클 여행자 일본인 이시다 유스케

아침에 출발 준비를 마친 마이클 토빈(Michael Tobin), 패트리시아 화이트(Patricia White)와 작별인사

케나이에서 바라본 Alaska Lake Clark Preserve & Wildness

Alaska Glenalien Highway   롭슨 산 트레일을 산악자전거로 하이킹하는 일가족

인생을 점검하고, 미래 삶을 설계하면서, 매 순간 최선을 다하면 언제 다 가오는지도 모르게 행복한 저녁 시간을 맞이한다"라고 대답한다. 어려운 역경을 극복하고, 땀 흘리며 최선을 다한 후에 맞이하는 결과는 고진감래(苦盡甘來)의 값진 보람일 것이다.

그들 부부가 지나온 구간은 일부 도시를 제외하고는 사람이 거의 살지 않거나 휴게소조차 없는 무인 지대가 대부분이다. "누구에게도 도움을 청할 수 없는 곳에서 야생동물을 만나는 경우도 있었고, 자전거가 망가지는 경우도 있었으며, 식수나 비상식량이 떨어지는 경우도 있었다"라고 한다. 그런 역경까지 감내하면서 자전거 여행을 하는 그들에게서 나는 신선한 충격을 받았다. 순간 나이는 많을지라도 그들의 영혼이 젊고, 순수하고, 아름답게 느껴졌다.

많은 사이클 여행자들이 올레길을 걷는 내 곁을 빠른 속도로 지나간다. 그들의 발걸음은 경쾌하고 빠르다. 그들이 타는 자전거는 로드 전용 자전거이지만, 산악 전문용 MTB 자전거도 있다. 최근에는 전동 킥보드인 지쿠터도 올레길의 새로운 이동 수단으로 등장했다. 나의 생각도 어느새 사이클 여행자들의 정열에 동승하고, 그들 스타일의 여행 지지자로 바뀌고 있나 보다. 다음에 도시로 나가면 튼튼한 자전거 하나 사서 사이클 여행에 도전해야겠다.

8. 올레길의 국제화

안덕면 사계리에 재현된 난파선 스페르베르호

⋯

"개구리 동네 한 우물 안에 시골 개구리들이 살고 있었습니다. 그 개구리들은 우물 안에서 보이는 하늘을 세상의 전부로 알고 살았습니다. 그러함에도 그 개구리들은 수천 년을 행복하게 살았습니다.

어느 날 그들이 평화롭게 살아가던 우물 속으로 피부가 하얗고, 키가 크고, 콧날 오뚝한 이방 개구리 36마리가 하늘에서 뚝 떨어져 들어왔습니다. 우물 안에서 놀던 개구리들은 이상하게 생긴 개구리 36마리를 붙잡아 관아로 끌고 갔습니다. 관청에서는 듣지도 보지도 못한 이방 개구리들을 어찌할 수 없어 한양으로 압송했습니다.

온몸이 결박된 채 한양으로 압송된 이방 개구리들은 자신들의 우물이 있는 동네로 가기를 원했습니다. 그래서 자신들이 살던 우물로 돌려보내달라고 간청했습니다. 그 간청이 거절되자 우물 밖으로 탈출을 시도하다가 발각되어 매를 맞은 후 구금되기도 했고, 군역에 동원되거나 구타당하기도 했으며, 때로는 구걸까지 하면서 한양 땅 이리저리로, 강화도로, 전라도로 유배당했습니다.

그렇게 눈물겹게 13년을 버티는 동안 20마리 개구리는 죽었고, 16마리만 살아남았습니다. 살아남은 개구리들의 유일한 희망은 우물 밖으로 나가 자신들이 살아온 원래의 우물로 돌아가는 것이었습니다.

그러던 어느 날 살아남은 개구리 가운데 8마리가 작당하여 우물 밖으로 뛰쳐나왔습니다. 우물 밖으로 탈출한 개구리들은 극적으로 배를 구해 나가사키로 도망쳐서, 자신들이 살아왔던 우물로 돌아갔습니다.

자신의 우물로 돌아온 개구리들은 지나온 13년 동안 이방 나라에서 겪었던 고난의 세월이 기가 막혔을 것입니다. 그중 한 마리가 자신을 고용했던 회사를 상대로 이방나라 작은 우물 속에서 지냈던 13년 동안의 밀린 임금 지급을 요청했습니다. 그 회사는 동인도회사 소속으로 신임 대만 총독을 임지에 내려주고 일본 나가사키로 향하던 무역선이었으며, 그 개구리는 배 안에서 포수로 일했기 때문입니다.

회사는 13년 전에 일어난 일을 까맣게 잊고 있었습니다. 실종된 지 오래되어 바다에 빠져 이미 죽었을 것이라고 생각하고 있었습니다. 그래서 회사는 사실을 입증할 구체적 자료를 제출하라고 요청했습니다. 개구리는 그동안 자신이 겪었던 이방 나라의 작은 우물 속 이야기를 기록했습니다. 그 기록은 인근 지역 동네에 큰 이슈거리가 되었습니다. 소문으로는 들었지만 아직까지 보지도, 듣지도, 알지도 못했던 작은 나라의 신기한 이야기이었기 때문입니다. 보고서를 본 인근 동네 개구리들은 호기심에 앞다투어 동방의 작은 나라 개구리 동네 우물을 보려고 몰려들기 시작했습니다. 그 보고서는 『하멜 표류기』라는 이름으로 유럽의 각국 언어로 번역되어 퍼져나가, 동방의 작은 우물이 있는 동네에까지 전파되었습니다."

물론 각색된 우화입니다. 우리가 개구리가 아니듯, 그들도 개구리가 아닙니다. 하지만 어쩌면 우리는 우물 속 개구리로 오천 년을 살아왔는지도 모를 일입니다.

이 땅에 살아가는 지구인 모두는 각자 하늘을 우러러 떳떳하고, 땅을 굽어 부끄럽지 않게 살고자 머리를 맞대고 최선을 다하고 있습니다. 하지만, 만약에 우리가 우주 공간에서 지구를 바라볼 수 있다면, 아니 신의 시각으로 은하계에서 태양계를 바라볼 수 있다면, 우리가 살고 있는 지구는 우주 속의 작은 행성일 뿐이며, 지구라는 별 속에 있는 만물의 영장인 우리 모습은 개구리보다도 작은 세균처럼 보일지도 모를 일입니다.

네덜란드 선원들이 항해 도중 풍랑을 만나 서귀포 앞바다에서 표류하다가 관원들에게 체포되어, 대화도 통하지 않는 상태에서 온몸이 결박당한 채 한양으로 끌려갈 때 얼마나 절망스러웠을지, 그 절박했던 심정을 떠올려봅니다.

탈출을 시도하다가 체포되어 체벌을 받고, 13년 동안이나 노역에 종사했던 그들의 아픔은 우리가 지금 시각으로 보더라도 무례이며, 국제법이나 관례에 비추어 이해하기 어려운 일입니다. 하멜 일행이 바다에서 표류하다 이 땅에 상륙한 1653년 이후 세상은 참 많이 변했습니다. 아니, 정확하게 말한다면 쇄국을 고수하던 조선이 멸망하고 일본에 강제 합병된 이후 한국 사회는 큰 시련과 변화를 겪었습니다. 특히 한국전쟁을 통해서 우리는 뼈아픈 경험을 했지만, 세상이 넓다는 것도 알게 되었고, 국제화라는 소중한 체험도 했고, 국제교류와 협력의 중요성도 알게 되었습니다.

이문화를 체험하면서 세상이 우물 구멍만 하지 않다는 것을 깨닫는 데는 그리 오랜 시간이 필요하지 않았습니다. 우리가 살아온 우물 안 세계보다 우물 밖 세계가 훨씬 더 넓고, 훨씬 더 크며, 인간에게는 누구도 제한할 수 없는 천부 인권적 기본권과 행복추구권이 있으며, 자유에는 권한과 의무와 책임이 마땅히 따른다는 사실도 알게 되었습니다.

그런데, 조선 효종 4년인 1653년 이전에는 우리에게 넓은 세계를 내다볼 수 있는 창문이 전혀 열려 있지 않았을까요? 신라시대 승려 혜초 (704~787)는 중국 둔황, 파키스탄, 인도를 다녀와서 727년에 『왕오천축국전』을 기행 에세이로 남겼습니다. 이 기록은 마르코 폴로(Marco Polo)의 『동방견문록』보다 630년이나 앞선 기록입니다.

마르코 폴로는 27년 동안 중국과 아시아를 여행하면서 보고, 듣고, 경험한 내용을 얘기하고 다니다가 정신이상자로 몰려 감옥에 갇혔습니다.

루스티켈로 다 파사는 마르코 폴로를 감방에서 만나 마르코 폴로가 27년 동안 중국과 아시아를 여행하면서 보고, 듣고, 경험한 내용을 서기 1298년에 『Travels of Marco Polo』, 혹은 『세계 불가사의의 서(世界 不可思議의 書)』라는 책으로 기록했습니다. 우리에게는 『동방견문록』으로 소개되었습니다.

『동방견문록』은 유럽 사람들에게 동방 세계에 대한 관심과 호기심을 자극하여, 네덜란드, 영국, 프랑스가 관여하는 동인도회사를 출범시켜 인도와 동남아시아로 진출하는 무역 발판을 마련케 했고, 국제 무역은 세 나라에 막대한 부를 안겨주었습니다. 이들 나라의 동방 세계와의 교역은 콜럼버스가 아메리카로 진출하고 세계화가 이루어지는 촉진제가 되었습니다.

서기 820년대 신라의 장보고는 오늘날의 완도인 청해에 진을 설치하고 중국·일본·베트남과 교역을 했으며, 동남아는 물론 인도에까지 교역 범위를 확대하고 해상무역을 통해 교류했습니다. 이는 콜럼버스가 아메리카 대륙을 발견한 1492년보다 700년이나 앞선 일입니다. 영국, 스페인 등은 유럽에 있지만, 우리와 국토와 인구가 비슷한 자그마한 나라들입니다. 네덜란드는 우리보다도 규모가 작고 인구도 적습니다. 그들이 유럽의 작은 우물에서 벗어나 세계화로 각축전을 벌이기 700년 전부터 장보고는 인도에까지 교역지를 넓혔던 적도 있었습니다.

콜럼버스가 남아메리카를 발견하여 스페인보다도 수십 배나 큰 땅을 식민지화하는 것에 자극받은 프랑스는 자크 카르티에를 중국에 파견코자 했습니다. 프랑스를 떠나 중국을 향해 가던 자크 카르티에는 1497년 북아메리카(오늘날 캐나다 퀘벡)를 발견하여 그 지역을 프랑스 땅이라고 선언하고 그 땅을 식민지화했으며, 그 지역에 사는 사람들을 콜럼버스와 마찬가지로 '인디언'이라고 불렀습니다.

오백 년이 지난 지금 그는 캐나다에서 북유럽을 개척한 영웅으로 인정받고, 존경의 인물로 추앙받고 있습니다. 유럽인으로서 그 땅을 최초로 발견한 자크 카르티에도 콜럼버스와 마찬가지로 자신이 발견한 땅 퀘벡을 죽을 때까지 중국으로 들어가는 관문으로 알았습니다. 그들 모두는 자신들이 발견한 땅이 유럽 전체를 합친 땅보다도 크다는 사실은 죽을 때까지 몰랐습니다. 동시대 조선이 우물 안 개구리일 때, 그들도 어찌 보면 서양이라는 우물 안의 개구리와 별반 다를 게 없었습니다. 그 시대 조선은 효종, 현종 때입니다.

그로부터 500년 사이에 세계는 경천동지할 변화를 맞이했습니다. 유럽의 전통 강국 프랑스와 스페인이 몰락하고, 영국이 해양세력을 확대하여 세계에 해가 지지 않는 대제국을 건설한 반면, 조선은 일본에 강제 합병되어 나라가 흔적도 없이 사라지는 수모를 겪었습니다.

중국 조사겸이 서기 636년에 쓴 『양서』 제54권에 의하면 "서기 499년 중국 스님 혜심이 중국 동쪽 이만리 거리에 고구려인들이 살고 있는 '부상'이라는 나라에 다녀왔다는 기록이 존재한다"라고 전해집니다. 흥미로운 사실은 지금까지 한국인만 사용하는 것으로 알려진 온돌이 알류산 열도 아막 낙 섬에서 4기나 발굴되었고, 그 온돌 터에서 3,000여 년 전 한국인이 사용했다고 믿어지는 한국 탈이 발견되었으며, 한국인의 미라까지 발견되어, 현재 미국 스미스소니언 박물관에 보관되어 있습니다.

역사에서 가정은 의미 없는 일입니다. 하지만, 어쩌면 한국인이 알류산 열도와 알래스카를 개척한 공로자로 역사에 남았을지도 모른다는 생각을 지울 수 없습니다. 추측건대 부상이라는 나라는 현재의 알류산 열도로 추정되며, 알류산 열도 사람들이 알래스카로 이동하여 북아메리카 반도를 따라 남아메리카로 내려갔다면 우리 한민족은 스페인이나 프랑스보다도 훨씬 전에 아메리카 땅에 진출한 것으로 생각할 수도 있습니다. 실제로 캐나다 국영 TV에서도 알래스카 원주민의 유전자 DNA 분석 결과 동아시아인의 유전자와 일치한다는 사실을 밝힌 바 있습니다.

그렇습니다. 한반도에 살아온 우리 조상들은 매우 진취적인 민족이었습니다. 일찍부터 세계 여러 지역과 교류하며 세계를 호령할 수 있는 국제적 자질이 풍부하고 활달했던 민족입니다. 머나먼 조상 얘기만이 아닙니다. 불과 이십여 년 전 대한민국 개발시대를 이끌었던 회사 중에는 5대양 6대주를 누비며 무역의 실크로드를 개척하고 큰 우주라는 이름으로 자동차, 선박, 통신장비, 국제무역을 통해 세계를 호령하며 국가 발전에 기여한 기업인도 있었고, 지금도 세계를 석권하는 S전자, L전자, H자동차, S통신, P철강 등 국제화된 기업이 부지기수입니다.

이천오백 년 전 인물 여호수아와 갈렙을 떠올립니다. 그들은 이스라엘 민족을 가나안 땅으로 인도한 위대한 지도자입니다. 바위투성이 사막에 모래와 자갈뿐인 그 땅을 젖과 꿀이 흐르는 땅으로 인식하고, 사막을 떠돌던 유목 민족의 정착지로 정한 그의 혜안과 리더십이 부럽기도 합니다. 이천오백 년이 지난 오늘날 이스라엘은 사막 가운데 꽃피운 젖과 꿀이 흐르는 땅, 세계가 주목하는 나라로 바뀌었습니다. 마음속 눈으로 바라본 미래의 꿈이 위대한 변화를 이룬 것입니다.

제주도는 한반도 남쪽 조그만 섬이지만, 수출입 강국 한국의 해상 교통로 중심에 있는 매우 중요한 섬입니다. 미국이 하와이를 태평양의 전략 방어 기지로 활용하고 국제 휴양도시로 개발하여 세계인을 불러모으듯이, 우리에게 제주도는 전략적 해상 방어 거점이며, 관광의 보고로서 여러 가지 면에서 하와이만큼이나 유리한 환경을 유지하고 있습니다.

화산 폭발로 융기되어 형성된 제주도는 사방이 천혜의 관광자원입니다.

퀘벡시 카르티에 브리바프 국립역사지구에 있는 유럽인과 북아메리카인 최초의 만남 기념 조형물

사막 속에 세운 도시 텔아비브

섬 해안을 따라 연결된 올레길 425㎞는 세계 도보 여행자들이 가장 많이 찾는 스페인의 성지순례길 카미노보다도 경관이 훨씬 아름답습니다. 카미노 길 곳곳에 스페인의 역사와 문화와 전통이 녹아 있지만, 올레길 곳곳에는 제주의 전설과 애환과 감동적 스토리가 농축되어 있습니다.

국토 대부분이 암반과 자갈뿐인 사막 국가 이스라엘에 키부츠의 성공 신화가 있다면, 섬 전체가 암반과 돌뿐인 제주도에는 돌밭을 옥토로 바꾼 제주도민의 억척과 끈기로 이룬 신화가 있습니다. 또 제주도에는 돌밭에 경작하여 세계적인 경쟁력을 갖춘 과일로 인정받는 밀감을 비롯한 각종 과일, 바다가 내주는 맛있는 먹거리가 산재해 있습니다.

한 세기 전까지만 해도 작은 나라에서 태어나 평생을 그 안에서 살아왔던 대부분의 조선 사람들은 자신들이 살아온 테두리 밖으로 나가는 것조차도 꺼려했던 우물 안 개구리였습니다. 왜냐하면 자신이 본 세상, 눈에 보이는 모습만이 세상의 전부라고 믿어왔기 때문입니다.

이제 우물 안 개구리로 행복했던 시대는 지나갔고, 우리가 맞이하는 21세기는 국제화·정보화가 주도하는 세계화 시대입니다. 세계화 시대에는 가장 한국적인 것이 세계적으로도 강한 경쟁력을 갖출 수 있습니다.

이제 외국인들도 이 땅을 주목하며 몰려오고 있습니다. 정보화·세계화 시대에 국경이나 기업 소재지는 크게 중요한 요소가 아니라는 것은 이미 판명된 사실입니다. 사막 가운데에 보석 같은 국제경제·금융·무역·관광 도시를 세운 두바이, 카타르, 아부다비가 좋은 예입니다. 제주도에도 이미 국제대학이 들어와 있고, 외국 학생들은 물론 외국 관광객들도 제주도의 아름다움에 매료되어 찾아오고 있습니다. 상당수 외국인은 올레길에 매료되어 올레길도 걷고 있습니다.

올레길을 걷다보면 저급한 상업주의로 난개발되거나, 개발하다가 중지되어 흉물스럽게 서 있는 건축물도 가끔씩 눈에 뜨입니다. 보다 체계적으

하멜 표착 기념비

로 개발허가제를 도입하고, 개발지침을 마련하여 제주 올레가 스페인의 성지순례길인 카미노 이상으로 대접받고, 이방의 외국인들도 즐겨 찾아와 제주의 아름다움을 즐기며 찬미하는 날이 오기를 손꼽아 기다립니다.

다이아몬드처럼 보배로운 섬 제주도! 다이아몬드도 자연 상태의 원석 그대로는 그저 돌일 뿐입니다. 잘 가공하고 연마해야 귀한 보석으로서 대접받듯이, 제주도도 소중하게 지키며 잘 관리해야 젖과 꿀이 흐르는 보배로운 땅으로 인정받고, 존중받고, 사랑받을 것입니다.

9. 산방산
탄산 온천

따뜻한 물에서 노는 것을 나는 참 좋아한다. 어머니 배 속에 있었을 때의 따뜻한 온기가 그립고, 그 느낌이 내 몸속에 새겨져 있기 때문인가 보다.

올레길을 하루 종일 걸으면 저녁에는 무척 피곤해진다. 그럴 때 피로를 풀 수 있는 최고의 방법은 온욕이다. 욕조 안에 따뜻한 물을 가득 채우고 탕 안에 몸을 푹 담그고 있으면 하루 동안 일어난 일과 머릿속에서 맴돌던 여러 가지 생각들이 하나씩 정리된다.

올레 9길과 10길 22㎞를 아침부터 저녁까지 하루 종일 걸었다. 전신이 뻐근하고 발이 더 이상 걸어서는 안 된다는 아픈 신호를 계속 보내왔다. 올레 10길이 지나가는 서귀포시 인덕면 사계북로에 산방산 탄산 온천이 있다. 제주도에 있는 유일한 온천이다.

온천 하면 멀리까지 찾아서라도 가는 내가, 가까이에 있는 온천을 바라만 보고 그냥 지나칠 수가 없다. 올레길에서는 멀리 벗어난 곳에 있기에 택시를 탔다.

대부분 온천은 유황 성분이나 실리카, 칼슘, 나트륨, 철, 라듐 성분이 많이 포함되어 있는데, 산방산은 희귀하게도 탄산 온천이다. 세계 3대 탄산 온천은 미국 시스타, 영국 나포라나스, 청주 초정리 탄산 온천으로 꼽힌다. 산방산 탄산 온천도 그런 곳에 비견하기는 어렵지만 인체에 유익한 온천이다.

온천 시설은 국내 어떤 온천보다도 깨끗하고 훌륭했다. 탄산 온천수에 몸을 담그고 있으니, 피부에 톡톡 쏘는 듯 부딪치는 탄산 방울 느낌이 사이다 방울이 온몸을 어루만지는 듯 묘한 기분이다.

탄산 온천탕, 열탕, 사우나실을 오가며 느긋하게 저녁 시간을 보냈다. 사우나의 뜨거운 열기가 통닭구이 전기가마를 연상시킬 만큼 뜨겁다. 땀이 비 오듯 쏟아지지만 냉탕에 입수해서 느끼는 차가운 냉기는 전신의 피로를 날려버리는 듯 상쾌했다.

이곳저곳 탐방하며 체험하다가 야외 온천탕에서 밤을 맞이했다. 온천은 추운 겨울밤 밤하늘의 별을 바라보며 즐기는 야외 온천욕이 제맛이다.

제주도의 유일한 온천, 산방산 탄산 온천 야외탕

실내 온천 내부

밤하늘에 반짝이는 북극성과 북두칠성을 찾다 보면 메소포타미아 양치기 목동들이 밤하늘에 반짝이는 이름 모를 별들을 짝지어 연결하며 이름 붙였을 별자리 모습이 머릿속에 그려진다. 양자리, 황소자리, 사자자리, 전갈자리, 카시오페아자리, 안드로메다자리….

밤하늘의 별이 백만 개인지, 천만 개인지, 일억 개인지 도대체 그 숫자가 헤아려지지 않는다. 천체과학자의 설명에 의하면 "우주에는 약 일천억 개의 은하계가 존재하며, 각각의 은하계마다 다시 일천억 개의 별이 존재한다"라고 한다.

보일 듯 말 듯 반짝이는 밤하늘의 별을 바라보노라면, 저 별이 지금도 존재하는지 궁금해진다. "우리 눈에 보이는 저 별들은 1억 광년에서 10억 광년 이상 떨어진 별에서 아주 오래전에 보내온 빛"이라고 한다. 빛의 속도로 1년간 가는 거리가 1광년이다. 1억 광년은 수학적 계산으로 얼마나 먼 거리일지 상상조차 하기 어렵다. 그 먼 거리에서 날아온 빛을 우리가 지금 보고 있다면, 저 별들은 아마도 오래전에 사라졌거나 지금은 존재하지 않는 별일지도 모르겠다.

가끔씩 저 광활한 우주 공간에 지구인과 비슷한 생명체가 존재하지 않을까 상상해보곤 한다. 생명과학자들 얘기에 의하면 "우주 공간에 지구인과 같은 생명체가 존재할 확률은 원숭이에게 타자기와 A4 용지를 주고 키보드를 두들기며 장난치라고 했더니 「하늘과 바람과 별과 시」가 타이핑되었다고 할 만큼 과학적으로는 불가능한 일"이라고 한다.

지구의 비밀스럽고 뜨거운 미네랄을 가득 머금고 있는 온천! 온천이 언제부터 인류에게 이용되었는지 기원은 확실치 않다. 그러나 인류 문명이 태동한 때부터 사람들은 따뜻한 물을 찾았고, 질병이나 부상, 또는 사냥 등으로 상처를 입었을 때 따뜻한 물가에서 쉬면서 치유되기를 기다렸다고 한다. 사우나의 원조 핀란드에서는 "사우나로 치료될 수 없는 병은 약으로도 치료할 수 없다"라는 사우나 예찬론까지 있을 정도로 목욕을 즐긴다.

우리가 목욕의 의미로 사용하는 용어 Bath는 영국 웨일즈의 서머셋 카운티(Somerset County)에 있는 도시 이름이다. Bath는 BC 863년부터 켈트족들이 살기 시작한 곳이며, BC 47년 시저(Julius Caesar)가 영국을 침공하여 점령한 후 세운 로마군 주둔지이기도 하다. 시저는 따뜻한 물이 나오는 그곳을 군 부상자들의 치료 및 군인 휴양 시설로 사용했다.

Bath는 도시 전체가 유네스코 문화유산으로 지정된 박물관이다. 이천년이 지난 오늘날에도 옛날의 온천 시설이 원형 그대로 보존되어 있고, 섭씨 46도의 온천수가 끊임없이 솟아나온다. 온천 이곳저곳을 둘러보면 여러 가지 형태의 온탕 외에도 냉탕, 사우나 시설, 휴게시설 등이 남아 있어, 당시 시설의 규모나 화려한 건축술을 보면 놀랍기 그지없다.

로마 시대에도 온천이 널리 이용되었다. 로마 시내에는 카라칼라 황제가 만든 카라칼라 목욕탕도 있었다. 1,600명을 동시에 수용할 수 있을 정도로 거대한 규모에, 고온탕, 저온탕, 냉탕, 휴게실은 물론 도서관, 미술관, 회의실, 체력단련실 등 다양한 문화복합시설을 갖추고 있었다.

로마 시대 때 황제나 통치자들은 자신이 모은 재산을 자신의 이름을 붙여 공익시설로 만든 후 사회에 기증하는 것을 명예로 알았다. 도로, 극장, 목욕탕, 상하수도 건설 등에 소요되는 막대한 비용을 부유한 통치자가 사비를 들여 건설한 후에, 자신의 이름을 붙여 시민 공익을 위해 기증했다. 이른바 '노블레스 오블리주'의 실천이다.

카라칼라 목욕탕은 규모도 엄청나게 크거니와, 시설 내부가 화려하기 그지없었다고 한다. 반달족의 침략으로 로마가 멸망할 때 카라칼라 목욕탕 안에 장식되어 있던 진귀한 미술품과 조각품 대부분은 약탈되고 파괴

고대 로마 유적지 Bath

되었다. 심지어 벽에 붙인 장식품과 돌 조각품조차도 노략질해갔다. 그중 일부가 바티칸 박물관, 대영박물관, 루브르 박물관에 전시되어 있다.

로마 시대 목욕탕은 지금처럼 남·여탕이 분리되어 있지 않고, 시간제로 나누어서 남자와 여자들이 공동으로 사용했다. 폐허로 남은 옛 시절 목욕장 잔재를 둘러보면 당시 시설이 얼마나 거대하고 화려했을지 짐작된다.

세계 최고로 수질 좋은 온천은 독일 바덴바덴에 있는 프리드리히 온천(Kaiser-Friedrich-Therme)이다. 바덴바덴의 Baden이 영어로 Bath다. 도시 전체가 온천인 이 지역에는 온천 시설이 도처에 산재해 있다. 로마 황제들도 이 온천에 와서 휴식을 취하며 즐겼다고 한다. 온천 시설의 화려함도 놀랍지만, 남녀 혼욕 시설이라는 점이 짜릿한 흥분을 느끼게 한다. 성인 남녀만 입장이 가능하지만, 수영복을 입고 입장하는 것조차도 허용되지 않는다. 입장한 사람 모두가 아담과 이브의 후예임을 인정한다면 에덴동산도 그리워할 것이 못 될 것 같다.

그곳을 이용하는 독일 사람들은 너무도 자연스럽다. 젊은 연인끼리 와서 자연스럽게 포옹하고 키스하며 온천을 즐긴다. 이용자 중에 동양인은 별로 보이지 않지만, 가끔씩 보이면 서로 쑥스럽고 어색한 표정은 감출 수가 없다. 그런데 물건이 왜소한 동양 남자의 그것은 서양인에 비해 더욱 왜소해 보인다. 남녀 혼탕이라서 과민반응을 보이면 어쩌나 걱정도 되지만, 그런 점은 걱정할 게 전혀 없다. 5개의 사우나와 2개의 온탕 속을 활보하다 보면, 발기되어 있어도 발기된 우리의 것이나 죽어 있는 그들의 것이나 별로 차이가 없기 때문이다.

약 3시간 동안 맨솔향, 오렌지향, 이름 모를 각종 향이 나는 코스 17개를 도는 스파는 로마 시대부터 전해온 스파의 비밀스런 진수를 체험할 수 있는 꿈의 장소다.

온천 하면 일본을 빼놓을 수 없다. 일본 북해도는 온천으로 유명한 지역이다. 그곳에 도야 썬 팰리스 호텔(Toya Sun Palace Hotel)이 있다. 일본에서 목욕탕에 들어갈 때는 출입구를 꼭 확인해야 한다. 전날 들어갔던 탕으로 다음 날 무심코 들어갔다가는 매우 낭패스런 일을 겪는다. 1층과 2층으로 남·여 목욕탕이 구분돼 있지만, 남탕과 여탕의 위치가 매일 바뀐다. 그곳 사람들 표현에 의하면 "음양의 기가 조화를 이루게 하기 위한 조치"라고 한다.

1층 목욕탕으로 들어간 날에 2층 쪽을 바라보면 먼발치에서 여성들 목욕하는 모습도 슬쩍 보인다. 그 동네 사정이 궁금하여 가끔씩 올려다보면 그쪽 동네도 아래층 사정이 궁금한지 목을 곧추세우고 내려다보다가 먼 발치에서 서로 얼굴이 마주치면 계면쩍게 웃으며 고개를 돌린다.

규슈 벳부에는 남녀 혼욕 노천 온천도 있다. 유황 온천이기에 유황 냄새가 진동하고 사방이 유황 연기로 자욱하다. 한국 목욕탕에서처럼 아무 것도 가리지 않고 보무도 당당하게 활보하며 이 동네 저 동네 방문하고 '눈팅'도 적당히 했다.

일본인들이 바라보는 눈초리가 이상했다. 남녀 혼욕탕이라고 하기에 개의치 않고 클래식하게 샤워까지 산뜻하게 마치고 옷장으로 나오는데, 한국어로 쓰인 문구가 보였다. '수건으로 가리고 다니세요.' 아뿔싸, 무척 당황스럽고 창피했다.

나중에 알고 보니 남녀노소 모두 수건 한 장으로 중요 부위를 가리고 다니다가 진흙탕으로 입수한다. 허리 깊이의 진흙탕 안에 있으면 중요 부위가 노출될 염려가 없다. 이런 온천이 벳부에만 있는 것은 아니다.

일본인들과 우리나라 사람들의 목욕 습관에는 차이가 있다. 우리는 옷을 벗고 목욕탕 안에서 보무도 당당하게 활보하며 목욕탕을 들어갈 때도 문을 활짝 열고 들어간다.

목욕탕 안에서도 입식 샤워기를 "쏴아" 소리 나게 틀어놓고 물방울을 튀기며 샤워를 한 후, 탕 안으로 뛰어들 듯 "풍덩" 소리 내며 들어간다. 그러고는 뜨거운 물을 휘휘 저으며 "아! 시원해"를 연발한다.

일본인은 중요 부위를 수건으로 가리고, 출입문 소리가 나지 않게 살그머니 열고 들어가서 소리 나지 않게 샤워하고는 탕 안에 들어가서 숨죽이고 조용히 앉아 있다.

우리처럼 탕 안에서 풍덩거리며 물방울을 튀기거나, 뜨거운 물을 휘휘 저으며 움직이는 것을 본 기억이 별로 없다. 탕 안에서도 수건을 머리 위에 올려놓고 눈을 지그시 감고 조용히 앉아 있다. 어떨 때는 탕 안에서 조용히 눈 감고 앉아 있는 그들의 심장이 멈춘 것은 아닌지 조심스럽게 살펴보기도 한다.

미국이나 캐나다에도 온천이 있다. 북미 최고의 온천은 팜스프링스 사막지대에 있는 사막 온천(Palm Springs Desert Hot Springs)이다. 일대가 모두 온천 휴양지인 팜스프링스는 온천에 다량의 미네랄 성분이 함유되어 있어, 휴양은 물론 관절염, 류머티즘, 피부질환 환자들, 수술 후 회복 중인 환자들이 치료 및 휴양차 많이 찾아온다. 남녀 혼욕탕이라기에 야릇한 기대도 되었지만 모두가 수영복 차림이다.

캐나다 로키 산 밴프에 캐나다 최고 온천이라는 밴프 온천이 있다. 근처에만 가도 유황 연기가 자욱하고, 유황 냄새가 진동한다.

팜스프링스 사막 온천(Palm Springs Desert Hot Springs)

유럽이나 북아메리카 온천은 우리처럼 온천탕의 온천수 수온이 뜨겁지가 않다. 우리나라는 동네 사우나도 열탕, 온탕, 저온탕, 냉탕이 있어 열탕과 냉탕을 오가며 목욕을 즐기는 맛이 묘미인데, 그쪽 동네는 탕 온도가 뜨거운 경우를 본 기억이 거의 없다. 기껏해야 우리나라 미온탕 정도의 온도에서도 뜨겁다고 호들갑 떠는 모습이 재미있다.

온천장 안에서 젊은 남녀가 수영복 차림의 늘씬한 몸매로 물장구치며 노는 모습을 보면 예술품처럼 예쁘다. 미스코리아 선발대회나 남녀 육체미 대회에서 왜 수영복 심사를 고집하는지 온천장에 가서 보면 충분히 이해되고도 남는다. 예쁜 몸매를 과시하기 위해 알몸에 가까운 비키니를 기꺼이 입고 출연하는 미스코리아나 미스유니버시아드들의 용감함에 아낌없는 박수를 보낸다. 하기야 수영장이나 해수욕장에 온 사람들은 모두가 다 비키니 차림이니, 생각만 바꾸면 이상할 게 하나도 없다.

산방산 탄산 온천의 밤은 소리 없이 깊어만 간다.

야간의 야외 탄산 온천 풍경

10. 제주도의 태평양전쟁
흔적과 광복

．．．

제주도에는 태평양전쟁이 막바지에 달했던 1940년대 중반 일본군이 미국과 연합군의 상륙공격에 대비하여 파놓은 진지동굴, 비행장, 격납고, 고사포 포대가 설치되었던 태평양전쟁 흔적이 곳곳에 흉하게 남아있다.

제주국제공항도 처음에는 일본 육군의 동아시아 방어 거점 정뜨르비행장으로 개발되었다. 그런 목적으로 사용된 공항은 올레 10길이 지나가는 모슬포 알뜨르에도 비행장, 지하벙커, 비행기 활주로, 격납고, 고사포 포대로 남아있고, 조천읍에 교래리비행장, 진뜨르비행장 잔재가 남아있어 그 시절의 아픈 역사를 전한다.

알뜨르는 '아래에 있는 넓은 들'이라는 뜻의 제주어다. 일본은 1926년부터 10년 동안 알뜨르에 20만 평 규모의 비행장을 건설했다. 중일전쟁 이후로는 오무라의 해군 항공기지를 옮겨와 40만 평으로 확대하고 지하벙커와 비행기 격납고, 고사포 진지를 구축했다.

기계장비도 없던 시절 돌 많고 굴곡 많은 제주도 땅에 어떻게 이렇게 넓고 평평한 비행장을 조성했는지 놀라울 뿐이다. 지금도 제주도 전역에는 전쟁의 참혹함과 죽음이 강요되는 전쟁의 비정한 단면이 읽혀지는 흉물스러운 흔적이 섬 곳곳에 산재해 있다.

태평양전쟁이 종전으로 치달을 무렵, 일본은 전쟁에서 패색이 짙어지자 전세를 역전시키기 위해 특수비밀병기를 개발하여 해안가 동굴진지와 산속 토굴 요소요소에 은닉 배치했다. 미국이나 연합국 군대가 상륙하여 접근하는 것을 차단하기 위해서였다. 특수병기는 방공포 외에도 항공기, 보트, 어뢰정 등에 폭탄을 싣고 함대나 군사 시설을 직접 공격하는 가미가제식 자살공격 무기를 뜻한다. 이러한 특수병기는 알뜨르비행장, 송악산, 수월봉, 서우봉, 삼매봉, 일출봉 해안가에 집중 배치되었다. 조천읍 북촌리 서우봉 동굴진지는 그중 한 곳으로, 해안 절벽을 따라 동굴진지 18곳, 벙커 2곳이 구축된 철벽 같은 요새다.

동굴진지는 총 340m에 이르며, 5부 능선에 위치한 王자형 동굴진지는 길이가 약 100m로 제주도내 일본군 특공기지 가운데 가장 큰 규모로 치밀하게 구축되었다. 이들 동굴진지, 지하벙커, 포대는 제주도 주민뿐만 아니라 대한민국 전 국민이 강제 동원되어 노역으로 얼룩진 수치와 고통의 산물이다. 이 동굴 진지를 구축하는 데는 제주도민뿐만 아니라 육지 사람들까지 동원되어, 당시 힘없는 약소국 국민이 정신적·육체적 고통에 시달렸던 아픔을 말없이 증언하고 있다.

온통 바위뿐인 암반 속에 뚫어놓은 동굴진지를 보면 당시 우리 민족이 일제로부터 받았던 압박과 고통의 상처가 얼마나 크고 깊었는지 짐작하기조차 쉽지 않다. 송악산 해안 진지동굴도 패전에 직면한 일본군이 해상으로 들어오는 연합군 함대를 향해 소형 보트에 폭탄을 장착하고 자살폭파공격을 시도하기 위해 구축한 군사 시설이다. 동굴진지의 형태는 一자형, H자형, ㄷ자형으로 되어 있으며, 송악산 해안을 따라 17기가 만들어졌다.

해안 절벽 암반의 동굴진지는 일제의 침략 현장을 생생하게 증언하는 동시에 전쟁의 참혹함과 죽음이 강요되는 전쟁의 비정한 단면을 여과 없이 보여준다. 서귀포 외돌괴 근처 삼매봉과 한경면 수월봉 아름다운 해안에도 진지동굴 흔적이 흉물스럽게 남아 있다.

일본은 오키나와, 괌, 사이판, 유황도, 과타카날, 솔로몬군도, 필리핀, 인도네시아, 버마, 말레이반도 등에서 미국과 치열한 전쟁을 치렀다. 그러나 전쟁은 돈키호테처럼 불굴의 의지와 용기만 가지고 치를 수 있는 것은 아

모슬포 알뜨르비행장 일제 전투기 격납고

셋알오름 고사포 진지 잔해

관제탑 시설 잔해

서귀포 삼매봉 해안 진지동굴

서일봉 동굴진지 연결 진입로

서일봉 동굴진지

송악산 해안 진지동굴

한경면 수월봉 진지동굴

니다. 미드웨이 해전에서 해군 전함과 해군 항공기가 궤멸 수준으로 파괴·침몰되고 보급마저 차단된 상태에서 일본군은 노도와 같이 밀려오는 미군에 맞서 싸울 힘도, 능력도 상실했다.

히로시마 원폭 투하와 나가사키 원폭 투하에 일본은 더 이상 버티지 못하고 미국에 무조건 항복을 선언했다. 제3호, 제4호, 제5호, 제6호 원폭 투하가 계획되어 있었기 때문에 전쟁의 지속은 일본의 패전을 넘어 일본인 전체의 공멸을 의미했다.

광복절인 1945년 8월 15일은 대한민국이 일제의 압제로부터 해방되어 주권을 회복한 기쁜 날이다. 하지만, 우리가 맞이한 해방은 우리 독립군이나 광복군이 일본군과 싸워서 쟁취한 해방이 아님을 우리는 분명히 직시해야 한다. 역사는 끊임없이 되풀이되며, 역사와 전쟁이 주는 교훈을 외면한 민족에게 미래는 없다.

지난 역사 속 사건에서 교훈을 얻기 위해 당시의 태평양전쟁을 되돌아보자. 태평양전쟁은 대한민국 해방과도 밀접하게 관련되어 있기 때문이다. 떠올리기조차 싫은 일이지만, 태평양전쟁에서 만약 미국이 일본에 패했다면 우리는 지금과는 다른 상황에서 다른 운명으로 살아야만 했을 것이다.

여명이 밝아오는 1941년 11월 7일 일요일 아침, 일본 해군은 태평양 해상권을 장악하고 대동아 공영권을 확보하기 위한 야욕으로 미 태평양 해군기지인 진주만을 기습 공격했다. 이 공습은 일본의 대성공으로 끝났다. 진주만은 초토화되었다. 미 주력 항공모함 애리조나호를 포함한 12척의 미 태평양 함대 함선이 파괴되거나 침몰했다. 188대의 미군 비행기가 격추되거나 손상을 입었으며, 군인 2,335명과 민간인 68명이 사망했다.

진주만에 있던 미국 전함 애리조나호는 일본군의 피격을 받고 이틀 동안 불탄 후 침몰했다. 미국은 역사 이래 최초로 외국 군대로부터 침공당하는 치욕을 겪었다. 진주만 공급 결과는 외견상 일본군의 완벽한 승리로 끝났다. 하지만 이 전쟁이 사실은 일본 패망의 서곡이었다.

일본은 진주만 공습에 이어 태평양 환초 섬에 있는 미드웨이 해군 기지를 재차 공습했다. 진주만 공습에서 피해를 모면한 미국 항공모함과 전투함을 궤멸시키기 위해서다.

미드웨이 해전(Battle of Midway)은 1942년 6월 4일부터 6월 7일까지 태평양 미드웨이 섬 앞바다에서 벌어진 일본 해군 전력이 거의 총동원되다시피 한, 역사 이래 지상 최대의 해상 전쟁이었다. 미드웨이 해전이 있기 하루 전인 1942년 6월 3일 일본은 알래스카 미국 해군기지인 더치하버를 포격하고, 알류산 열도에 있는 에투 섬과 키스카 섬을 공격하여 무력 점령했다.

일본제국 해군 연합함대 사령관 야마모토 이사로구에 의해서 하달된 이 명령은 '알류산 열도를 점령하여 미 본토 공격 교두보를 마련하는 것처럼 위장하고, 미국의 국론과 주의가 분산된 틈을 이용하여 미드웨이 환초 섬에 있는 미 태평양 함대를 궤멸시킨다'라는 비밀스러운 전략의 일환이었다.

전략의 내면에는 '미드웨이에 정박 중인 미 태평양 잔여 함대를 궤멸시킨 후, 빠른 시일 내에 유리한 조건으로 미국과 협상을 맺어 일본의 태평양 해상 지배권을 공고히 한다'라는 치밀한 계산이 깔려 있었다.

태평양전쟁 발발 당시 일본 해군은 세계 최고 수준의 함대와 비행기로 무장하고 있었다. 일본의 공격에 대항하는 미국 태평양 함대는 진주만 피습 여파로 전함다운 전함이 없었고, 항공모함은 3척에 불과하여 일본의 해상 무력을 상대하기 어려웠다.

진주만 공습 당시 해상 전투폭격기 출격(출처: WIKIPEDIA)

미드웨이 해전에서 불타는 일본 순향함 미쿠마호(출처: bemil.chosun.com)

사실 미국은 강력한 대서양 함대를 보유하고는 있었지만 전략적으로 태평양보다 대서양에 더 치중했다. 당시 대서양 함대는 2차대전 막바지에 중차대한 작전을 대서양에서 수행 중이어서 태평양으로 동원할 수도 없었다.

일본제국 해군 연합함대 사령관 야마모토 이사로구는 일본해군사관학교를 졸업한 엘리트 군인이었다. 그는 하버드대학교에서 유학한 경험도 있고, 주미 일본대사관 주재 해군 무관을 지내기도 했기에, 세계사의 흐름과 미국의 힘, 경제력, 산업 생산 능력, 잠재력을 누구보다도 잘 알고 있었다. 따라서 그는 미국과의 전쟁을 당연히 반대했다. 그가 미국과의 전쟁을 적극적으로 반대하자 일본 대본영 회의에서 해군 대신과 육군 강경파로부터 암살 위협을 받았다.

야마모토 이사로구는 단기 기습공격이 아니고서는 미국을 도저히 이길 수 없다고 판단했다. 일본이 전쟁에서 선택할 수 있는 최상의 시나리오는 미 해군 함대가 집결해 있는 진주만을 기습 공격하여 단기에 승리를 얻은 후, 그 여세를 몰아 미국과 평화협정을 체결하여 태평양 지배권을 획득하는 것이 최선이라고 판단했다.

태평양전쟁이 한창 진행 중이던 1943년~1945년 미국은 일본과 벌어진 육상 전투는 물론 해상 전투에서도 전선 전역에서 악전고투하고 있었다. 필리핀, 인도차이나, 말레이반도 등 동남아시아와 뉴기니 등 남태평양 연안 전선에 투입된 수많은 미군 장군과 지상군이 일본군에 항복하여 포로로 잡혀 있었다. 영화 「콰이 강의 다리」를 떠올리면 쉽게 이해될 것이다.

당시 일본의 태평양 함대 전력은 세계 최대 전함이며, 한때 악마의 전함이라고도 불렸던 야마토함을 비롯한 11척의 전함과 항공모함 6척을 주축으로 한 150여 척의 거대한 해군 함대를 보유한 막강한 전력이었다. 해군 함대기에 소속된 전투기 숫자도 일본이 우세했다. 미국 태평양 함대가

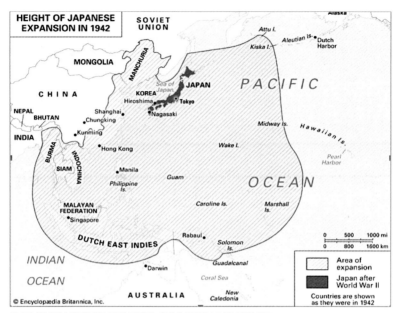

HEIGHT OF JAPANESE EXPANSION IN 1942

1942년의 일본 최대 점령 통치 지역과 패전 후의 일본 통치 지역 비교

해상에서 일본과 포격전을 벌인다면 단 몇 분 만에 전멸될 수도 있었다.

전체 함정 숫자에서 3:1로 열세였던 미국 태평양 함대 사령관 니미츠 제독이 선택할 수 있는 최선의 방법은 미드웨이로 접근하는 일본군 함대를 먼저 찾아내어 함재기로 선제 기습하는 것뿐 다른 선택의 여지가 없었다.

일본의 미드웨이 공습은 진주만 공습과 같이 철저한 비밀 속에서 이루어졌다. 태평양과 동남아에 포진하고 있던 일본 연합함대 최종 집결지, 공격목표, 공격 일시가 정해진 이후에는 비밀 유지를 위해 일본 함대 간 통신마저도 철저히 차단한 채 목적지로 산개하여 비밀리에 이동했다. 이 작전에서 야마모토 이사로구의 일본 연합함대는 결정적인 실수를 3가지나 범했다. 운명의 신은 결국 미국의 니미츠 제독 손을 들어주었다. 일본의 전쟁 패배 요인은 다음과 같다.

첫째, 일본은 진주만을 기습하여 태평양 함대에 재기 불능의 피해를 준 것으로 생각했으나, USS 엔터프라이즈호, USS 새러토가호, 요크타운호, USS 렉싱톤호는 건재했다. 진주만 유류 저장소와 탄약고도 건재했다.

둘째, 미국 정보당국은 일본군의 통신 암호 해독을 통해 비밀 침공 목표가 미드웨이라는 사실을 사전에 입수했다. 그래서 미국 주력 함대 미드웨이호를 산호섬 인근에 은신시키고 일본 해군의 공격을 기다리고 있었다.

셋째, 가장 결정적인 것은 미드웨이 상공에서 미국 함정과 해상 초계비행기가 일본 초계함과 초계비행기보다 5분 먼저 상대방 함대와 전투기 이동 루트를 발견하고 선제 기습공격을 성공적으로 가한 점이다.

이 정보와 작전에 힘입어 일본 태평양 함대와 전투기는 궤멸에 가까운 수준으로 패배했다. 일본 주요 전함 대부분도 미드웨이 해상에서 수장되었다. 이 패배는 2차대전에서 일본 패망의 서막이었다. 그러나 일본은 태평양 해전 패배 사실을 숨겼고, 태평양 나머지 지역에서 결사 항전했다. 항공모함과 전투폭격기 지원이 없는 전쟁 결과는 해상이든 육상이든 불문가지다. 일본은 결사 항전했지만, 태평양의 여러 섬에서 연전연패했다. 항공지원과 병참과 보급이 차단된 열세에서 섬을 사수하던 수많은 일본 지휘관과 병사들은 사살되거나 자결했다.

태평양전쟁 당시 일본에 의해 강제로 징용된 조선인은 일본 정부가 공개한 '조선총독부통계연보'에 따르면 7,827,355명에 이르며 징집된 조선인 학생만 해도 4,385명이나 된다. 이들 중 얼마나 많은 학생이 희생되었는지 아무도 모른다. 명칭은 조선인 학도지원병이었으나 실제는 협박과 강요에 의해 동원되었다. 일본을 위해 싸우지 않겠다고 반대한 학생들은 탄광이나 시멘트 공장 등으로 끌려가 노무자로 일했다.

역사는 왜곡하거나 유리하게 해석해서는 안 된다. 두 눈을 부릅뜨고 직시해야 한다. 만약 히로시마와 나가사키에 원폭이 투하되지 않았다면, 또 일본이 무조건 항복하지 않았다면 태평양전쟁 전선은 제주도까지 확대되었을 것이다. 그랬을 경우 내선일체의 포로가 된 한국인은 우리의 의지와 관계없이 제주도 동굴진지에서 일본이 미국과 벌이는 무모한 전쟁에 쇠사슬처럼 연계되어 참혹한 결과를 맞이했을지도 모를 일이다.

근래 한일 관계가 긴장과 대립을 넘어 악화일로로 치닫고 있다. 여차하면 독도 앞에서 한판 붙는 것도 불사할 기세다. 그 기백은 백번 가상하다. 우리가 지금 독도 앞바다 해상에서 일본과 한판 겨룬다면 우리는 과연 일본에 맞서 승리할 수 있을 것인가? 애국심이나 의지로야 백번 승리할 수 있다고 믿고 싶다.

그런데, 과연 그런가? 전문가의 냉철한 진단은 우리의 활활 타오르는 애

조천 만세동산에 휘날리는 태극기 바람개비

국심에 찬물을 던진다. 현재의 우리 전력과 일본 해상자위대 전력을 가지고 시뮬레이션하면, 한국 해군은 개전 30분 이내에 일본 해상자위대에 의해 수장될 것이라고 한다. 가슴 아픈 현실이지만, 구한말 조선과 일본 제국주의 시대 전력 격차와 크게 다를 바 없다. 우리는 지난 76년 동안 반일을 외치며 극일 의지를 불태웠지만 과연 무엇을 하며 지냈는가?

국력이나 경제력을 살펴보자. 2020년 기준 우리나라 GDP는 1조 6,309억 달러, 일본은 5조 4,950억 달러로 3배의 차이가 난다. 1인당 GDP는 우리나라가 31,288달러, 일본이 46,358달러로 일본이 우리보다 1.5배가량 높다. 국토 면적은 남한이 100,367㎢, 일본이 377,975㎢로 우리의 3.7배다. 남북한을 합친다 해도 일본 국토가 우리보다 1.5배가량 넓다. 장래 나라를 이끌 어린이 출산율 비교에서도 가임여성 1인당 남한은 1.1명, 일본은 1.4명이다. 더구나 대한민국 수도권 지역 어린이 출산율은 0.98명이다.

병서의 최고라고 인정받는 『손자병법(孫子兵法)』은 '지피지기 백전백승(知彼知己 百戰百勝)'을 가르친다. 입으로 외치는 구호만으로는 절대 일본을 이길 수 없다. 우리가 진정 극일(克日)하기 위해서는 일본을 자세히 알고, 일본을 넘어설 수 있도록 국력과 실력과 정신력을 키워야 한다.

현대 사회에서 우리의 상대국이 어디 일본뿐이랴. 우리는 다시는 아름다운 섬 제주도에, 아니 제주를 넘어 대한민국 강산에 치욕의 상흔을 남겨 후세대에 부끄러운 역사를 전하지 말자. 이것이 우리가 후대에 남길 역사적 사명이자 시대적 교훈이다.

11. 올레길에 만난
정난주 마리아를 기리며

···

　정난주 마리아는 250년 전 이 세상에 태어나서 한평생을 안타깝게 살다 간 여인이다. 그녀는 1773년(영조 49년) 8대에 거쳐 과거에 급제한 사대부 명문 가문이자 당대의 최고 실력자 가문인 정약현의 딸로 태어났다. 실학자인 정약용이 그의 숙부다. 집안 분위기에 따라 천주교와 실학(實學)을 수학했고, 일평생을 가톨릭을 신앙하며 살았다.

　18세 때 과거시험에 장원급제한 수재 황사영을 만나 결혼하여 27세 때 아들 황경한을 얻었다. 28세 때 그 유명한 신유박해 사건을 겪었고, 남편 황사영이 '황사영백서(黃嗣永帛書)' 사건으로 능지처참되었다. 그 이후, 그녀는 사대부 명문가 부인에서 관의 노비로 신분이 강등되어 남은 평생을 제주도 대정현에 유배되어 관비로 살았다. 하지만 그녀는 불행한 삶을 살았을지언정 신앙인의 표상으로서 훌륭하게 살다 간 아름다운 삶으로 추앙받는다.

　우리는 신앙의 자유, 사상의 자유, 학문의 자유, 표현의 자유를 하늘이 내린 당연한 권리로 여긴다. 적어도 오늘날은 그렇다. 그러나 불과 200년 전 조선시대 때만 해도 세상은 지금 우리가 누리고 있는 자유 세계와는 전혀 다른 세상이었다.

　정난주의 조부는 진주목사를 지낸 정재원이고, 실학을 집대성한 다산 정약용, 약전, 약종이 그의 숙부이며, 고모부가 이승훈 신부다. 또한 그녀의 어머니는 우리나라 천주교 성조인 이벽의 누이이기도 하다. 그녀는 숙부인 정약전에게서 학문을 배웠고, 고모부인 이승훈으로부터 마리아라는 세례명을 받은 후 천주교인이 되었다. 그녀 외삼촌 이벽은 한국 최초의 자생적 천주교인이자, 세례교인이기도 했다. 이런 가문과 학풍은 그녀가 자연스럽게 실학을 접하고 가톨릭을 믿는 신앙인으로 살아가게 하는 환경을 만들었다.

그녀 남편 황사영은 16세에 과거시험 초시에 합격하고, 17세에 장원급제한 수재다. 당시 임금인 정조로부터 총애와 신임을 한 몸에 받았던 특급영재였다. 지금으로 말한다면 17세에 사법고시, 행정고시, 외무고시에 수석 합격한, 장래가 촉망되는 고급 공무원이었던 셈이다.

황사영은 정난주의 숙부인 정약종에게서 학문을 배웠다. 공부하면서 스승의 질녀 정난주를 알게 되었고, 그런 인연은 그녀와의 결혼으로 연분이 이어지게 된다. 황사영은 스승으로부터 학문을 배우는 동안 실학과 천주교 가르침을 받아 자연스럽게 천주교 교인이 되었다. 그는 천주교도가 됨으로써 신앙인의 바른길을 걸었지만, 그로 인해 일평생 안위와 신분이 보장되는 관직과 광명의 길을 버려야만 했다.

조선시대 후기 가톨릭을 믿는다는 것은 참으로 위험한 선택이었다. 18세기 말 중국에서 들어온 천주교는 당시 지배이념인 성리학의 한계, 부패하고 무능하고 무기력한 관료체제, 파당 간 당파싸움에서 오는 피로감으로 인하여 진보적 사상가와 민중들에 의해 급속하게 사회에 확산되었다. 정조 시대에는 천주교도가 10,000여 명에 이를 정도로 널리 전파되었다. 거기에는 당시 사회의 개화적 물결과, 천주교를 관대하게 바라본 정조와 천주교를 신봉하는 남인 시파 실권자인 재상 채석공의 묵인도 있었다.

조선 후기 대통합을 실천한 개혁·개방적 군주 정조는 실학을 존중하고 정약용 등 실학자를 대거 등용하여 조선에 개혁의 꽃이 활짝 펼쳐지는 듯했다. 정조와 채석공이 죽자 나이 어린 순조가 10살에 즉위했다. 영조의 젊은 부인 정순대비가 벽파(僻派)의 지원을 받아 증손자인 순조의 대리청정인으로 섭정하게 되었다. 정계 주도세력이 사도세자를 모함했던 벽파로 바뀌면서 시파(時派)와 벽파(僻派) 사이에 고질적인 당파싸움과 권력투쟁이 재발했다.

정순왕후의 친오라버니 김귀주가 주축을 이루었던 벽파가 정순대비를 등에 업고 정권을 장악하자 사교와 천주교를 금지하라는 명령이 내려졌다. 이른바 신유박해 사건(1801년)이다. 이 박해로 천주교인 100여 명이 처형되었고, 이승훈, 정약종 등 수많은 천주교인과 실학자와 시파인 남인계 지식인 1,000여 명이 처벌받거나 유배되었다. 이 신유박해는 급속하게 확산된 천주교세에 위협을 느낀 노론계 벽파 지배세력이 진보적 사상가와 가톨릭을 탄압하고 남인계를 비롯한 정적을 몰아내고 정권을 장악하기 위한 권력다툼이었다.

신유박해로 신분의 위협을 느낀 정난주의 남편 황사영은 충북 제천의 베론 골짜기로 피신했다. 황사영은 천주교 탄압 실상을 중국에 있는 천주교 교단에 알리고, 천주교를 진흥시키기 위해 자신의 의견을 적은『황사영백서(黃嗣永帛書)』를 써서 북경의 구베아 주교에게 보내려다 사전 발각되었다.

정난주가 28세 때, 젊은 남편 황사영은 '황사영백서' 사건의 주모자로 체포되어 1801년 11월 서소문 밖에서 대역부도죄로 능지처참형을 당했다. 황사영 가족에게는 연좌제가 적용되어 어머니 이은혜, 부인 정난주, 아들 황경한은 관노로 신분이 전락되었다.

이 일로 정난주 집안은 풍비박산이 났다. 전 재산은 몰수되었다. 28세의 정난주는 제주도로, 2세 된 어린 아들은 추자도로, 시어머니는 거제도로 유배되었다. 시숙까지도 함경도 경흥으로 귀양 갔다.

명문 선비 가문의 유복한 딸로 태어나 실학자인 삼촌의 가르침으로 천주교인이 되었고, 전도양양한 젊은 학자이자 고급관리의 부인으로 제2의 삶을 순탄하게 살아가던 정난주가 천주교인으로서 겪은 제3의 인생 시련은 말로 형언하기 어려웠다. 당대 최고 실학자이자 정조의 총애를 받았고, 권력의 중심에 있던 숙부 정약용조차도 한때는 가톨릭을 믿었으나 그 신앙을 버렸노라고 맹세문을 올려야 할 정도로 정국은 경색되었다. 하지만 정약용조차도 결국은 세력다툼의 희생 인물이 되어 강진에서 18년간 유배 생활을 해야만 했다.

황사영의 스승이자 가톨릭 평신도회 회장을 역임한 정약용의 형 정약종과 스승의 아들도 서대문 밖에서 순교했으며, 정약전도 흑산도에서 13년간 유배 생활을 하다가 그곳에서 죽었다.

사대부 집안의 부인에서 아들과 함께 천민 관비(官婢)로 신분이 강등되어 유배지로 떠날 때의 아픈 심정은 헤아리기 어렵다. 그녀는 어린 아들과 아들의 장래 태어날 후손들까지 관의 노비로 살아야 하는 불행을 물려줄 수 없었다. 그래서 노비 신분으로 배를 타고 제주도로 가는 길에 호송 포졸들을 회유하고, 어렵게 구한 술을 선원들에게 대접하고 설득하여 어린 아들을 추자도 파도가 억세게 물결치는 물생이 끝 바위 위에 버리듯

하추자도 예초리에 있는 황경한의 묘

다산 정약용이 유배 생활 18년 가운데 11년간 머무르며 30여 명의 제자를 기르고 목민심서 등 저서를 집필한 다산초당

내려두고 유배길로 떠났다. 그녀 아들은 '배에서 사망하여 수장시켰노라'라고 입을 맞추기로 하고….

　사랑하는 어린 아들을 무인도나 다름없는 섬에 버리듯 남겨두고 돌아서는 아픔이 얼마나 컸으면, 어머니인 정난주는 혼절까지 했으랴. 그녀의 아들은 추자도에 살던, 소를 키우던 오상선 씨 부인이 데려다 아들처럼 키웠다. 지금도 하추자도에 황경한의 후손 4가구가 살고 있으며, 그의 묘역은 하추자도 예초리에 있다. 그러한 인연으로 추자도에서 황씨와 오씨는 결혼하지 않는 전통이 이어져 내려오고 있다.

　제주도 유배 이후, 정난주는 대정현 관비로 살았다. 제주도는 사람이 살기 어려운 정치적 유배지로, 조선시대부터 수많은 충신, 선비, 학자들이 정치적 이유로 유배되어 고통받은 땅이다. 조선 15대 임금 광해군도 탄핵으로 폐위되어 제주도 구좌읍으로 유배되어 임종할 때까지 지냈으며, 조선 최고 학자이자 당대 최고 문장가이던 추사 김정희도 제주도 대정현에 위거 안치되었다. 대정현은 제주도에서도 가장 바람 거칠고, 척박하고, 살기 어려운 곳이다. 그렇게 열악한 환경에서도 그녀는 깊은 학식과 고매한 인품으로 많은 사람에게 감명을 주고 귀감이 되었다.

　조선시대 유배인들은 대부분 학문이 깊고 식견이 높은 학자나 정치인이었다. 그래서 죄인의 몸이지만 유배지에서도 저술 활동을 하고, 학문을 가르치며 제자들을 길렀다.

　그녀는 유배 이후 한때 별감을 지내기도 했던 대정현 토호 김석구의 집에 위거, 안치되었다. 관비일지라도 명문가에서 교육받고 자랐기에 학식이 뛰어나고 품행이 올바르며 온유하여 그곳에서 김석구의 자녀들을 양자처럼 가르치며 살다가 1838년 지병으로 사망했다.

　그녀가 66세로 한 많은 삶을 마감했을 때, 그녀를 존경하며 따르던 많

정난주 마리아 묘역

정난주 마리아 묘

은 사람이 한양 할머니가 돌아가셨다고 슬퍼했으며, 김석구 아들 김상집이 그녀의 장례를 정성껏 치러 제주도 모슬포 북녘에 장사지냈다.

정난주는 비록 처형은 면했지만, 그녀의 일평생 삶은 천주교인으로서 귀감이 되는 것으로 평가되어 천주교단에서 그녀의 묘지를 서귀포시 대정읍 동안리 12의 순교자 묘역으로 이장하여 성역화 하였다.

올레 11길이 지나가는 길에 그 무덤이 있다. 정난주의 한 많았을 삶을 추모하며, 신앙만을 유일한 위안으로 삼고 37년을 하나님께 봉헌하는 삶을 살다 간 고매한 성품, 깊고 해박한 학식, 신실한 신앙심에 머리 숙여 경의를 드린다.

한 시대, 한 사람은 불행하게 살다 갔지만 그녀의 인물됨과 신앙인으로서 남긴 족적은 뭇사람들에게 영원히 기억될 것이다.

서귀포시 대정읍 동안리 순교자 묘역 정마리아 동상

12. 대한민국에서 가장 키 작은 섬 가파도

운진항 ↔ 가파도 왕복 페리선

...

"니 가파도 가봤나?"

"기래 봤다."

"마론 브랜드 나오는 영화 대부 아이가? 그 영화 주연배우 마론 브랜드 연기 정말 쥑~인다. 배경음악도 은은하게 깔려 나오는 게 참~좋제."

"아니, 영화 가파도(God Father)가 아이고, 제주도에 남쪽에 있는 쬐~끄 맨 섬 가파도 말이다."

아주 오래전 학생 시절, 영어회화 수업 시간에 경상도 사투리를 심하게 쓰는 여학생 두 명이 대화하는 내용이었다. 영어인지 한국어인지 모를, 그 학생들의 강한 경상도 사투리 억양과 대화 내용이 재미있어 아직도 뇌리에 남아 있다.

가파도! 우리나라 제주도 최남단 마라도와 한림 사이 송악산 남쪽 5.5 ㎞에 있는 자그마한 섬이다. 정확히는 대정읍에서 5.5㎞ 떨어진, 면적 0.874㎢, 해안선 길이 4.2㎞, 해발 20.5m의 아주 낮고 작은 섬이다.

이 섬에 126가구 227명이 살고 있다. 태평양의 거대한 힘을 싣고 밀려오는 바람이 거세고, 파도가 거칠게 일렁이며, 섬 내부 기반 시설이 부족하여 사람 살기에 그리 좋은 조건이라고 얘기하기는 어렵다.

파도 일렁이는 건너 멀리에 우리나라 최남단 섬 마라도가 보인다. 가파도의 외양은 딱정벌레가 웅크리고 물 위에 떠 있는 것 같아, 캐나다 동부 섬 프린스에드워드 아일랜드와 많이 닮았다는 생각이 든다.

캐나다 동쪽 뉴브런즈윅 주 바로 앞 해상에 있는 섬 프린스에드워드 아일랜드는 뉴브런즈윅 주에서 13㎞ 떨어져 있다. 섬 평균 고도가 해수면과 비슷할 정도로 낮으며, 가장 높은 곳이 132m다. 거센 바람과 일렁이는 파도조차도 비슷하다. 기후가 온화하고 풍광이 아름다워 유럽인의 별장이 많고 은퇴자들이 즐겨 찾아오는 명소다.

소설 『빨강머리 앤(Anne of Green Gables)』의 작품 속 배경이 되는 곳으로 유명하며, 이 소설의 작가 루시 몽고메리(Lucy M. Montgomery)는 이 작품을 통해서 대영제국 훈장을 받았고, 그녀의 소설 『빨강머리 앤』은 전 세계 언어로 번역되어 수억 명 독자들에게 깊은 감명을 주었다, 영화와 뮤지컬로도 제작되어 전 세계 극장에서 공연되고 있는 명작품이다.

가파도에서 제일 높은 곳은 소망 전망대다. 이 전망대 고도는 해수면과 비슷한 해발 20.5m로, 파도가 일렁이면 섬이 바닷물에 잠기지나 않을까 걱정스럽다. 그래도 이 전망대에 올라서면 한라산, 마라도, 푸른 바다가 한눈에 보인다.

1842년 이전까지 이 섬은 무인도였다. 섬 규모는 작을지라도 역사적으로는 꽤 유명한 섬이다.

조선 효종 4년인 1653년 8월, 네덜란드 선박 스페르베르(Sperwer)호가 타이완에서 나가사키로 가던 중에 폭풍우에 난파되어 가파도 해상에서 표류하다가 제주도 서귀포 인근 해안에 표착하였다. 동인도회사 무역선인 이 배에 타고 있던 선원 64명 가운데 28명은 난파로 숨졌고, 36명은 구조된 후 한양으로 압송되었다.

하멜을 포함한 선원들은 1653년부터 1666년까지 13년 동안 제주도, 서울, 전라도 강진 등에서 억류생활을 했다. 억류생활을 하는 동안 강제노역, 구금, 군역, 태형 등으로 20명이 죽었다.

동료 선원 7명과 함께 1666년 9월 강진을 탈출, 나가사키를 경유하여 네덜란드로 귀국한 하멜이 자신이 체험한 조선 생활을 기록한 보고서가 『하멜 보고서』다. 이 보고서는 당시 조선 사회의 정치, 경제, 교육, 풍속,

가파도

가파도 올레객들

가파도 유일한 풍력발전기

가파도에서 가장 높은 20.5m의 소망전망대

생활상 등을 파악할 수 있는 정보가 담긴 소중한 기록이다.

가파도 주요 산업은 농업과 어업이었다. 올레길 10-1길이 섬 해안선을 따라 지나가고 방문객과 관광객이 늘어나면서 관광이 주요 산업의 하나로 떠올랐다.

확실히 관광은 미래 먹거리 산업으로서 종합선물세트와 같다. 교통, 통신, 숙박, 식음료, 기념품, 지역 특산품 판매, 박물관 탐방, 문화 전파, 고용 확대 등으로 연관산업에 파급되는 효과가 크다.

가파도는 워낙 척박한 섬이기에 다른 농업은 불가능하지만, 청보리가 꽤 유명하다. 올레길이 지나는 이 섬에는 친환경 청보리 도정공장이 있고, 규모는 작을지라도 가파초등학교, 교회, 고인돌 유적지, 민박집, 펜션, 게스트하우스, 식당, 카페가 그림처럼 아름답게 산개되어 있다. 청보리빵, 청보리 미숫가루, 청보리 막걸리가 이 지역 특산품이다. 또 마을 곳곳에는 자그마한 카페와 해산물 식당도 곳곳에 있어 지나는 발길에 눈과 입이 심심치 않다.

마을 안을 한 바퀴 돌다 보면 벽화가 아름답게 그려진 집도 보이고, 담장과 벽이 소라 껍데기로 장식된 집도 있다. 또 낮은 돌담 안에 아담하게 정원도 꾸며져 있어 귀에 들릴 듯 말 듯한 섬 스토리가 술술 풀려 나가는 듯싶다.

과거 이 섬에서 농사는 인력으로 땅을 일구고 씨앗을 뿌려 추수하는 전근대적 방법으로 이루어졌지만 이제는 경운기, 트랙터, 콤바인, 추수기 등 기계를 동원한 영농방식으로 바뀌었다. 섬에서 여인들은 해삼, 전복, 소라, 멍게, 김 등을 채취해서 관광객에게 판매한다. 그 작은 섬에서 살아가는 한국인의 끈기와 생명력이 놀랍다.

하기야 북극에 인접한 알래스카 최북단 프루드호 베이, 알래스카 최남단 섬 코디액, 캐나다 최동단 동쪽 끝 케이프브렌든 섬, 남태평양 섬 팔라

벽화마을   소라 껍데기로 장식된 담장

가파도 해녀   바다에서 소라, 전복, 오분자기를 채취하고 있는 해녀들

가파도에서 보이는 최남단 섬 마라도

우, 구소련 연방의 일원이었던 에스토니아에서도 한국인이 꿋꿋하게 살아간다. 우리나라 최남단 섬의 하나인 가파도에 한국인이 사는 것은 어찌보면 당연한 일이다. 그렇게 척박한 곳에서도 삶의 끈을 이어가는 우리는 의지와 집념과 끈기로 뭉쳐진 대한국인 아닌가!

가파도 선착장 앞에서 방문객을 반기는 돌하루방

13. 갯바위낚시 보고
차귀도

차귀도 등대

···

제주도에 딸린 섬 가운데 가장 큰 무인도 차귀도(遮歸島)! 제주도 한경면 고산리 올레 17길이 지나는 길가에 있는 차귀도는 수려한 자연, 깎아지른 듯한 절벽, 기암괴석이 어우러져 절경을 이룬다. 고산리 자구내포구에서 유람선을 타면 10분 거리에 있는 면적 0.16㎢의 작은 섬 차귀도는 포구에서 약 2㎞ 떨어진 바다 가운데에 있어 육안으로도 선명하게 보인다.

천연기념물 제422호인 차귀도 주변에는 아름다운 보석을 흩뿌려놓은 듯 죽도, 지실이섬, 와도 등 작은 부속 섬이 흩어져 있다. 죽도(竹島)가 본섬이고, 나머지는 부속 섬이라고 이해하면 된다. 아니 섬이라기보다는 바다에 솟아 있는 작은 암반 덩어리라고 표현해야 적절하겠다.

차귀도에는 오래전부터 전해오는 전설이 있다. '고려시대 지리서에 의하면 제주도에서 인걸들이 끊임없이 나왔으며, 제왕의 기운을 가진 이가 곧 태어날 것'이라는 이야기가 전해져왔다. 이 사실을 알게 된 송(宋)나라 임금은 호종단(胡宗旦)이라는 풍수지리사를 제주에 보내 제주의 중요한 지혈과 수혈을 모두 끊으라고 명령했다. 호종단은 제주도를 돌며 지혈과 수혈을 모두 끊어 가다가 제주시 화북동에서 더 이상 수혈을 찾지 못하고 돌아가려 했다. 이때 이들의 만행에 노한 한라산 신이 매로 변해 그들이 탄 배를 해상에서 침몰시켰다. 결국 호종단 일행은 돌아가지 못하고 이 섬 앞바다에서 죽었다. 그리하여 이 섬이 '돌아가지 못한 섬' 차귀도(遮歸島)라고 불리게 되었다' 라는 전설이 전해진다. 그 매가 바위가 되어 차귀도 바다 위에 앉아 있다. 머리며 날개며 꼬리며 앉아 있는 모습이 매를 닮았다.

차귀도에는 조릿대가 많아 조선시대까지는 죽도(竹島)라고 불렸다. 일제강점기 이후 차귀도로 명칭이 바뀌었다.

오랫동안 출입이 금지되었던 섬 차귀도는 바다낚시꾼에게는 잘 알려진 섬이다. 제주도는 섬 전체가 매력 있는 갯바위낚시 포인트지만, 차귀도는 풍랑이 거칠고 각종 어족자원이 풍부하며 수심이 깊어 씨알 굵은 고급 어종이 많이 낚인다.

근해에는 다금바리, 돌돔, 참돔, 쥐치, 노래미가 잘 잡히고, 전복, 톳, 미역 등 해산물이 풍부하게 널려 있다. 바다낚시는 철에 따라, 물고기 놀이터인 여의 상태에 따라, 수심에 따라 사는 물고기가 다양하다. 낚싯대를 물에 드리우고 찌를 바라보고 있노라면 물고기가 툭툭 입질하는 것이 느껴진다. 입질할 때 손끝으로 전해오는 어신은 짜릿짜릿하다.

어느 순간 찌가 물속으로 쑥 가라앉거나 떠오르는 타이밍에 맞춰 낚싯대를 당겼을 때 손끝으로 묵직하게 전해오는 물고기의 파드닥거리는 느낌에는 낚시 초보자라도 전율하지 않을 수 없다.

낚시에 물고기가 걸렸다고 모두 낚이는 것은 아니다. 걸린 물고기도 생사를 놓고 물속에서 발버둥친다. 그때 혹자들은 낚싯줄에서 '핑핑' 하고 피아노 줄 튕기는 소리가 난다고 한다. 그만큼 긴장과 스릴이 넘친다는 얘기다.

물고기와 경쟁을 벌일 때 낚시꾼들의 과장은 좀 심하다. "물고기 주둥이가 제네시스 승용차만 하다"라는 둥, "물고기가 당기는 힘이 포크레인이 끌고 가는 것 같다"라는 둥, "놓친 고기가 고래만 하다"라는 둥, 악의 없는 입담은 끝이 없다.

원래 차귀도에는 1911년 고산리에 살던 강씨 집안 사람들이 뗏목을 타고 들어와 키 작은 조릿대만 무성한 차귀도에 정착하고 살기 시작했다. 차귀도의 가장 큰 섬 죽도는 땅이 기름지고 해풍이 좋아 감자, 참외, 수박 등을 심어 풍성한 수확을 거두었다. 해풍을 맞고 자란 농산물은 맛과 질

갯바위낚시

이 우수하다.

세계적 감자로 이름이 올라 있는 카벤디쉬 감자도 캐나다 북동부 섬 프린스에드워드 아일랜드의 유기물 풍부한 땅에서 대서양 해풍을 맞고 자랐기에 세계적 명품 감자로 인정받게 되었다. 우리가 코스트코에서 즐겨 구입해 먹는 가공 감자가 바로 해풍을 맞고 자란 카벤디쉬산 허쉬브라운과 카벤디쉬 크리스피 튀김용 감자다.

억센 해풍을 듬뿍 맞고 자란 제주도 남서부와 남해 마늘이 한국 전체 마늘 수요의 절반 이상을 차지할 만큼 인기 있는 것과 같은 이치다. 해풍에 실려오는 대기에는 유기물이 많아 농사가 잘된다는 소문을 듣고 마을 사람들이 한두 집씩 죽도로 건너와 살기 시작했다. 1970년대까지 죽도에는 7가구가 해산물을 채취하고 콩, 보리, 감자, 참외, 수박 등 농사를 지으며 살았다. 그러나 뜻하지 않은 간첩단 출현 사건으로 주민들이 모두 소개되었고, 그 후 30여 년간 출입이 금지되어 지금은 무인도로 남아 있다. 최근에야 출입 금지가 해제되어 낚시꾼과 관광객의 발길이 잦아지고 있다.

죽도 이곳저곳에는 30여 년 전까지 사람이 살았던 구조물 흔적, 농사를 지었던 밭, 빗물 저장시설 등이 지금도 남아 있다. 오랫동안 출입이 금지되었던 관계로 훼손되지 않은 자연, 맑은 공기, 풍광 아름다운 차귀도는 제주의 또 다른 보물이다.

드넓은 평원, 억새풀로 장관을 이룬 오솔길을 따라 걸어 올라가면 가장 높은 언덕 위에 차귀도를 밝히는 등대가 있다. 등대가 있는 언덕이 볼데기 언덕이다. 등대를 만들 때 등짐을 지고 제주말로 "볼락 볼락" 가쁘게 숨을 쉬며 힘들게 올라왔다고 해서 붙여진 이름이다.

볼데기 언덕에 올라서니 장군바위, 매바위, 쌍둥이바위 등, 크고 작은 바위섬이 한눈에 보인다. 차귀도에서 가장 높은 언덕 위에는 10m 높이의

밤바다에서 오징어 낚시·한치 낚시 조업 중인 배

야간에 잡은 오징어를 해풍에 말리는 자구내포구 오징어 건조대

화산재가 쌓여 해풍과 바닷물에 침식되어 이루어진 붉은 바위

차귀도

등대가 세워져 있다. 섬 주변에 암초가 많이 포진해 있기 때문에 칠흑 같은 야간에 지나가는 어선에게는 위치 확인을 위해 꼭 필요한 등대다.

등대는 대부분 전기로 불을 밝히지만, 차귀도 등대는 자력으로 빛을 발산한다. 등대에 달려 있는 집열판이 햇빛을 받아 충전하여 밤에 빛을 내기 때문이다.

육지에서 바라볼 때 차귀도는 그림처럼 아름답게 보인다. 하지만 막상 전망대 언덕 위에서 바라보는 차귀도는 사방이 온통 울퉁불퉁한 억새밭이며, 깎아지른 듯한 절벽이다. 이 섬 근해는 워낙 풍랑이 드세고 암초가 많아 예부터 난파선 잔해가 떠밀려오기도 하고, 뱃사람의 시체도 종종 떠밀려왔다고 한다. 절벽 아래로는 검은 갯바위에 거센 파도가 쉼 없이 부딪쳐 하얀 포말을 일으키며 부서진다. 파도에 부딪쳐 흰 포말을 일으키는 바위 위에서 바다낚시꾼들이 조심스럽게 서서 밑밥을 뿌리며 끊임없이 낚싯대를 던지고 있다.

가끔씩 물 밑에서 역류하는 큰 파도가 밀려와 바위에 부딪칠 때마다 낚시꾼의 안위가 걱정되어 다시 한번 낚시꾼을 살펴보기도 한다. 몇 명이 바위에 남아서 낚시하는지 하나, 둘, 셋, 세면서… 아름다운 장미에는 가시가 있듯이, 아름다운 섬에도 이렇게 접근하기 쉽지 않은 위험이 섬 주변에 도사리고 있다.

자구내포구 근처에서는 해녀들이 물질 작업에 한창이다. 물 맑은 바다에서 건져올린 전복, 해삼, 멍게, 소라, 문어는 관광객에게 인기 있는 식사 메뉴이자 간식거리다. 재수가 좋으면 도미도 작살에 찍혀 올라온다.

포구에서는 바다에서 밤새 잡아올린 오징어와 한치를 갯바람에 말리는 작업이 한창이다. 제주도 맑은 바다에서 건져올린 오징어나 한치를 공해 없는 바닷가에서 해풍에 말렸기에 맛도 일품이다. 이 오징어에 소주 1병이면 저녁 시간이 행복할 것 같다.

자구내포구에서 바라보는 낙조는 일품이다. 특히 태양이 서쪽 바다로 뉘엿뉘엿 지는 순간 차귀도 암반 바위에 걸린 태양 모습은 장관이다.

아침 일출은 찬란하게 떠오르며 용사비등하는 양(陽)의 기운이 느껴지지만, 저녁의 낙조는 센티멘탈한 음(陰)의 아쉬움이 묻어난다. 다음 날 아침 언덕 위에 서서 다시 한번 아름다운 차귀도를 바라보았다. 갓 시집온 색시처럼 풋풋한 바다 냄새 가득 품은 차귀도는 역시 아름답다.

차귀도에서 이어지는 올레길이 용수포구다. 김대건 신부가 중국 마카오에서 신학을 공부하고, 상해에서 사제 서품을 받고 조선 땅으로 향하다가 풍랑을 만나 기착했던 천주교 성지가 바로 이 포구다. 그는 이곳에서

차귀도의 일몰

배를 수선한 후, 충남 황산 강경포구로 입항하여 전국을 돌며 신도들을 격려하고 선교활동을 했다. 1846년 선교사 입국과 해외 선교부와의 연락을 위한 비밀항로 개설을 위해 백령도 부근을 답사하던 중 체포되어, 1846년 국법을 어긴 죄로 새남터에서 효수형 당했다. 그의 나이 약관 25세 한창 젊을 때다.

성인으로 추대된 김대건 신부 제주 표착 기념관과 성당이 용수포구에 있다. 그 기념관에 가서 역사 속 젊은 김대건 신부를 만나 심심한 위로의 말이라도 건네주어야겠다.

14. 삼별초 항몽 전쟁의 역사적 의미

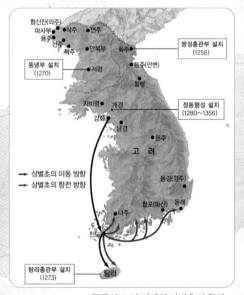

함신진(의주)
파사부
용주
삭주
선주
연주
안북부
확주
화주
쌍성총관부 설치
(1258)
동녕부 설치
(1270)
서경
등주(안변)
철령
자비령
개경
정동행성 설치
(1280~1356)
강화
남경
원주
고 려
➡ 삼별초의 이동 방향
➡ 삼별초의 항전 방향
동경(경주)
합포(마산)
동래
나주
진도
탐라총관부 설치
(1273)
탐라

몽골의 고려 지배와 삼별초의 항전

．．．

아시아와 유럽 등 세계에서 가장 넓은 영토를 제패한 세계 최강 몽골군에 맞서 항전한 삼별초! 삼별초(三別抄)는 몽골의 고려 침략과 내정 간섭기인 1231년부터 1273년까지 40여 년 동안 몽골에 대항했던 고려의 무인세력이다.

몽골 제국의 6차에 걸친 침략과 통치권의 간섭에 저항하여 새로운 독립 왕조를 세우고자 했던 무인들의 피땀과 눈물의 흔적이 진도 용장산성과 제주 항파두리 항몽 진지에 짙게 서려 있다. 다른 반란군과는 달리 그들은 원래 고려 무인 정권의 특수 사병이었다가 고려 조정의 정규군으로 재편된 무장세력이었다. 비록 역사는 삼별초의 저항을 고려왕조에 맞선 반란(反亂)으로 규정했지만, 몽골의 내정 간섭이 없는 자주 국가를 세우기 위해 몽골에 항쟁으로 맞섰다는 점에서 보는 이의 가슴에 애틋한 연민의 감동을 준다.

역사는 성공한 패권자들에 의해 쓰이는 승자의 기록이다. 한때 원(元)나라의 간섭을 받지 않는 자주국으로 서고자 했던 고려 무인(武人)세력! 그들은 패자(敗者)가 되어 빛도 공과도 없이 사라졌지만, 빛바랜 흔적일지언정 자주와 저항의 역사로 남아 있다.

반도 세력과 해양세력이 충돌하는 한반도에는 역사 이래 960여 차례 주변국으로부터의 외침이 있었다. 약육강식(弱肉强食) 사회에서 약소국이 주변의 거국이나 외적의 끊임없는 침략에 대항하기 위해서는 외침에 대응할 만한 힘을 키우거나, 외세와 굴종적으로 손잡고 종속정권이 되거나, 외교력을 발휘하여 위태로운 협력적 동반관계를 이루어나가는 수밖에 없

진도 용장산성 삼별초 기념탑

다. 신라(新羅)가 외세인 당(唐)의 힘을 빌려 이룬 삼국통일 대업이 한반도 통일에 기여한 점은 인정하지만, 어찌 보면 반칙을 통한 부끄러운 통일이었으며, 몽골의 한반도 침입으로 전 국토와 국민이 홍역을 치르는 전쟁에서 살아남기 위해 몽골에 항복한 것 역시 부끄러운 굴종이다.

이스라엘 역사를 보라. 유럽과 아시아와 지중해가 교차하는 전략적 요충지 페니키아 땅에도 고대부터 역사 이래 수 없는 전쟁이 지나갔다. 이집트, 바빌로니아, 앗시리아, 페르시아, 마케도니아, 로마 제국이 그 땅을 지나갈 때마다 그곳은 피비린내 낭자한 전쟁을 겪었다. 하지만 이스라엘 민족은 분열되지 않았고, 패전으로 항복은 했을지언정 굴종하지 않았다. 출애굽이 이를 입증하고 이천 년 전 마사다 요새를 세우고 최후까지 항전했던 전쟁사(戰爭史)가 이를 입증하고, 로마 제국에 의해 분열되고 민족 전체가 세계로 산산이 흩어졌던 디아스포라가 이를 입증한다.

국가가 멸망한 이후 이천 년까지 민족이 소멸되지 않고 유지되어 새로운 국가를 재건한 점은 우리를 더욱 놀라게 한다. 더구나 주변 아랍제국과 2차례나 세계대전에 버금가는 전쟁을 치르고도 건재한 과거사가 이를 입증하지 않는가!

고려 무신정권은 고려시대 무신들의 독재 정권 시기로, 고려 18대 왕 의종 때인 1170년 정중부의 난으로 시작되었다. 당시 고려의 정치형태는 문을 숭상하고 무를 천시하는 숭문천무(崇文賤視) 정책에 따라 문인을 상대적으로 우대하고, 무인을 노골적으로 무시하던 시대다.

군인들은 국가 방위, 각종 전투, 노역에 시달렸지만, 합당한 대접을 제대로 받지 못했고 봉급도 충분히 지급받지 못해 불만이 많았다. 몽골 제국과의 잦은 전투 때도 무인 지휘관이 문인의 지휘를 받아야 할 만큼 무시당했다. 게다가 문신 귀족들의 횡포와 수탈로 농촌경제는 피폐해지고 유민들이 속출했으며, 곳곳에서 농민반란이 일어났다.

고려 역사를 뒤흔든 무인 혁명사건은 이렇게 일어났다. 1170년 의종 24년 8월 그믐날 밤 의종의 보현원 놀이를 틈타 문인들에 비해 상대적 차별 대우를 받아온 정중부, 이의방, 이고 등 무신들은 "문관의 관을 쓴 자는 아무리 벼슬이 낮아도 모조리 죽여라!"라는 작전 명령에 따라 하룻밤 사이에 개경의 문신 귀족 100여 명을 죽이고 권력을 장악했다. 9월 초까지 이어진 정변으로 권력의 중심은 문신 귀족에서 무인 중심으로 바뀌었고, 의종은 폐위되었다.

무인들은 의종의 동생 명종을 새 왕으로 옹립하고, 최고 권력의 자리를 차지하여 국사를 좌우했다. 합의에 의한 민주국가가 아닌 왕국에서 권력은 서로 나눌 수 있는 것이 아니다. 이 과정에서 무신들 사이에 정권을 독차지하기 위해 경쟁자들을 제거하기도 하고 치열한 대결이 벌어졌다. 보다 많은 군사를 거느린 힘 있는 자만 살아남을 수 있었다. 이의방, 정중부, 경대승, 이의민으로 이어지던 무신정권 초기의 혼란은 최충헌 집권으로 수습되었다.

최충헌은 강력한 사조직 군대를 기반으로 왕을 넘어서는 권세를 누리면서 자기 손으로 두 왕을 내쫓고, 네 왕을 추대하며 정권을 이어갔다. 최충헌을 시작으로 60여 년간 그의 아들 우, 손자 항, 증손자 의가 차례로 정권을 장악하다가, 1258년 원종의 사주를 받은 김준에게 최의가 살해됨으로써 최씨 무신정권은 막을 내렸다. 이후, 정권은 임연, 임유무로 승계되다가 무신 통치 100년 만인 1270년 무신정권은 완전히 종식되었다.

몽골군(원, 元)은 고려 고종 18년인 1231년부터 40여 년간 6차례나 한반도를 침공했다. 최씨 일가와 지배자들은 1232년 강화도로 피난을 떠나 항몽 거점으로 삼고 몽골의 침략에 맞섰다. 하지만, 궁예의 부하 장군으로 출발한 고려는 개국 초기부터 내부 기반이 취약하여 잦은 반란에 직면했다. 최씨 무인 정권은 반란 일부는 진압했지만, 북부지역 반란세력은 몽골로 이탈하고, 그 영토는 몽골에 병합되었다.

이러한 와중에 고려 23대 왕 고종은 몽골의 항복 요구에 따라 강화성벽을 헐고 화친을 맺었다. 24대 왕 원종과 원종에 기생한 일부 문신들은 더 나아가 몽골에 굴복하여 스스로 신하국이 되었다. 대세는 몽골에 굴복한 원종 쪽으로 기울었다.

고려가 원과 협상한 것은 몽고 쿠빌라이를 황제로 모시고, 공물과 군대를 제공하는 격하를 전제로 하는 것이다. 원나라와 굴욕적인 강화(1270년 5월)를 맺은 원종은 강화도에서 개경으로 환도를 단행하면서 삼별초 해산 명령을 내리고, 삼별초 명단 제출을 요구했다. 삼별초 명단 제출 요구는 몽골에 의한 삼별초 제거를 의미한다.

삼별초는 최충헌, 최우, 최항, 최의로 이어지는 무신정권 시대에 최우가 1219년 도둑을 막고 치안을 유지하기 위해 설치한 야별초(夜別抄)에서 유래했다. 야별초는 무인이던 최우가 자신의 권력 보호를 위해 조직한 사병집단이다. 지금으로 보면 전투경찰쯤으로 이해하는 것이 편하겠다.

조직의 지휘관에는 도령(都領)·지휘(指揮)·교위(校尉)등 관료들이 임명되어, 개인의 사병이면서도 국가의 통제를 받는 군조직으로 항몽 전쟁에 참여하기도 했다. 야별초는 다시 좌별초·우별초로 나뉘었으며, 몽골에 포로로 잡혀갔다가 돌아오거나 탈출한 고려 군인들로 이루어진 신의군(神義軍)을 포함하여 삼별초라 불렀다. 삼별초는 후일 몽골의 침략이 잦아지자 이에 대항하는 고려 정규군으로 재편성되었다.

외세와 결탁한 원종의 개경 환도와 삼별초 해산 명령에 불복한 배중손과 노영희 등 삼별초군 지휘부는 대몽항쟁을 다짐하고, 1270년 원종의 6촌인 승화후(承化侯) 온(溫)을 새로운 고려국 왕으로 추대하여 반몽정권을 수립했다. 강화도는 개경에 가까워서 항몽 방어거점으로 부적절해지자 활동 근거지를 전남 진도에 있는 절 용장사 옆으로 옮겼다. 진도 인근은 무신정권 당시 최씨 사유지였다. 용장산성 앞바다는 후일 이순신 장군이 왜군에 명량대첩 대승을 거둔 전략적 요충지 울돌목이다.

삼별초는 대외적으로는 일본에도 사절을 파견하여 새로운 고려의 정통 왕조임을 알리는 등 외교에도 주력했다.

용장산성은 총 길이 12.75㎞, 높이 4m 내외로 군내면의 용장리, 세들리, 고군면 도평리, 벽파리, 오류리를 잇는 산 능선을 따라 이어져 있다. 용장성 신축 후 려·몽 연합군과 수차례 격전이 있었지만, 삼별초는 배중손 장군을 중심으로 이들을 격퇴했다. 이후 삼별초 세력은 남해안 일대는 물론 전주, 경주, 제주까지 세력을 넓히고 개경 세력을 위협했다.

그러나 려·몽 진압군이 세 방향에서 불시에 진도를 공격하여 진도 정권이 수립된 지 9개월 만인 1271년 5월 진도는 함락되었다. 배중손은 그 전투에서 장렬히 싸우다 전사했다. 문신 귀족 1,000여 명과 온왕은 참살

용장성 왕궁

용장성 왕궁터 주춧돌

용장산성 외벽

배중손 장군

왕성의 산산이 부서진 기와 파편

왕궁터에서 출토된 유물

항파두리 항몽 유적

항몽순의비(抗蒙殉義碑)

항파두리 삼별초 토성

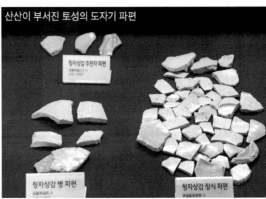
산산이 부서진 토성의 도자기 파편

청자상감 주전자 파편

청자상감 병 파편

청자상감 장식 파편

당했다. 살아남은 아녀자들은 명예를 지키고자 저수지에 몸을 던져 자결을 택했다.

그 공격에 주도적으로 참여한 인물이 고려 무장 김방경과 홍다구다. 고려인으로 몽골에 투항한 후, 몽골의 앞잡이가 되어 삼별초 진압을 진두지휘한 홍다구는 퇴각하는 온왕을 끝까지 추적하여 직접 참살했다. 이들은 후일 삼별초를 토벌한 공로로 몽골로부터 큰 훈장과 상을 받고 고려 조정에서 높은 벼슬까지 했다.

삼별초 잔여 세력은 김통정 장군을 중심으로 1271년 말 탐라(제주도)로 거점을 옮겨 항쟁을 이어갔다. 삼별초는 제주에서 처음 1년간 자체 조직을 정비하고 항파두리에 길이 6㎞의 내성(內城)과 외성(外城)을 축조하고, 제주도 섬 주변에 약 120㎞에 달하는 석성(石城)인 환해장성(環海長城)을 쌓왔다.

그러나 1273년 원종 14년 음력 4월 군선 160척과 군사 일만 명을 거느린 려·몽 연합군이 함덕포구와 비양도로 상륙하여 침략해 들어왔다. 탐라에서 결사 항전하던 삼별초도 결국은 전원이 전사하거나 투항하여 무너지고 말았다. 김통정 장군은 한라산으로 올라가서 자결했다.

삼별초의 항몽 거점인 진도 용장산성은 궁궐터와 산성이라도 남았다, 그러나 항파두리 항몽진지와 토성은 흔적조차 남아 있지 않을 만큼 철저하게 파괴되었다. 철저히 부서진 궁성터, 산산이 부서진 도자기와 기와 파편, 조각난 목재 파편과 나무 물통의 편린들은 아픔의 차원을 넘어 비장한 각오를 다지게 한다.

몽골군 외에 가해자도 피해자도 모두가 동족이었던 삼별초 항쟁! 비록 외교력은 발휘했다고 하나, 나라의 주권을 지키지 못하고 조공을 바쳐야 했으며, 외세에 의존했던 왕조의 운명이 어떠했는지는 역사가 말해준다. 이후 고려는 고려 왕이자 원나라 사위로 살아가면서 주권을 지키지 못한

용장산성에서 바라본 울돌목 해협

충렬왕, 한국사 최초의 려몽 혼혈 왕이자 원나라 귀족을 왕비로 맞이하여 몽골에 충성한 충선왕, 충선왕의 아들 충숙왕, 충혜왕, 충목왕, 충정왕, 공민왕, 무왕, 창왕에 이어 고려 마지막 왕인 공양왕에 이르기까지 원나라의 간섭과 지배로부터 자유롭지 못한 망국의 길을 걸었다.

삼별초 항쟁사를 추적하며 진도 용장사에 갔다가 진도 땅을 떠나기 앞서 승화후 온의 무덤을 찾았다. 어쩌면 반도 역사를 바꿀 수도 있었을 새 고려왕조를 세웠던 온왕! 그러나 운명의 신은 삼별초와 그의 손을 들어주지 않았다. 역사 속에 있었던 승화후 온과 삼별초의 항몽 자주정신은 역사속에서나마 빛난다. 우리가 과거사를 살피는 이유는 역사 속 우리 현실을 재진단하며, 내일을 열어갈 지혜와 교훈을 얻기 위함이다.

15. 의인 김만덕

···

은광연세(恩光衍世, 은혜의 빛이 온 세상에 가득 퍼지다, 추사기념관 소장)

추사 김정희가 제주도 대정현에 유배되어 와서 제자들을 가르치며 생활하던 중 김만덕의 선행을 듣고 그 덕행을 기려 그녀의 3대손 김종주에게 1840년 선물로 써준 명문이다. 대한민국에 태어난 여성으로서 역사 이래 그녀보다 더 존경받는 인물은 그녀 이전에 없었고, 그녀 이후로도 아직은 없다.

18세기 초반 사농공상의 신분제가 엄격하게 적용되고 여성의 대외활동이 금기시된 시대에, 여성이 상업을 통해 재산을 모으고 여성 CEO가 되어 활동하다가 자신이 모은 재산으로 빈민을 구제하고 자선을 베풀며 덕행을 베푼 이도 일찍이 없었다.

양민으로 태어나 기생이 되었다가 다시 양민으로 신분이 회복되어, 객줏집과 물류유통업을 통해 거부가 되었던 여인! 평민 신분으로 정조의 초청을 받아 한양에 가서 임금을 알현하고, 임금으로부터 의인으로 칭송받고, 임금이 하사하는 여비를 지원받아 금강산을 유람하고 돌아온 멋지고 통 큰 여인! 임금의 지시로 그녀의 일대기가 쓰이고, 과거시험의 의제로 올랐던 여인! 그녀의 이름은 김만덕이다.

정조는 조선 사회 정치와 경제 개혁을 통치 이념으로 삼고, 김만덕의 삶을 널리 알려 자신의 개혁 의지를 밝히고자 김만덕 전기를 집필하라고 신하들에게 명령했다.

만덕은 1739년 김해 김씨 김응열의 삼남매 가운데 막내로 태어났다. 12세 무렵 부모가 차례로 세상을 떠난 뒤 의탁할 곳이 없던 그녀는 나이 많은 한 기녀 집에 수양딸로 맡겨졌다. 그곳에서 기녀가 관장하던 기관인 교방의 잔심부름을 하는 동안 가무를 익히고 기녀 수업을 받으며 성장하여, 18세에 만덕이라는 이름으로 기적에 실린 기생이 되었다. 부모로부터 대물림받은 기녀가 아니라, 부모의 죽음과 가난 때문에 기녀가 된 것이다.

기녀로서 만덕의 삶은 전해지는 이야기가 없다. 만덕의 나이 23~24세 때(영조 37년~38년경) 만덕은 기생 신분에서 벗어났다. 친척들이 자신 때문에 천민 취급을 받는다는 원망의 소리를 듣는 것도 거북했거니와, 일평생을 기녀로 살 수 없다고 판단하여 관청에 수차례 눈물로 호소했다. 다행히도 제주 목사가 이 호소를 받아들여 만덕의 이름을 기적에서 지우고 양민 신분으로 회복시켜주었다.

조선 사회는 사농공상의 신분제도가 엄격하게 적용되던 시대다. 양인과 천민 신분이 엄격하게 구분되고, 양인은 다시 양반, 중인, 상민으로 나뉘고, 각기 신분마다 사회적 역할과 대우가 다르고, 넘으려야 넘을 수 없는 신분상의 벽이 엄격히 존재했다. 그녀가 한때 속해 있던 기녀는 천민 계층에 속하는 신분이며, 공업이나 상업은 신분이 낮은 급에 속하는 사람들이 감당해야 할 몫이었다.

17세기 이후 여러 가지 공물(貢物)을 현물 대신 쌀로 내게 하는 대동법(大同法)이 실시되면서 수공업과 상업이 활성화되었다. 상품이 유통되면서 화폐 사용이 장려되자 돈의 가치가 새롭게 인식되고, 상업의 중요성에 인식의 변화가 오게 되었다.

18세기에 들어서면서 전국에 1,000여 개의 시장이 들어섰다. 시장마다 조선 팔도에서 올라온 각종 특산물로 활기를 띠었다. 개성 인삼, 한산 모시, 안성 유기, 전주 한지, 원산 복어, 제주 미역 등 특산물이 시장에 몰렸고, 이들 특산물은 희소성 있는 상품이었기에 사재기가 가능했다. 그런 사회 분위기는 오랜 세월 조선 사회를 지배해왔던 신분적 질서를 쉽게 뛰어넘고, 평등과 공정의 시장경제가 확산되고 정착되는 상황으로 발전했다.

제주도는 쌀이 거의 생산되지 않는 지역이다. 법환, 강정, 중문, 종달리 등 일부 지역에서 소규모의 벼가 경작되기는 했지만, 그 양은 아주 미미했다. 토양이 척박하고 워낙 돌이 많은 지역이기에 농민들은 한 뼘이나 될까 하는 작은 밭에서 조, 고구마, 감자, 옥수수 등 밭작물을 경작했다. 생산성은 지극히 낮았다. 오죽했으면 제주 사람이 태어나서 죽을 때까지 먹는 쌀밥의 총량이 한 바가지를 넘지 못했으랴. 따라서 험한 바다로 나가서 고기잡이를 하거나 미역, 전복, 소라 등을 채취하여 농업 반, 어업 반 형태로 생계를 꾸려나갔다. 여성도 농업이나 상업에 남성과 공동으로 참여하거나, 때로는 여성이 주도적으로 나서야 하는 경우도 있었다.

제주도는 여자가 많고, 여자의 생활력이 강하다. 이유는 이렇다. 제주도는 근해, 원해 할 것 없이 모두 풍랑이 거칠고 파도가 심하게 몰아친다. 그런 바다에 작은 돛단배를 띄우고 노를 저으며 고기잡이에 나서는 것은 매우 위험한 모험이었지만 달리 선택의 여지가 없었다. 많은 남자가 물고기 잡이에 나섰다가 풍랑을 만나 배가 전복되거나, 암초에 좌초되어 죽었다. 인력이 부족하니 남녀 모두가 생산활동에 참여하여 자신의 몫을 할 수밖에 없었고, 양반, 상민, 남자, 여자를 구분하기가 어려웠다. 그렇게 힘든 분위기 속에서 여성은 바다에서 해녀로 일하고, 농사일에도 남성과 공동으로 참여하면서 경제적 주도권을 가졌다.

조선 사회의 사회 분위기나 경제 흐름이 농업에서 상업으로 바뀌기 시작했다. 이러한 시대 상황을 간파한 만덕은 자신의 객주 경험과 포구가 지닌 상업적 중요성을 통찰하여 관아 근처가 아닌 제주 바닷가 포구에 물산 객주를 차렸다.

김만덕 객줏집

조선시대 제주인 밥상

※ 객주의 종류

○ 물산객주: 객주의 원형. 주업은 위탁매매이고, 부업으로 숙박, 금융, 도매, 창고, 운반 등의 업무를 담당

○ 보상객주: 부피와 무게가 큰 물건을 지게에 지고 다니는 등짐장수와, 부피가 작고 값진 물건을 보자기에 싸 메고 팔러 다니는 봇짐장수를 상대로 하는 객주

○ 만상객주: 중국 상인들을 상대로 중국산 직물과 약재 등을 거래하는 객주

○ 보행객주: 일반 보행자를 위한 숙박만을 본업으로 하는 객주

○ 무시객주: 가정용품인 조리, 솥, 바가지, 삼태기, 절구 등 가정 일용품을 다루는 객주

○ 환전객주: 금융 알선을 전문으로 하는 객주

○ 여각: 창고와 마방이 있으며, 미곡, 어물, 소금, 땔나무 등 부피와 무게가 큰 품목을 다룸

부의 질서가 농업 중심에서 상업 중심으로 변화하기 시작했다. 만덕은 정직과 신용을 기반으로 적정 가격에 싸게 많이 판다는 개념으로 사업의 지평을 넓혔다. 만덕은 물산객주를 운영하면서 제주에서 생산하는 조랑말, 말총, 양태, 전복, 오징어, 미역, 진주 등 특산물을 육지에 판매하고, 육지 특산물을 사서 제주에서 팔아 이익을 남기며 부를 축적했다.

그녀 나이 56세 되던 1794년 정조 18년 제주에 참혹하리만치 극심한 흉년이 찾아왔다. 굶어 죽은 사람들의 시신이 산더미처럼 쌓였다. 당시 심낙수가 조정에 올린 장계에 의하면, "동풍이 강하게 불어와 기와가 날아가고 돌이 굴러 나부끼는 것이 마치 나뭇잎 날리는 것과 같았다"라고 썼다. 상소문에는 "만약 쌀 이만 섬을 당장 섬에 보내지 않으면 백성들은

머지않아 모두 다 죽을 것입니다"라는 내용이 포함되어 있었다.

정조실록에 의하면 정조는 1795년 정조 19년 진휼곡(賑恤穀) 5,000석을 열두 척의 배에 나누어 실어 제주로 보냈다. 5척은 바다를 건너던 도중 난파되어 바닷속으로 가라앉았다. 그즈음 제주 백성의 1/3이 굶어 죽었다.

이때 김만덕은 자신이 모은 돈을 풀어 쌀 삼백 석을 사서 굶어 죽어가던 제주도민을 위해 기부했다. 이 곡식을 현재 금액으로 환산하는 것은 의미가 없다. 당시에는 쌀도 귀했거니와, 쌀이 거의 생산되지 않는 제주에서 심각한 기근이 들이닥쳤을 때 내놓은 곡식의 가치는 현재의 쌀 가격으로는 결코 비교될 수 없다.

당시 김만덕이 기부한 쌀은 굶어 죽어가던 제주도민 전체를 열흘 동안 연명시킬 수 있는 양이었으며, 수천 명의 목숨을 살려낼 만큼 막대한 가치를 지녔다. 모두가 "우리를 살린 만덕이네"라며 만덕의 은혜를 칭송했다. 이러한 선행은 조정에까지 알려졌다. 그녀의 의로운 선행 소식을 들은 정조는 그녀에게 상을 내리고자 했으나 만덕은 극구 사양했다.

당시 기록인『일성록』에 의하면 정조가 만덕의 소원을 묻자 그녀는 "한양에 가서 임금님이 계신 곳을 바라보고, 금강산에 가서 일만이천봉을 구경하고 싶다"라고 대답했다. 이에 정조는 그녀에게 직접 내의원 의녀 가운데 가장 으뜸 벼슬인 '의녀 반수' 벼슬을 내리고 궁궐로 불러 기아와 굶주림으로 고통받는 제주도 사람들의 구제에 헌신한 공로를 치하하고 금강산 여행에 필요한 식량과 여비를 지급하고는, 그녀가 지나는 길에 있는 모든 관아가 그녀 여행에 필요한 것을 지원해주도록 명령했다.

당시는 여성이 한양으로 여행하는 것은 상상조차 할 수 없었던 시대다. 교통, 숙박, 식사 문제 등을 해결하는 것이 지금처럼 자유롭지도 못했고, 수월치도 않고, 안전하지도 않았다. 하물며 여성의 금강산 여행은 말할 나위가 없다.

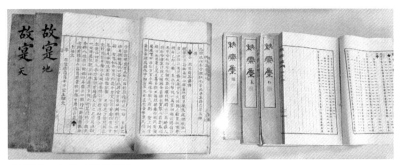
시문집에 나타나는 만덕의 덕행

　그 시절 제주도는 출륙이 엄격하게 금지됐던 때다. 15세기부터 제주에 대한 중앙 정부의 간섭이 심해지자 어려움에 처한 제주도민들이 대거 육지로 이탈했고, 제주 인구가 점차 감소하자 제주 특산물 진상이나 세금 납부에 영향을 줄 만큼 심각한 문제로 떠올랐다.

　인조 7년이던 1629년 급기야 제주도민이 육지로 나가는 것을 금지하는 출륙 금지 정책이 실시되었다. 특히 여성의 출륙 금지는 더욱 심해 육지인과 결혼하는 것도 국법으로 금지시킬 정도였다. 당시 좌의정과 영의정을 지낸 채제공은 제주 출신 여성의 금강산 유람에 대해 "온 천하 사대부 중 이런 복을 누린 자가 누가 있었는가!"라며 큰 의미를 부여했다.

　조선 실학을 집대성한 정약용은 여유당 전서에서 다음과 같이 만덕을 칭찬했다. "기적에 실렸던 몸으로 일평생을 수절한 것, 많은 돈을 내놓아 빈민을 구제한 것, 섬에 살면서 산을 좋아한 것, 여자로서 중동(重瞳)이고, 평민 신분으로 역마의 부름을 받았으며, 기녀로 가마를 메게 했고, 외진 섬사람으로 내전의 사랑과 선물을 받았다."

　미국 역사상 최고 갑부로 꼽히는 록펠러는 재계에서 은퇴한 후 자산가로 변신하여 록펠러 의학 연구소를 세우고, 평생 모은 재산으로 시카고

대학과 록펠러 재단을 설립하여 병원, 학교, 교회 등을 통해 자선사업으로 세상의 빛이 되었다. 많은 사람들은 그가 돈을 많이 벌었기에 자선사업을 했다고 말한다. 독실한 기독교 신자인 그는 어린 시절 주급 4달러를 받던 시절부터 기독교 정신의 핵심인 십일조를 통해 사회에 기여했다. 거부가 된 이후에도 미국 사회 각계에 엄청난 기금을 기부하여 빈민 구제, 교육, 의학연구 후원사업에 큰 발자취를 남겼다.

스코틀랜드 출신 카네기도 철강 사업으로 이룬 부로 2,500개의 도서관, 카네기멜룬 대학, 카네기홀을 세우고 자신이 이룬 부를 사회 각계에 후원하여 진정한 부자의 모습을 아낌없이 보여주었다.

오늘날 정보산업 기술 핵심 혁신을 이끈 빌 게이츠도 Bill & Melinda Gates Foundation 재단을 통해 공공 도서관, 고속 통신망 개설, 결핵·소아마비 퇴치, 결핵 백신과 말라리아 백신 개발 연구, 빈곤 퇴치 및 빈민 지역 교육 환경 개선을 위한 세계 최대 기부자로 활동하고 있다.

우리나라에도 그런 선행을 한 사람은 많다. 조선시대에 선행을 한 대표적인 사람으로 경주 최부잣집이 자주 거론된다. 조선시대 300년 동안 만석꾼이었던 최부자 가문에는 특별한 6훈 전통이 있었다, 첫째, 과거를 보되 진사 이상 벼슬은 하지 마라. 둘째, 재산을 만 석 이상을 지니지 마라. 셋째, 과객을 후하게 대접하라. 넷째, 흉년에는 땅을 사지 마라. 다섯째, 며느리들은 시집온 후 3년 동안 무명옷을 입어라. 여섯째, 사방 100리 안에 굶어 죽는 사람이 없게 하라. 교육 사업에 뜻을 둔 이 집안의 12대 후손 최준이 1947년 전 재산을 대구대학교 재단에 기부했다. 최부자 가문의 정신은 대한민국 노블레스 오블리주 역사에 영원히 살아 빛날 것이다.

현대를 창업하고 대한민국 현대화를 이끈 전설적 기업인 정주영도 살아생전 아산 재단을 통하여 빈민 구제, 교육, 의료 및 사회봉사에 많은 자산을 기부했다. 삼성을 창업하여 부국의 기초를 다진 이병철이나 그의 아들 이건희도 빈민 구제, 교육, 의료 및 사회봉사, 문화사업에 크게 기여했다.

부자만이 노블레스 오블리주를 실천하는 것은 아니다. 최기동 같은 걸인 노인도 있다. 그는 음성에서 부잣집 아들로 태어났다. 일본 징용에서 돌아와 보니 집안은 풍비박산났다. 그는 병든 몸으로 무극천 다리 밑에서 거적을 치고 걸인으로 살아야만 했다. 걸인으로 연명하면서도 그는 구걸 조차도 할 수 없는, 자기보다 못한 걸인들을 돌보고 그들을 보살피며 살 았다. 40년을 그렇게 살다가 임종을 앞둔 시점에 "사람의 목숨은 모두 하늘의 것이니 내 눈을 앞 못 보는 사람에게 주라"라고 말하고 하늘나라로 갔다. 그의 선행 정신은 지금도 충북 음성 꽃동네에 살아 빛나고 있다.

최태석 신부도 있다. 그는 의과대학을 졸업하고 의사로서 편안한 삶을 살 수 있는 길을 포기하고, 다시 사제 공부를 한 후 가톨릭 사제가 되어 아프리카 수단으로 가서 학교와 병원을 세우고 원주민 교육과 의료 활동 에 헌신했다. 그는 죽을 때까지 질병과 기아로 수많은 사람이 죽어가는 아프리카 남수단 현장에서 사랑을 나누며 실천하다가 2010년 대장암으 로 세상을 떠났다.

그와 비슷한 선행을 한 의인은 수없이 많다. 대한제국의 독립운동가 이회영, 빈민·행려병자·불우이웃을 위해 40년 동안 의료봉사활동을 하고 무소유의 삶을 실천한 의사 장기려… 그런 많은 사람의 노블레스 오블리주 정신은 우리 사회의 빛이 되고 희망이 된다.

만덕은 죽을 때도 양아들에게 최소한의 생계비만 남겨주고 전 재산을 궁핍한 이웃을 위해 기부하고 74세에 하늘나라로 갔다. 제주도민은 그를 제주의 어머니이자 의인 김만덕이라 부른다. 제주에서는 매년 가을이 되면 그녀의 덕행을 기리는 만덕제가 열리고, 김만덕과 같은 선행을 한 제주도민 후보자를 선발하여 시상하고 선행을 격려한다.

2006년부터는 수상 후보자를 제주도민뿐만 아니라 전국으로 확대하여, 봉사 부분과 경제인 부분으로 나누어 국가와 지역사회에 헌신한 여성을 발굴하여 시상하고, 만덕을 기리는 기념강좌, 음악회, 전시회 등 각종 행사를 개최한다.

제주 올레 18길이 지나다 제주시 건입동 387번지 모충사에 김만덕 기념탑과, 그녀가 운영하던 객줏집을 재현한 김만덕 객줏집(제주시 건업동 1297번지)이 있어 들렀다. 그녀를 기리는 김만덕 기념관이 제주시 서부두 수산시장 맞은편(제주시 산지로 7번지)으로 이전 재배치되었다.

모충사는 한말 의병, 항일 투쟁가, 그리고 김만덕의 넋을 기리고자 제주도민 17만 명이 성금을 모아 세운 사당이다. 그 모충사 중앙에 의병 항쟁

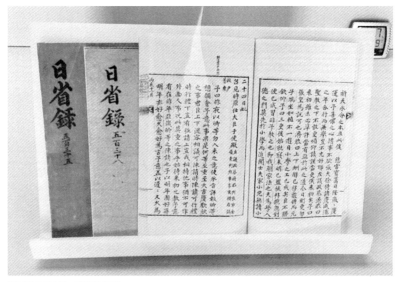

일성록으로 보는 만덕의 덕행

기념탑이 있고, 오른쪽에 김만덕을 기리는 기념탑이 있다.

250년 전 양인과 천민 신분이 엄격하게 구분되고, 남녀 간 신분적 질서가 엄했던 시대에 태어나, 기녀로, 객줏집 주인으로, 경영인이자 통 큰 자선사업가로 한 시대를 풍미하며 멋진 인생을 산 의인 김만덕! 아니 제주의 어머니 김만덕! 시대적 한계에 굽히지 않고, 불우한 사회환경과 역경을 뛰어넘어 자신의 꿈과 이상을 펼치며 시대를 풍미했던 여인!

올레 18길을 지나다가 김만덕 기념관에 들러 의인 김만덕의 삶과 실사구시 정신에 찬사와 존경을 드린다. 우리 시대에 정조같이 인재를 중용하며 실사구시를 중시했던 개혁적인 지도자, 김만덕처럼 덕을 겸비한 지혜롭고 의로운 기업인이 나타나기를 기다리며 김만덕 기념관을 나선다.

의인 김만덕(김만덕 기념관 소장)

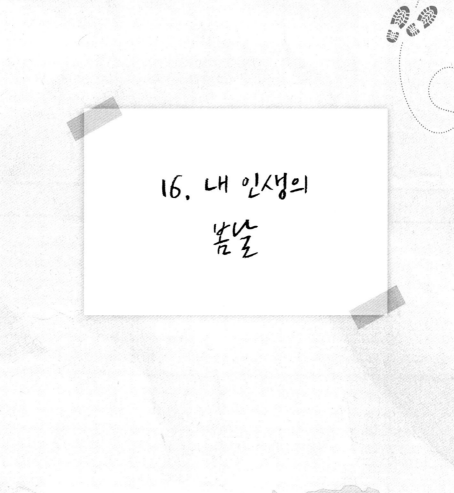

16. 내 인생의
봄날

...

"내 인생의 봄날은 언제나 지금!" 제주 애월읍 예원로 밀감 농가주택 무인카페에 쓰인 문구다. 창조주는 인간에게 3가지 금을 선물로 주셨다. 황금! 소금! 지금! 그 세 가지 금은 우리가 세상을 살아가는 데 귀한 보물이지만, 그 가운데 가장 소중한 보물은 지금이다. '지금'을 영어로는 Present로 쓴다. Present는 명사, 형용사, 동사로 쓰이며 현재 또는 선물이라는 의미를 지닌다. 그렇다. 지금은 현재인 동시에 우리 인생에서 가장 큰 선물이다.

사람은 누구나 행복을 꿈꾼다. 그 행복이 무엇이든 우리는 행복한 미래를 맞이하기 위해 각기 다른 분야에서 다른 방법으로 노력한다.

인류의 스승 소크라테스도 일찍이 인류의 공통 목적은 행복의 추구라며, 도덕적 삶과 행복의 일치를 강조했다. 그런데 그 행복한 미래는 물리적으로는 영원히 도달할 수 없는 곳에 있다. 과거는 현재의 이전에 존재했지만 이미 지나가버린 기억 속의 시간이고, 미래는 현재 다음에 다가올 다음 시간이지만 영원히 다가갈 수 없는 영역에 있다. 그래서 지금이 소중하다. 행복을 논하더라도 현재의 내가 행복해야지, 미래의 내가 행복할 수는 없다. 그래서 내 인생의 가장 소중한 봄날은 언제나 지금이다. 나에게 가장 소중한 일은 지금 내가 하는 일이며, 내 인생에 가장 소중한 사람도 지금 내가 만나는 사람, 바로 당신이다.

제주 올레 16길이 지나는 애월읍 예원로는 시적 영감이 넘쳐나는 마을이다. 농촌 마을 요소요소마다 시비가 서 있고, 시비 속 시어는 올레길을

지나가는 나그네에게도 잔잔한 감동을 선사한다.

그 시의 마을 밀감밭에 딸린 농가주택에 무인카페가 있다. 올레길의 카페 하면 건물 외관이 미려하고, 실내가 고급스럽게 치장된 호화로운 곳을 연상하지만, 농가주택 무인카페는 호화로움이나 고급스러움과는 거리가 멀다. 하지만, 주인은 지키지 않을지라도 이 카페는 주인이 지키는 어느 카페보다도 아담하게 잘 정돈되어 있다. 카페라기보다는 시골의 아담한 가정집 같은 분위기다.

카페 정중앙에 놓인 무쇠 난로가 고풍스럽고, 카페 공간 요소요소에 자그마한 화분이 놓여 있다. 그 옆에 커피 자동머신, 각종 주스를 넣은 냉장고, 장식장, 얼음냉장고, 싱크대, 책장까지 정결하게 정리되어 있다. 종이컵, 커피제조기, 냉온정수기, 컵보드, 물 끓이는 주전자, 각종 사발면도 장식장에 정리되어 있다.

무인 자율카페라고 쓰여 있기에 안내문을 살펴보았다. 메뉴선택과 이용방법이 적혀 있고, 이용 후에는 깨끗이 정리해 달라는 부탁도 정중하게 쓰여 있다. 커피나 주스 등 음료수값은 다른 카페에 비해 현저하게 저렴하다. 게다가 사발면이나 핫도그 등 간식으로 먹을 수 있는 상품도 진열되어 있고, 이를 조리하거나 취식할 수 있도록 전자레인지 시설과 장소까

가정집 응접실 느낌을 주는 카페 휴게실

거실 내 휴게실 식탁

카페 내부

카페 야외와 쉼터

지 마련되어 있다.

운영시간도 24시간 개방되어 있단다. 올레길을 지나다 숙소를 구하지 못해 애를 먹은 경험이 여러 차례 있었다. 조금 더, 조금만 더 하고 길을 걷다가 산길로 접어들면서 가끔씩 겪는 일이다. 농촌 주택가에서 숙소를 구하지 못한 올레객들이 야간에 이곳을 지나다 머무를 수 있도록 배려한 주인의 너그러운 마음이 읽혀지고, 보이지 않는 카페 주인의 품격 높은 지성이 돋보였다.

풍광이 수려한 올레길가에는 호화스러운 건물에 고급스럽게 실내를 장식해놓고, 커피 한 잔에 6,000원 내지 7,000원을 요구하는 카페가 대부분이다. 올레길은 동네 어귀에서 집 마당까지 가는 좁은 골목길이다. 그런데 올레길 카페는 올레의 취지에 비해 너무 호화롭게 치장되어 있다. 거기에 더하여 분위기에 맞는 케이크나 쿠키라도 한 조각 추가하면 만 원 이상을 지불해야 한다. 대도시에 있는 아주 고급스러운 카페 가격에 비교해서 결코 저렴하다고 할 수 없다.

관광지에 온 여행자가 분위기 좋은 카페에서 커피 한 잔에 만 원 정도 비용을 지불하는 것은 당연하다고 여길 수도 있다. 올레길은 총 21개 코스다. 거기에 추가된 5개 코스를 포함할 경우, 총 26개 코스가 된다. 올레길 26개 코스 425㎞를 완주한다면 30일 이상의 기간이 필요하다. 길을 걷다가 휴식을 취하기 위해 오전 한 차례, 오후 한 차례 이상 휴게실을 찾아야 하는 여행자에게 매일 두 차례씩 총 50여 회 이상 매번 10,000원 내외 비용을 지불하는 것은 그리 유쾌한 경험이 될 수 없다. 두 사람이 가면 비용은 찻값만 일백여 만 원을 상회하며, 세 명이라면 세 배가 된다. 거기에 더하여 저녁 이후의 애프터타임을 가질 때의 비용까지 고려한다면, 올레길에서 장기여행자에게 커피 한 잔에 만 원은 부담스럽다.

스페인 레스토랑에서 15유로 내외에 제공되는 순례자 정식 코스와 포도주

올레의 오리지널이라는 스페인에도 올레길과 비슷한 길이 있다. 산티아고 순례길 '카미노'다. 50여 일간 카미노 길 1,000㎞를 걸을 때 하루 평균 비용은 회당 1유로 내외의 커피와 세 끼 식사비용으로 30유로 내외, 숙박을 포함해도 하루 40유로 내외였다. 물론 고급 호텔에 투숙할 경우 비용은 증가한다. 카페에서 브런치 식사와 커피, 점심, 포도주가 포함된 저녁 순례자 정식 만찬과 숙박비용을 포함한다 해도 하루 최대 비용은 50유로 이내였다. 한국 돈으로 환산한다면 6만 원이면 충분하다.

우리는 서로 신뢰를 기반으로 하는 신용사회에서 살고 있다. 근대 민법의 3대 원칙 가운데 하나도 상호 신의성실(信義誠實) 아닌가. 카페에서 고객의 양심을 믿고, 주인 없이 가게를 무인으로 운영하는 데는 용기 있는 결단이 필요하다. 그 결단의 이면에는 내가 당신을 믿고 신뢰하는 만큼 당신도 그 신뢰에 합당한 믿음을 보여달라는 무언의 요구다.

불특정 다수에게 도덕적 양심을 기대하는 것이 옳은 일이기는 하지만, 현실에서 이를 기대하고 실천하기란 쉽지 않다. 오죽하면 "대중에게는 양심이 없다"라는 말까지 있지 아니한가! 그러함에도 그 불특정 다수의 양심을 믿고, 그 다수에게 카페 카운터를 맡긴 무인카페 주인에게 아낌없는 박수를 보내지 않을 수 없다.

우리는 '노블레스 오블리주'를 쉽게 이야기한다. 이 사회로부터 혜택받은 사람은 사회 구성원을 위해 자신이 얻은 것을 기꺼이 나누고, 힘없는 약자와 소외된 이웃에게 자비를 베풀라는 요구다.

그 자율 운영 카페 주인이 마음은 부유할지라도, 물질적으로 부유하거나 노블레스한 사람은 분명 아닐 것이다. 그러함에도 가게 앞을 지나는 다수의 사람에게 카페 카운터 계산을 맡긴 데 대한 그의 신뢰와 믿음에 나는 큰 박수를 보낸다.

우리 사회는 이렇게 믿을 수 있는 사람이 있어서 참 좋다. 이 카페에서는, 아니 농가주택에서는 가을이 되면 밀감 따기 체험농장도 자율로 운영한단다.

이번 가을에는 다시 올레 16길을 찾아와 천천히 걷고, 마을 곳곳에 세워진 시비도 꼼꼼히 읽으면서 마음의 치유 여행을 해야겠다. 밀감 따기 체험 비용이 1인당 한 바구니에 5,000원이니 밀감도 잘 익은 것으로 골라 몇 바구니 따서 좋아하는 지인에게 선물도 해야지. 게다가 시식은 무제한 가능하다고 하니 마음껏, 그러나 양심껏 따먹어야겠다.

오늘 지나가는 올레길 발걸음이 가볍고, 올레 16길이 더욱 아름다워 보인다. 아! 곰곰 생각하니, 내 인생의 봄날은 언제나 '바로 지금'이다!

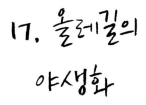

17. 올레길의
야생화

데이지

...

올레길이 지나가는 길가에는 형형색색 아름다운 야생화가 피어 있다. 수많은 야생화는 야생 속에서 꽃피우고 열매를 맺으며, 신비로운 꿀을 만들어 인간에게 선사한다. 야생화는 벌과 나비를 유혹하여 생태계가 선순환하는 것을 돕기도 하고, 때로는 새나 산짐승에게 자신의 몸까지 기꺼이 내주어 먹이가 되어주기도 한다.

수많은 꽃들이 꽃망울을 터트리고 은은한 향기를 내뿜는 숲에는 신들이 금방이라도 사뿐히 내려와 축제를 벌일 것 같다는 생각이 든다. 야생화 향기 가득한 숲속을 걸을 때면, 그 신비로운 향기에 취해 이대로 숨이 멎어도 좋겠다는 생각마저 든다.

식물의 생명력과 환경 적응력은 대단하다. 제주도 바닷가 해안에서부터 한라산 정상에 이르기까지 수분과 유기물이 있는 곳에는 그 어디든 씨앗이 바람을 타고 날아와 뿌리를 내리고 꽃을 피워 다음 세대로 생명을 전한다.

장마와 태풍의 길목에 있는 제주도는 식물 분포대가 남제주와 북제주, 해발 고저에 따라 차이를 보인다. 수국은 제주도에서 가장 흔히 보이는 5월의 야생화다. 올레길가에, 동네 골목 어귀에, 산속에 수국이 흐드러지게 피어 있는 모습은 보는 사람 가슴을 설레게 한다. 수국은 토양에 따라 꽃 색깔을 달리한다. 산성 토양에서는 푸른 색조, 알칼리 토양에서는 붉은 색조를 띤다. 수국은 붉은색, 푸른색, 흰색으로 활짝 핀 커다란 꽃송이가 아름답기도 하지만, 5~6월 수국 축제가 열리는 휴애리는 온 천지가 수국으로 가득하다.

데이지는 국화과의 여러해살이풀이다. 시스타 국화라고도 하며, 프랑스

들국화와 동양 산국화를 교배하여 만든 개량종이다. 그 데이지가 산과 들에 흐드러지게 피었다. 피어 있는 모습이 마치 푸른 풀밭에 흰 소금을 뿌려 놓은 듯하다.

송엽국도 제주도 전역에서 자주 보이는 야생화다. 가늘고 긴 꽃잎이 소나무 잎처럼 보여서 송엽국이란다. 그 송엽국이 올레길 천지에 피어있다. 화사하게 핀 송엽국 곁을 지날 때의 기분은 잔잔한 감동을 넘어 황홀경에 이르게 한다.

찔레꽃은 우리 주변에서 사라진 지 오래된 추억의 꽃이다. 어린 시절 5월 찔레의 여린 순을 따먹기도 하고, 장미향을 느껴보려고 코를 가까이 대고 심호흡하다가 찔레 가시에 코가 찔려 고생한 적도 있다. 그 찔레꽃이 야산에 피어 아련한 옛 추억을 되살리게 한다.

금계국도 제주도 전역에서 자주 보이는 야생화다. 샛노란 금계국이 만개한 들과 집주변 화단을 보면 떡 벌어진 입이 다물어지지 않는다. 이와 비슷한 외양을 가진 루드베키아도 올레길에서 자주 보이는 야생화다. 북아메리카가 원산인 루드베키아는 야생화라기보다는 화단이나 돌담 아래에서 자생하는 야생화라고 이해해야 편

적수국

자양화라고 불리는 수국

송엽국

찔레꽃

금계국

루드베키아

참나리

달리아

하겠다. 그 루드베키아가 군락을 이루어 피어 있는 모습을 보면 탄사가 아니 나올 수 없다.

야생화 가운데 곱지 않은 꽃이 어디 있으랴만, 참나리는 기품 있는 야생화다. 올레길가 혹은 숲속에서 가끔씩 보이며, 추자도 올레길이나 나바론 하늘길가에서도 자주 보인다. 큼직한 꽃망울에 긴 수염을 달고 있는 모습이 황제의 기상을 닮았다. 그래서 나는 그 꽃을 볼 때마다 '황제꽃'이라고 부른다.

달리아도 외양에서는 참나리에 버금간다. 국화과 다년생 식물인 달리아는 흰색, 붉은색, 노란색으로 피며 알뿌리로 번식하는 다년생 꽃이다. 그 외양이 신기하기 그지없다.

올레길가에 작고 앙증맞은 채송화도 자주 보인다. 땅에 낮게 깔려 수줍은 듯 피는 채송화는 어린 시절 장난감처럼 가지고 놀던 꽃이라서 이 꽃을 볼 때마다 옛 추억이 새롭게 떠오른다.

숲에서 야생의 꽃 하면 도라지를 빼놓을 수 없다. 야생화이기도 하고, 약초이기도 하다. 곰곰 생각하면 약초 아닌 풀이 없고, 풀 아닌 약초가 없다. 절제(節制)와

중용(中庸)을 지키며 지혜롭게 살아가라는
의미다. 뿌리는 기관지염이나 기침, 해소
병 치료 등 약용식물로 유용하게 쓰인다.

천궁도 약초로 쓰이는 화초다. 거풍, 풍
냉, 월경불순, 난산 등에 쓰이는 이 약초
는 꽃은 화려하지만, 결실하지 않기에 뿌
리로 번식시킨다.

도라지꽃

쇠비름은 꽃이 아니라 들이나 밭에 자
생하는 귀찮은 잡초다. 뿌리채 뽑아 일주
일간 햇볕에 놓아도 습기만 있으면 살아
나는 생명력이 끈질긴 잡초다. 평소에는
천대받는 잡초일지라도, 나를 과소평가하
지 말라는 듯 꽃은 눈부실 정도로 화려하
고 아름답게 피어 있다. 한방에서 쇠비름
은 오행초 또는 마치현으로 불리는 약초
로 쓰인다. 쇠비름 죽은 만성 대장염 치료
나 설사에 효과가 있으며, 쇠비름 진액은
무좀을 치료한다. 잘 말린 쇠비름을 달여
차로 마시면 혈당을 낮추고 당뇨 합병증
을 예방하며, 쇠비름 엑기스는 위암 치료
에도 좋은 효과가 있다.

천궁

쇠비름꽃

6월 하늘 아래 접시꽃이 올레길가 군데
군데에 피어 있다. 시인 도종환 님의 시집
『접시꽃 당신』으로 유명해진 접시꽃은 고
고하고 기품 있어 보이지만, 왠지 모르게

접시꽃

핫립세이지

밀감꽃

조팝나무 꽃

병솔꽃

그 자태에서 외로움이 묻어난다.

숲속을 거닐다 보면 의외로 진귀한 꽃을 만나게 된다. 핫립세이지도 그중 하나다. 자그마한 새가 주둥이에 꽃잎을 물고 날아가는 듯한 핫립세이지의 신기한 형상을 보면 조물주의 창조와 오묘한 천지운행 섭리에 찬탄하지 않을 수 없다.

밀감꽃이 만개하는 4월, 제주도 천지는 밀감꽃 향기로 진동한다. 밀감나무가 많은 서귀포에서 아침에 눈을 뜨고 심호흡을 해보라. 코끝으로 밀려오는 밀감꽃 향기는 천상의 기운을 지상에 전해주는 듯 황홀하다. 밀감꽃을 꽃으로 분류해야 할지, 과일나무로 분류해야 할지는 식물학자가 규명해야 할 몫이다.

대부분의 사람들은 향수라고 하면 루이비통 'Rose Des Vents'나 조말론, 혹은 '샤넬 No. 5'를 떠올린다. 하지만 밀감꽃 향기를 맡아본 사람의 생각은 다르다. 밀감꽃의 자연 향기는 그 어떤 인조 향기보다 몇 배나 진하고 신비롭다. 그래서 과일 이름도 한라봉, 미화향, 천혜향, 천지향, 황금향으로 다양하게 불리나 보다.

조팝나무 꽃은 화려하기도 하려니와 향

기룹기는 라일락에 버금간다. 가로수길에 핀 조팝나무 꽃은 흰 눈이 나무 위에 소복이 쌓여 있는 모습인데, 그 꽃 모습이 흰 쌀밥처럼 하얗게 생겨 이팝나무와도 흡사하다. 꽃향기가 향기로워 그 나무 곁을 떠나기가 아쉽다. 약재로 쓰이기도 하며, 어린잎은 식용으로도 쓰이는데 그 맛이 궁금하다.

제주도에서 본 가장 특이한 꽃은 병솔꽃이다. 식물 분류군에서는 나무로 분류되지만 원예용으로 재배된다. 꽃처럼 보이는 붉은 솔은 가느다란 수술이 모여 마치 병 속을 닦는 솔처럼 보이기에 병솔꽃으로 불린다. 병솔꽃은 꽃술 끝에 수많은 꽃방울이 달려 있는데 당도가 무척 높아 꽃이 피는 5~6월이면 온갖 벌들이 꽃 주변으로 몰려든다.

제주의 벌들은 4월부터 9월까지 무척 바쁘다. 철 따라 계절 따라 피는 꽃이 다르기에 벌들이 모으는 꿀도 계절에 따라 맛과 향과 색이 다르다. 유채꿀, 밀감꿀, 아카시아꿀, 호박꿀, 야생화 꿀….

자연현상은 참 묘하다. 꽃은 추운 북쪽보다는 열대지방에서 피는 꽃이 훨씬 크고 화려하다. 하지만, 열대지방에서는 꿀이 생산되지 않는다. 벌들이 일을 하지 않기 때문이다. 일 년 내내 꽃이 피고 먹을 꿀이 있으니, 벌들도 힘들여 일할 필요가 없고, 겨울이 없으니 추운 날을 대비하여 꿀을 모을 필요가 없기 때문이다.

꿀 중에 최고의 꿀은 남극이 가까운 뉴질랜드산 마누카 꿀과, 알래스카와 캐나다 접경 유콘 지역에서 생산되는 불꽃(Fire Weed) 꿀이다.

마누카 꿀은 호주와 뉴질랜드 마누카나무 꽃에서 나오는 꿀로, 마누카 나무에 들어 있는 고유성분인 렙토스토린(Leptosperin), 메틸글리옥살 (MGO), 그리고 디히드록시아세톤(DHA)이 풍부하게 들어 있어 항균 작용도 높을뿐더러 상처나 화상치료, 목감기증상 완화, 면역증진 등에 탁월한

유콘 주 불꽃

올레길가에 가장 많이 보이는 야생화 민들레

인동덩굴

풍란

한란

효과가 있다고 알려져왔다.

불꽃에서 나오는 꿀(Fire Weed Honey)은 맛과 향이 뛰어날뿐더러 약리적 효능까지 입증되었다. 캐나다 유콘 주에서는 이 꽃에서 나오는 꿀을 주정부의 지방자치 육성사업으로 장려할 정도로 인기 높은 식품이다. 제주의 밀감꽃이 필 때 생산되는 밀감꿀도 향과 품질에 있어서는 불꽃 꿀에 버금간다.

식물의 생명력은 놀랍다. 바람 많은 섬에는 바닷가 돌 틈에 풍란이 뿌리를 내리고 꽃대를 올려 앙증맞은 꽃을 피운다.

식물들은 고산지대로 올라갈수록 자신의 몸집을 작게 하고, 키를 낮춘다. 한라산 정상의 겨울은 영하 10도를 오르내린다. 찬바람과 영하의 날씨를 견디기 위해서 식물들은 스스로 키를 낮추고 자연의 질서에 겸손히 순응하는 지혜를 발휘한다. 그런 정상에도 한란과 같은 난초과 식물이 뿌리를 내리고 자란다.

제주도에는 돌이 많다. 돌이 많아도 조금 많은 것이 아니라 아주 많다. 땅을 조금만 파 내려가다 보면 흙이 아니라 현무암 돌바닥이다. 흙에 돌이 섞여 있는 것이 아니라, 돌바닥에 흙이 조금 덮여 있을 뿐이다. 그 돌바닥 위에 야생화들은 뿌리를 내리고 꽃피워 열매를 맺는다. 그 생명 현상이 탄복스럽다.

선인장은 건조한 지대에서 낮게 자라는 식물이다. 척박한 돌 화분 속에 꽃대를 올린 설황의 모습은 앙증맞기까지 하다.

성경말씀 "들의 백합화를 보라. 심지도 않고 거두지도 않는데…"를 상기하며, 돌밭에서조차 꽃피워 생명을 전하는 야생화를 바라보면서 절제와 겸손의 지혜를 떠올린다.

야생화 향기 은은한 올레길을 걷다 보니, 나도 생명이 다하는 그날까지 야생화처럼 은은한 아름다움으로 천년 숲속 향기 내뿜으며 기품 있게 살다가 하늘나라로 가고 싶다.

※ 기타 야생화

아마릴리스

가파도 바닷가에 자생하는 백합 개양귀비

능소화

엉겅퀴

하눌타리

꽃기린

수련

설황

괭이밥 달맞이꽃 큰까치수염

산딸기 복분자 자귀나무 꽃

순비기나무 꽃 개망초 메리골드

천년초 선인장꽃 채송화

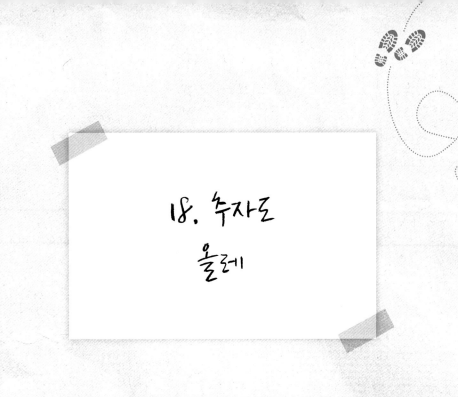

18. 추자도
올레

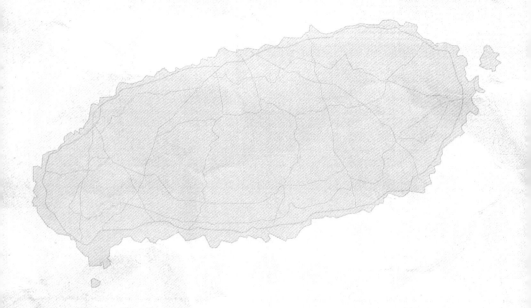

···

진도와 제주 사이 중간에 있는 섬 추자도! 바다낚시꾼에게는 전설의 섬이지만, 일반 사람들은 추자도가 한반도 남쪽에 있는 섬이라는 정도만 알뿐 잘 모른다. 올레 센터에서는 산티아고 순례길 카미노와 함께 죽기 전에 반드시 걸어봐야 할 코스로 꼽아주는 섬이다. 그만큼 아름답다는 뜻이다.

추자도는 1개 섬이 아니라 42개의 크고 작은 섬이 모여 있는 군도다. 썰물 때 잠시 나타나는 작은 바위까지 고려하면 크고 작은 섬 120개가 모여있는 섬 군락이다. 그 가운데 상추자도, 하추자도, 추포도, 횡간도 4개 섬에만 사람이 거주한다. 그나마 1개 섬에는 단지 1가구만 살고 있다. 대부분 사람은 상추자도와 하추자도에 살며, 두 섬은 추자교로 연결되어 있다.

상추자항에 도착하자마자 상추자 가장 높은 곳에 있는 등대산 하늘길 전망대에 올랐다. 등대가 우뚝 솟아 있는 날카롭고 가파른 산으로 올레길의 백미다. 굽이굽이 이어진 나바론 하늘길 2.7㎞를 따라가며, 산 아래 펼쳐진 바다를 내려다보았다. 산 정상에서 바다까지는 아찔해 보이는 절벽이다. 섬사람들은 이곳을 나바론 절벽이라고 부른다. 영화 나바론 요새에 나오는 절벽처럼 높고 가파른 절벽이 바다에서부터 수직으로 높게 솟아 있기 때문이다.

까마득히 보이는 절벽 아래로 태평양의 거대한 힘을 머금고 밀려온 파도가 부딪쳐 하얀 물보라를 일으킨다. 나바론 하늘길 가장 높은 고지에 올라 사방을 둘러보았다. 추자도 전경이 한눈에 조망되는 곳이다. 보석을 흩뿌려놓은 듯 40여 개의 작은 섬들이 푸른 바다 위에 옹기종기 떠 있다.

추자도에는 상·하 추자도에 1,670여 명이 산다. 10여 년 전만 해도

5,000여 명이 거주하던, 잘 나갔던 섬이었다. 그러나 추자도 어업 배후 지원항이 제주로 옮겨졌고, 추자중학교 학생들이 졸업 후 제주나 전라도 다른 지역으로 진학하면서 주민 수도 급감했다.

나바론 하늘길 동쪽으로 상추자도 항구가 보이고, 포구 근처에 1,200여 호 가구가 옹기종기 모여 있다. 평온해 보이는 항구 모습이 그림처럼 아름답다.

우리나라 사람들은 누구나 조기를 좋아한다. 맛 좋고 영양 많은 조기! 특히 명절 상의 굴비는 빼놓을 수 없는 전통 음식이다. 참조기는 기(氣)를 북돋아준다는 의미에서 조기라는 이름이 유래되었을 정도로 영양성분이 풍부하고 맛이 뛰어나다. 녹차물에 담갔다 먹는 여름철 보리굴비는 또 다른 별미다.

사람들은 굴비 하면 법성포 영광굴비를 떠올리지만, 그 굴비를 만드는 조기는 추자도와 목포 앞바다에서 최고로 많이 잡힌다. 추자도에서 잡히는 참조기는 영광포구로 옮겨지고 그곳에서 해풍에 말려져 명품 영광굴비로 재탄생된다.

추자도 앞바다는 파도가 드세고, 섬 주변에 암초가 많아 예부터 참돔, 돌돔, 감성돔, 흑돔, 조기, 삼치, 방어, 멸치 등 어종이 풍부하고 전복, 소라 등 각종 해산물도 많이 생산되는 지역이다. 감성돔, 돌돔, 방어 등 고급 어종이 오죽 많이 잡히면 바다낚시꾼들이 나바론 요새 앞바다를 "전설의 바다낚시터"라고까지 말했으랴.

섬사람 가운데 2/3는 상추자도 대서리와 영흥리에 군락을 이루어 살고 있고, 나머지 사람들은 하추자도 신양 1리, 신양 2리, 묵리, 예초리에 흩어져 살고 있다. 주민 가운데 80%는 어업에 종사하고 20%는 상업에 종사한다. 산세가 험하고 토질이 척박하며 바람이 드세기에 농업은 거의 불가능하다.

 상추자항 대서리 펜션에서 하룻밤을 지내고 아침을 맞았다. 공해가 전무한 섬에서 맞이하는 햇살은 눈부시다. 아침 6시 성당 종소리가 온 마을에 울려퍼졌다. 성당 종소리! 들어본 지 참 오래다. 언제부터인지 우리나라 교회나 성당에서는 종소리가 사라졌다. 땡그랑 땡그랑 울리는 종소리를 들을 때마다 자신이 어디서 무엇을 하고 있으며, 어디로 가고 있는지 "너 자신을 알라!"는 소크라테스의 가르침처럼 정겹게 들린다.

 아침 일찍 서둘러서 올레길 트레킹에 나섰다. 추자 올레 18-1호길은 추자항이 있는 추자면 대서리 올레 안내센터에서 시작된다. 추자도 여행자 센터에 들러 안내직원으로부터 상추자도 지형 특성과 설명을 들은 후, 올레 18-1호길을 출발하여 추자파출소, 추자초등학교를 지나고, 최영 장군사당, 쌍룡사를 거쳐 봉골레산 노을길로 진입했다. 구불구불 이어진 마을길이 정겹다. 대서 5길을 따라 이어지는 길은 나바론 하늘길로 이어진다.

 나바론 하늘길을 숨 가쁘게 오르는 동안 600여 년 전의 인물 최영 장군이 떠올랐다. 그는 혼란스럽던 고려 말, 밖으로는 홍건적과 왜적을 물리치고, 안으로는 고려 왕실을 지켰던 명장군이자 재상이었다. 그의 사당이 이곳 상추자항에 세워진 이유도 그가 남긴 몽골군과 왜구 토벌의 위대한 업적 때문이다.

 최영 장군은 원·명 교체기에 급변하는 국제질서 흐름을 제대로 읽어내지 못했고, 망해가는 왕조의 구 질서를 고집하며 고려에 충성했던 무장이었다. 그가 그토록 지키고자 했던 고려 말 왕실의 충렬왕, 충선왕, 충목왕 등 충 자 이름이 들어간 왕실은 노국공주와 한민족의 피가 섞여 진정한 의미에서의 한민족 왕실이라고 얘기하기는 어렵다. 무장으로서 그의 강직함과 나라를 위한 충성심은 백번 존중한다. 그러나 그가 그토록 지키고

자 했던 가치가 백성의 안위였는지, 몽골족과 고려왕가의 피가 뒤섞인 왕실의 존속이었는지 곰곰이 따져 묻지 않을 수 없다.

최영 장군은 황혼이 짙어가는 왕조를 지키려다 결국은 자신이 키워낸 신흥 무인 세력 이성계나 정도전 등 젊은 개혁가들과 화합하지 못하고, 고려 왕실과 함께 역사의 뒤안길로 사라진 불운한 인물이다.

이성계는 새로운 왕조를 개국하여 이 나라에 새로운 역사를 열었지만, 그의 부친 이자춘은 원나라 관리로 쌍성총관부를 관리하던 인물이었으며, 그 또한 함경도 지방에서 활동하던 무인이었음을 묵과해서는 안 된다.

역사에서 가정은 참으로 의미 없는 일이다. 하지만, 만약 최영과 같은 위대한 장군이 당시에 개혁가 정도전과 손잡고 새로운 나라를 개국하는 데 적극 관여하여 새 역사를 창조했다면, 조선왕조도 없었을지 모를 일이고, 한일합방의 치욕도 겪지 않았을 것이며, 6·25 같은 민족상잔도 치르지 않았을 뿐만 아니라, 한국의 현실도 지금과는 꽤 달라졌을 것이라는 생각에 최영 장군의 일생을 아쉬운 마음으로 재조명해보았다.

봉골레산을 지나고 후포해안을 따라 동대산으로 오르는 길은 숨이 턱까지 차올라 헉헉 소리가 날 만큼 무척 가파르다. 나바론 하늘길로 올라왔다. 하늘길 걷기가 무척 조심스럽다. 한 발자국만 벗어나도 천길 아래 낭떠러지다. 그 절벽이 오죽 가팔랐으면 2차대전 전쟁 영화 나바론 요새의 절벽을 닮았다 하여 나바론 절벽이라고 이름 붙였을까 싶다.

나바론 하늘길에서 추자도 전경을 조망하며 등산로를 따라 영흥리 마을로 내려왔다. 영흥리를 지나는 마을길 담벽에는 색다른 벽화가 그려져 있다. 벽화는 페인트로 그린 것이 아니라 자기 타일로 붙여 구현되었다. 바닷속 풍경, 각종 물고기, 꽃 등을 타일로 붙여 표현했는데, 그 그림들이 무척 재미있다. 시골 섬마을에 그런 벽화를 타일로 붙여 그려낸다는 발상

추자도

영흥리 앞바다

도 신선하려니와, 그림을 표현한 작가의 솜씨 또한 대단하다.

상추자에서 하추자로 가는 대중교통 수단은 공영버스다. 매 1시간 간격으로 운행한다. 대서리에서 영흥리를 지나고 상·하 추자를 잇는 다리를 건너 예초리, 묵리, 영흥 1·2리를 지난다. 그리 크지 않은 섬이기에 택시는 호사스러운 교통수단이지만 그나마도 보이지 않고, 마을 사람들은 주로 버스나 트럭을 타고 이동한다.

상추자에서 하추자까지 버스로는 40분 걸리지만, 도보로 이동할 경우 하추자 구석구석에 발자국을 찍으며 둘러보더라도 3시간이면 충분하다. 더구나 올레길을 걷는 도보 여행자에게는 걸을수록 튼튼해지는 두 다리가 있고, 맑은 소리를 구분할 수 있는 형이(亨耳)가 있다. 아름다운 경치를 볼 수 있는 마음의 눈 청안(淸眼)이 있으며, 맛있는 음식을 체험할 수 있는 예민한 미각(味覺)도 발달해 있다.

주저함 없이 상추자도에서 하추자도로 연결되는 다리를 건넜다. 다리를 건너면 묵리로 연결되는 해맞이길로 이어진다. 추자 10경 가운데 하나라고 자랑하는 길이다. 묵리에서 돈대산을 지나 우측 길은 신양1리 바닷가로, 좌측 길은 예초리 바닷가로 연결된다. 눈에 보이는 바다 색깔이 환상적이다. 우리나라에도 군청색 바다가 있다는 사실이 신선하고, 그 바다를 바라보며 걷는 느낌이 꽤 싱그럽다.

다리 건너 우측 예초리에는 정난주 마리아의 아들 황경환이 묻혀 있는 묘소가 있다. 실학자 가문의 거두 정익종이 그의 외할아버지이고, 다산 정약용이 외할아버지 형제다.

황경한은 명문가의 아들로 태어났다. 그의 부친은 17세에 과거시험에서 장원급제한 황사영이다. 황사영의 총명함과 영민함은 정조가 감탄하고 총애할 정도였다. 그가 두 살 때, 그 유명한 신유박해 사건이 조선 땅을 휩

추자도 공영버스

상추자와 하추자를 연결하는 다리

물생이 끝 바위

예초리 바닷가

나바론 하늘길

쓸었다. 많은 천주교인, 실학자, 남인계 인사들이 처형되거나 유배되었다. 실학자이자 천주교인의 아들로 태어난 그도 생후 20개월에 신유박해의 잔인한 칼날을 피할 수 없었다.

그의 아버지 황사영은 순조 1년 신유박해 사건의 부당함을 중국에 있는 프랑스 신부 구베아 주교에게 알리려고 『황사영백서』를 써서 전하려다 붙잡혀 서소문 밖에서 능지처참형에 처해졌다. 할머니 이은혜는 진도로, 어머니 정난주 마리아는 제주도 대정현 관노로, 생후 20개월도 채 되지 않은 그는 추자도로 유배 명을 받았다.

그의 어머니가 제주도로 유배되어 가는 길에, 어린 그를 일평생 관노의 신분으로 살게 할 수 없다고 생각하여 추자도 물생이 끝 바위 위에 버리듯 던져두고 갔다. 그곳은 상추자와 하추자가 마주치는 곳으로 물살이 세고 거친 바다 앞이다.

어린아이 울음소리를 듣고 달려가 그를 발견한 예초리 사람 오씨 부인이 그를 데려다 키웠다. 아기의 옷고름에 새겨져 있는 이름을 보고 그가 황경한임을 알았고, 그런 그를 자식처럼 키웠다고 한다. 그는 일평생을 예초리에서 촌부로 살다가 죽어, 추자도 바다가 보이는 언덕에 묻혔다.

그의 일평생 한이 서려 있을 추자도! 그도 젊은 시절 이 언덕에 올라 푸른 바다에 떠 있는 수많은 섬을 바라보며, 어쩔 수 없는 자신의 서러운 운명을 한탄하고 분을 삭였을지도 모를 일이다.

하추자도에 4개 마을(리)이 있지만 추자도 경제활동의 중심은 상추자도에 집중되어 있으며, 숙박업소나 식당 등 상가도 대부분 상추자도에 있다. 하추자도에서는 상가도 식당도 찾기가 쉽지 않다. 근처에서 식당을 찾아 두리번거리다 보니, 식당은 없고 마을 언덕 전망 좋은 곳에 학교같이 아담한 건물 한 채가 눈에 띄었다. 그 건물을 찾아 올라갔다.

펜션형 민박집

　세련되어 보이는 멋진 친구가 입구에서 "어떻게 오셨습니까?" 하고 물었다. "학교 같아 보이기에 구경할 겸 왔습니다"라고 대답했더니, "학교가 아니라 펜션형 민박집입니다"라고 응답했다.

　추자도에서 민박이나 펜션은 대부분 추자도 주민이 식당과 겸업으로 운영한다. 그런데 민박집을 운영하기에는 너무 세련되어 보이는 친구가 전망 좋은 곳에서 숙박업소를 운영하다니….

　"젊은 분이 어찌 이렇게 먼 섬에 와서 숙박업소를 운영하십니까?" 하고 물었다. "이곳은 추자도 최고의 뷰를 가진 자리입니다. 낚시를 좋아해서 추자도에 왔고, 전망이 좋은 곳에 매물로 나온 부동산이 있어 민박형 펜션으로 개조했습니다"라는 대답이다. "사람의 행복은 소유의 많고 적음이나 지위의 높낮음이 아니라 자신이 하고 싶은 일을 자신의 의지대로 하는 것이 행복이다"라는 하버드대학교 행복학자 챠드 멩탄의 말이 떠올랐다.

　이곳 섬에도 작지만 학교가 있다는 사실이 고무적이다. 학교가 우리에게 주는 3가지 기쁨은 스승과의 만남, 학문과의 만남, 벗과의 만남이다.

작은 섬일지라도 작은 꿈나무들이 섬 학교에서 좋은 선생님을 만나고, 일평생 우정을 나눌 친구를 만나고, 꿈을 키워 인정받고 존중받는 성인으로 성장하기를 마음속으로 빌었다.

추자초등학교의 독서하는 소녀상

신양 2리 길을 지나다가 선비풍의 노인을 만났다. 자신의 나이가 96세로 추자도에서는 가장 나이가 많다면서 "눈이 침침해서 앞이 잘 보이지 않으니, 우리 집에 가서 쥐를 잡는 끈끈이 쥐덫을 생쥐가 다니는 통로에 놓아줄 수 있겠느냐?" 하고 요청했다. "기꺼이 도와드리겠습니다" 라고 대답하고 노인을 따라 골목 안 집으로 들어갔다.

노인의 집은 생각보다 깨끗하게 정리되어 있었다. 생활 편의시설도 도시인 못지않게 잘 갖추어져 있어 보통 시골 노인들의 삶과는 달라 보였다. 노인이 요청하는 끈끈이 쥐덫을 생쥐가 잘 다닐 만한 싱크대 아래 구석을 찾아 노인의 요구대로 놓아주었다.

노인은 고맙다며 음료수를 권한다. 극구 사양해도 "제 성의니 드세요" 라며 나를 앉혀놓고는, 보여줄 게 있다며 자신이 소중하게 간직하고 있는 메모 노트를 꺼내 넘기며 말을 이어간다. 외롭다는 간접적 의사 표시다. 노인과 이야기를 나누면서 황경한의 삶에 관해 궁금한 사항을 물었다. "황경한은 나보다 125년 전 사람이기에 만난 적도 없고, 잘 모른다"라며 구전으로 들은 황경한에 대한 이야기를 전해주었다.

"예초리에서 소를 키우던 오씨네 집에서 오씨 형제와 함께 성장했으며,

섬사람 대부분이 어부였기에 촌부로 생활했을 것이다"라는 대답이다.

황경한은 살아생전 어머니 정난주와는 교류가 없었던 듯하다. 그가 어린 시절 어머니는 아들이 가족의 뿌리를 잊지 않기를 바라는 마음으로 그의 족보를 인편을 통해 전해주었지만, 글을 배운 적이 없어 족보 내용을 읽을 수 없었던 그는 그 족보를 접어 동네 친구들과 딱지치기하며 놀았다고 한다. 그의 어머니 정난주가 죽었을 때, 정난주를 양모처럼 모셨던 제주 대정현 토호 김석구의 아들 김상집이 장사지내며, 모친 사망 소식을 추자도에 전했지만 무슨 연유에서인지 아무런 답신이 없었다고 한다.

"그의 후손 4가구가 예초리에서 생활했는데, 그리 여유로워 보이지는 않았고, 후일 천주교단으로부터 도움을 받았다"라며, "그 후손들도 외지로 나간 것 같다"라고 덧붙였다.

그 이후 한참 이야기를 전개하는데, 자녀 자랑이 대부분이다. 이야기를 들어보니 자녀 자랑할 만도 하다 싶다. 섬에서 6명의 자녀를 키워 모두 도시에서 대학을 졸업했고, 서울에서 회사 대표로 또는 공무원으로 생활하고 있다고 한다. 그 가운데는 동경제대를 졸업한 아들도 있고, 손자와 며느리 또한 동경제대 대학원에 재학 중이라고 한다. 노인의 체구는 자그마했지만, 그에게서 거인의 힘이 느껴졌다.

이야기는 끝없이 이어지는데, 배를 타야 할 시간은 자꾸만 가까워졌다. 노인에게 "이제 배를 타고 제주로 나가야 할 시간입니다"라고 양해를 구하고 노인과 헤어졌다.

추자도 2박 3일의 추억을 정리하고 제주로 나가는 배에 올랐다. "겨울철 추자도 방어는 맛 좋기로 소문났습니다"라는 식당 주인 말이 귀에서 맴돈다. 이번 겨울에는 추자도에 가서 갯바위낚시에 도전하고, 방어도 맛봐야지. 랄라!

19. 삼별초 항파두리 대몽항쟁과 환해장성(環海長城)

　제주도에는 돌담이 많다. 돌담은 집 근처 담장이나 농경지에서도 흔히 보인다. 돌담은 대개의 경우 해수나 해풍으로부터 피해를 막기 위해 나지막하게 쌓는다.

　올레길을 지나다 보면 바닷가에 돌담인지 환해장성(環海長城)인지 구분하기 어려운 돌 구조물이 자주 보인다. 이들 돌 구조물은 평범한 돌담인 경우도 있지만, 환해장성인 경우가 대부분이다. 환해장성은 제주도 해안선 253㎞에 흩어져 있는 석성(石城)이다.

　이 환해장성은 고려시대 때 삼별초군의 제주도 침공에 대비하여 고려 원종(元宗)이 시랑(侍郎, 오늘날 차관급 무관)인 고여림에게 군사 1,000명을 주어 탐라(耽羅)를 수비하도록 명령했고, 원종 11년인 1270년 제주도 해안선에 삼별초군의 제주도 침공을 막기 위해 고려군이 최초로 쌓은 성벽이다.

　후일 제주도를 세력권에 두는 데 성공한 삼별초는 몽골과 고려 연합군을 막기 위해 약 120㎞에 이르는 해안에 환해장성을 보강하여 쌓고, 최후까지 대몽항쟁을 벌였던 가슴 아픈 역사가 서려 있는 현장이다.

　조선시대에도 환해장성은 왜구의 침략을 저지하기 위해 500년 동안 계

제주인이 돌담을 쌓는 모습

완성된 돌담

속 유지보수되었다.

제주도 섬 둘레는 253㎞이다. 제주도 해안선에 약 120㎞의 성을 쌓았다면 포구, 백사장, 절벽을 뺀 섬 둘레 대부분에 석성이 쌓여 있는 셈이다.

환해장성은 몽골군에 대항하기 위한 군사적인 목적 이외에도, 해풍으로부터 농작물을 보호하고 염분 피해를 줄이는 기능도 수행했다. 환해장성의 재료로는 제주 바닷가에 흔한 현무암 돌을 사용했으며, 허튼뚝쌓기방식으로 쌓여 있다. 현지의 돌을 사용했기 때문에 그 외형은 바닷가에서 파도에 닳아 둥근 돌이 대부분이다.

석성 구조는 겹담 형식이다. 성 아래쪽 너비는 보통 1.5m이며 양쪽 끝에는 큰 돌을 쌓고, 그 속에 비교적 작은 잡석을 채워넣었다. 성 폭은 1~1.5m가 대부분이다. 위로 올라갈수록 폭이 조금씩 좁아져 성 위 넓이는 1m 정도다. 애월에 남아 있는 환해장성은 폭이 5m나 되는 곳도 있다. 성 안쪽에는 군인이 순찰하는 폭 1m, 높이 1~1.2m 정도의 회각도라는 길을 만들었다. 회각도에 서서 바라보면 성 바깥쪽도 보인다.

옛날 제주도는 도이(島夷), 섭라(涉羅), 탐모라(耽牟羅) 등으로 불렸다. 모두 '섬나라'라는 뜻이다. 선사시대부터 사람들이 살았던 흔적이 제주시 삼양동에서 발견된 것으로 미루어, 석기시대부터 제주도에 사람들이 살기 시작했을 것으로 추정한다.

서귀포 정방폭포 바위에는 BC 219년 진시황 때 서불(徐市)이 와서 불로초를 구해 진나라로 돌아가면서 남겼다는 글 '서불과지(徐市過之)'가 음각되어 있다. 신선사상을 숭상하던 시대에 중국에서까지 이 땅을 찾은 것으로 미루어, 제주도 땅에는 예부터 진귀하고 영험 있는 약초가 많이 나오는 곳으로 알려져 있었나 보다.

올레길의 환해장성

하도리 환해장성

하도리 별방진

탐라국(耽羅國)은 일천여 년간 명목상 독립왕국이긴 했지만, 신라에 복속되기 이전 80%는 한반도의 속국으로, 20%는 일본의 속국으로 존재했다. 제주도 개벽신화인 3성(三姓) 신화에 따르면 '세 신인 고을나(高乙那), 양을나(良乙那), 부을나(夫乙那)가 한라산 북쪽 삼성혈(三姓穴) 땅속에서 솟아나와 짐승을 잡아 가죽옷을 입고 사냥을 하며 살았다'라고 한다. 이후 '세 신인은 동해 벽랑궁에서 온 세 공주와 혼인지 마을에서 혼례를 올리고 한라산에 올라 각자 화살을 쏘아 화살이 떨어진 곳에 살 곳을 정한 후, 오곡 씨앗을 뿌리고 소와 말을 기르며 살았다'라고 한다.

이때부터 제주도에서 농경생활이 시작되었고, 세 신인의 후손인 고씨, 양씨, 부씨는 날로 번성하여 탐라국으로 발전했다. 이들의 15대 후손 3형제가 신라에 복속돼 탐라라는 국호를 갖게 됐으며, 1105년에는 고려의 행정구역인 탐라군으로 바뀌었으나, 왕자들의 통치 지위는 그대로 존속되어 실질적인 탐라의 통치자 역할을 했다. 고려에서는 탐라국 사신들을 송나라, 여진족, 일본 등의 사신과 동등한 대우를 해주었다는 기록도 전해진다. 공식적으로 탐라국은 조선 3대 임금이 된 태조 이방원에 의해 명목상의 나라가 멸망하고 조선에 복속되었다. 탐라국 왕족들은 그때 대부분 우도 앞바다에서 참살당했다.

환해장성은 바다 쪽 담이 높고, 뭍 쪽 담이 낮은 겹담 양식으로 쌓여 있다. 바다 쪽 담과 뭍 쪽 담 사이에는 잡석을 채웠으며, 안쪽에서 담 위를 다니며 바다 쪽을 감시할 수 있도록 한 보도 시설까지 갖추고 있다. 현재 환해장성의 자취가 가장 뚜렷하게 남아 있는 곳은 제주시 곤을동 환해장성, 삼양 환해장성, 애월 환해장성, 조천읍 북촌리 환해장성, 구좌읍 동복리 환해장성, 구좌읍 행원리 환해장성, 구좌읍 한동리 환해장성, 성산읍 온평 환해장성. 성산읍 신산 환해장성 등 10여 곳이다.

고려 고여림 장군 등 관군은 원종 11년인 1270년 9월 왕명을 받고 제주에 들어와 제주도 해안가에 석성을 쌓고 삼별초군의 제주도 침공에 대비했지만, 삼별초군과 싸우다가 패전하여 전사했다. 관군이 삼별초군에 패전한 이유는 현지 제주인이 관군에게 호의적이지 않았고, 방어에 적극적으로 협력하지 않았기 때문이었다. 당시 고려 조정은 탐라국에 과도한 조공을 요구하여 탐라국 주민은 착취에 시달렸다.

제주도에 입성한 삼별초는 고려군과는 달리 제주도에 머무는 동안 일체의 금품이나 공물 제공을 요구하지 않았고, 군대 유지를 위한 비용도 남해안에서 해로를 따라 올라가는 조세선을 포탈하여 충당했다. 그래서 제주도 주민들이 반군인 삼별초를 도운 것은 삼별초의 대몽항쟁을 돕기 위해서가 아니라, 관리들의 수탈과 조정의 과도한 공물 요구로부터 벗어나기 위해서였다.

조정의 과도한 공물 요구(전복, 해삼, 문어, 미역 등 특산물)는 조선시대 중반까지 이어져, 많은 제주도민이 혹독한 수탈로부터 벗어나고자 제주도를 탈출했다. 이러한 탈출은 제주인의 인구감소로 이어졌고, 인구감소는 공물량의 축소와 군역비 부담의 가중으로 악순환되어, 급기야 조정에서는 제주인의 탈륙금지 명령을 내렸다. 심지어는 제주 여성이 육지인과 결혼하여 제주도를 떠나는 것조차도 금지되었다. 이러한 탈륙금지령과 혼인금지령은 정조시대가 되어서야 해제되었다.

삼별초가 제주도에서 환해장성을 쌓고 고려군과 몽골군에 저항한 사유는 생존을 위한 목적 외에 또 다른 이유가 있었다. 고려 1270년, 우왕이 몽고와 화친을 맺고 개성으로 환도하자 배중손 등 삼별초 지휘부는 '몽골에 굴복한 왕에게 국가의 운명을 맡길 수 없다'라고 판단하여 항전하기로 결정했다.

삼별초는 우왕의 6촌 승화후 온을 고려의 새로운 왕으로 추대한 후, 1,000여 척의 선단에 강화도에 남아있는 대부분 재산과 양민들을 태우고 진도 용장산성으로 이동했다. 남해안 요충지인 진도의 사찰 용장사에 새 왕궁터를 정한 삼별초는 주변에 산성을 쌓고 임시 궁궐을 세웠다.

이를 기반으로 삼별초는 남해안 일대는 물론 전주까지 석권하고, 1270년 11월에는 제주도까지 점령했다. 삼별초는 이후 2년 동안 남해안 해상력을 기반으로 고려의 새로운 정통 정부임을 자처하며, 일본에 사절까지 파견하고 활발하게 활동했다. 개경의 고려 정부는 삼별초군에게 투항을 명령했으나 삼별초는 이를 거부했다.

자그마한 나라에서 2개의 왕국이 존립할 수는 없다. 당시 개경의 고려는 명목상으로는 자주국이었지만 몽골군의 간섭과 통제를 받는 불완전한 왕국이었다. 고려는 몽골군의 대규모 지원을 받아 1271년 5월 삼별초 공격에 나섰다.

외국 군대의 지원을 받지 않는 자주왕국 삼별초군은 려·몽 연합군과의 전투에서 여러 차례 승리를 거두었다. 그러나 일만여 명 이상의 려·몽 연합군에 맞서기에는 군사적으로 역부족이었다. 삼별초군은 처절하게 저항했지만 지도자 배중손은 전사했으며, 은왕은 체포되어 교살되었다.

패전 후 삼별초의 생존자들은 김통정 장군 중심으로 대오를 정비하여 제주도로 후퇴했다. 제주도에 입성한 삼별초군은 애월읍 항파두리에 항몽 지휘부를 설치하고, 지휘부 주변에 석성을 쌓고 그 외곽에 6km의 토성을 쌓아 항몽 진지를 구축했다. 아울러 려·몽 연합군의 침입에 대비하여 해안가 120km에 환해장성을 구축하고 2년 동안 지휘부를 운영하며 재기를 도모했다.

그러나 려·몽 연합군의 집요한 추적과 대규모 공세에 밀려 원종 13년 (1273년) 6월, 려·몽 연합군의 공격을 받은 삼별초군은 패하고 항파두리

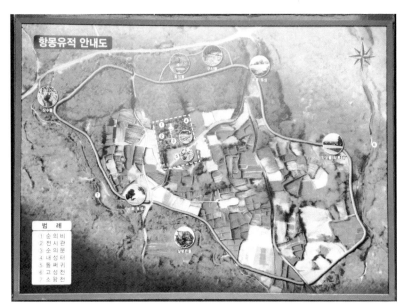

항파두리 토성 항몽 유적지

항파두리 항몽 유적지 중심 석성 지휘부 유적

항몽 진지는 철저하게 파괴되었다. 김통정 장군은 한라산에 올라가 자결했다. 이로써 삼별초 시대는 막을 내렸다.

그 공격에 주도적으로 참여하여 삼별초 진압을 진두지휘한 인물은 고려인 장군 김방경과, 고려인으로 몽고에 투항하여 몽골 제국의 앞잡이가 된 홍다구다. 이들은 동족인 삼별초를 토벌한 공로로 몽골로부터 큰 훈장과 상을 받고, 고려에서 높은 벼슬까지 했다. 외세의 힘을 빌어 한때는 항몽활동을 함께한 자국 군대를 반역이라는 이름으로 살해한 것이다. 가해자도 피해자도 모두가 고려인이었던 삼별초 항쟁!

삼별초 진압 이후 고려는 70여 년간 몽골의 철저한 예속국이 되었다. 충렬왕은 쿠빌라이의 딸을 왕비로 맞이했으며, 원의 공주와 고려 왕실이 혼인을 맺었고, 충선왕은 한국사 최초의 려몽 혼혈 왕이 되어 원나라 귀족의 딸과 결혼했다. 이후 충숙왕, 충혜왕, 충목왕, 충정왕, 공민왕, 무왕, 창왕에 이어 고려 마지막 왕인 공양왕에 이르기까지 원나라의 간섭과 지배로부터 자유롭지 못한 망국의 길을 걸었다.

13~16세기에 걸쳐 우리나라와 중국 연안에서는 일본 해적 집단인 왜구가 활동하며 약탈을 일삼았다. 이후로도 제주에서는 들끓는 왜구(倭寇)를 막기 위해 환해장성 축조를 이어갔다. 일본과 한반도, 그리고 중국 사이에 있는 제주도는 사면이 바다다. 왜구들은 노략질하는 동안 땔감과 물, 식량을 확보하기 위해 근처에 있는 제주도에 자주 침입하여 방화와 약탈을 일삼았고 살상도 서슴치 않았다. 특히 추자도 근해에 숨어 있다가 공물 운반선을 약탈하는 등 조선시대 내내 제주에 수없이 침입해 횡포를 부렸다. 그래서 섬을 지키기 위해 장성을 더욱 튼튼히 쌓았다.

현재 온평, 신산, 애월, 별도, 삼양, 북촌, 동북, 행원, 신흥리 등 14곳에 화해장성의 흔적이 남아 삼별초의 비극적 종말을 알린다. 삼별초를 토벌한 몽골은 제주에 탐라총관부를 설치하여 1273년부터 1290년까지 탐라를 직할하고 다루가치를 두어 다스렸다. 1277년에는 목마장을 설치하여 몽골의 마필 수요를 충당했으며 이는 고려가 멸망할 때까지 지속되었다.

　역사 속에 항명과 개혁 시도는 항상 있었지만, 성공하면 위대한 개국으로 빛나고 실패하면 난(亂)으로 기록된다. 후백제가 그러했고, 고려가 그러했고, 조선왕조가 그러했으며, 동학난도 그러했다.

　몽골의 간섭과 지배에서 벗어난 새로운 왕국을 꿈꾸었으나, 개국이 아닌 난(亂)으로 기록된 삼별초(三別抄)! 올레길의 환해장성을 둘러보며, 돌담에 묻힌 750년 전 삼별초 용사들의 무용과 자주를 향한 충정과 애국정신을 헤아려본다.

20. 올레길의 풍력발전과
원전 단상

올레 14길 한림읍 비양도 앞에 세워진 풍력발전기

...

바람 많은 제주도에서는 이 시간에도 풍력발전기가 곳곳에서 빙글빙글 돌아간다.

풍력발전은 공해를 유발하지 않는 효자 산업이다. 하늘 높이 솟아오른 거대한 풍력발전기 날개가 빙글빙글 돌아갈 때마다 뚝뚝 달러가 떨어지는 소리가 들리는 듯하다. 전기를 많이 사용하는 미국, 영국, 캐나다, 스페인 등 여러 나라는 원자력발전과 수력발전이 주를 이루지만, 보조 발전 수단으로서 풍력발전, 태양열발전, 조력발전이 이용되고 있다. 풍력발전은 태양열발전, 조력발전과 함께 제3의 무공해 전력 공급원이다. 전제는 보조 발전 수단이라는 점이다.

제주도는 바람이 많은 섬이지만, 바람이 특히 많은 대정·조천·구좌에 풍력발전기가 많이 세워져 있다. 올레 19길이 지나가는 조천읍 동복·북천 풍력발전단지에는 풍력발전기 15기가 세워져 있으며, 월정리 해안에 16기, 구좌 농공단지에 16기, 김영 풍력발전 실증연구단지가 있는 올레 20길 바닷가에도 풍력발전기 수십 기가 빙글빙글 돌아간다.

김녕리 바닷가는 연평균 풍속이 7.2㎧ 내외로, 정부가 국내 풍력발전의 국산화를 촉진하고 수출경쟁력을 강화하며 전문 인력을 양성하기 위해 2006년 11월 국제규격에 맞는 풍력발전 인증단지로 조성했다. 산업 생산시설이 없는 제주도는 어쩌면 풍력발전이 부분적으로는 올바른 선택일지도 모르겠다.

지식정보화를 넘어 메타버스로 가는 사회에서 전기가 없는 세상은 상상할 수조차 없다. 만약 전기 공급이 중단되는 세상을 맞이한다면 우리는 과연 이 세상에서 생존이 가능할지 의심스럽다. 온갖 문명의 이기 속에 살고 있는 우리가 갑자기 전기 없는 세상을 맞이한다고 가정해보자.

아침에 눈을 뜨면 TV와 냉장고는 멈춰져 있을 것이다. 전화기는 먹통일 것이며 소통의 대명사인 카톡, 이메일, 페이스북도 작동되지 않을 것이다. 화장실에 가더라도 수돗물 공급이 안 되니 화장실 사용이 불가능해질 것이다. 출근하기 위해 엘리베이터 버튼을 눌러도 엘리베이터는 작동하지 않을 것이며, 전기로 움직이는 모든 전자기기 시스템은 멈추어 있을 것이다.

모든 연구실과 실험실의 전자기기 작동은 멈추어져 있을 것이다. 20층 이상 되는 아파트를 걸어서 오르내리는 것도 수월치 않을 것이며, 회사에 출근해서 업무를 보려고 하더라도 컴퓨터 작동이 안 되니 두 손을 들 수밖에 없을 것이다. 병원 의사들도 진료 기록 차트를 띄울 수 없고, 각종 진단기기와 치료기기가 작동되지 않으니 진료도 멈출 것이다.

수출국인 우리나라 반도체, 자동차, 선박, 중공업, 화학 공장 생산라인도 물론 멈출 것이다. 은행, 증권시장, 모든 마켓의 결제 시스템도 멈출 것이다. 가정, 직장, 시장, 사회, 치안, 국방, 학교 등 어느 한 분야도 전기의 도움 없이는 한 시간도 정상적으로 작동될 수 없다.

전기가 없는 암흑세계가 가져다주는 혼란은 우리가 일찍이 경험하지 못한 대재앙을 불러올 것이다. 산소가 없으면 생명체가 한순간도 유지될 수 없듯이, 전기가 없다면 사회 시스템은 한순간도 정상적으로 작동될 수 없다. 그만큼 우리 생활은 전기에 밀접하게 연계되어 있다. 그래서 전기 공급은 한순간도 블랙아웃되거나 단절되어서는 안 된다. 1년 365일 하루 24시간, 변함없이 일정하고 안정적으로 공급되어야 한다.

현재 우리나라의 전력 생산량 대비 소비량 증가는 블랙아웃 위험 수준으로 치닫고 있다. 전력 생산의 33% 이상을 차지했던 원전 가동률이 29%로 떨어졌다. 원전 23기 중 여러 기의 가동이 중단된 지금, 태양열발

구좌읍 김녕해수욕장 옆 국가 풍력 실증연구단지

구좌읍 행원 풍력발전단지

한경면 용수리 용수포구 풍력발전기

전과 풍력발전이 화력발전을 보조한다고는 하지만 냉난방기 사용이 급증하면서 전력 부족 상황은 심각 단계로 접근하고 있다.

2003년 8월 미국 동부에서 전력 사용량이 급증하면서 블랙아웃 사태가 발생했다. 최첨단의 도시가 순식간에 암흑으로 휩싸였고, 뉴욕의 복잡한 교통수단은 일순간에 마비되었다. 승강기가 일순간 멈추어 서면서 수많은 사람이 승강기에 갇혔다. 퇴근길 시민들이 귀가하지 못하고 거리에서 노숙했고, 폭염 속에 에어컨 작동도 멈추었다. 상가가 털리고, 치안이 마비되었음은 물론이다. 우리나라도 이와 비슷한 문명의 단절을 경험했던 기억이 있었음을 상기하면 전력은 우리가 피상적으로 생각하는 것보다 상당히 구체적으로 실생활 속에 깊이 들어와 있음을 알 수 있다.

우리나라는 전력 사용량이 많고 전력 의존도가 무척 높은 나라다. 우리나라 전력 생산 현황을 구체적으로 살펴보자.

한국전력공사가 2021년 5월 발행한 전력 통계에 의하면 우리나라 발전 전력량은 기력, 즉 석탄·석유·LNG 등 증기 터빈을 이용한 화력발전 189,426Gnh(34.07%), 원자력 160,184Gnh(29%), 복합화력 즉 유류와 LNG를 사용하는 발전 111,759Gnh(20.5%), 신재생 즉 태양열·풍력·바이오에너지·석탄액화가스 등을 이용한 발전 31,057Gnh(5.7%), 수력발전 7,148Gnh(1.3%), 내연력 이용 발전 4,567Gnh(0.84%) 순이다.

석탄, 석유, LNG 등 탄소연료가 총 생산 전력의 63.7%를 차지하는데, 그 가운데 95.8%는 해외 수입에 의존한다. 에너지 수입액이 국가 전체 수입액의 35%를 차지한다. 우리가 수출을 통해 힘들여 벌어들인 외화 가운데 1/3 이상이 전력을 생산하는 데 소비된다는 의미다.

화력발전은 손쉽게 전력을 얻을 수는 있지만, 공해를 일으키는 산업이다. 석탄, 석유, 가스 등 화석 연료와 탄소연료를 사용함으로써 발생하는 일산화탄소나 탄화수소, 미세먼지 등의 대기오염 문제는 해결할 방법이 없다.

우리의 폐가 강철이나 특수금속으로 만들어져 있지 않는 한 대기오염은 우리의 신체, 생명, 먹거리에 직·간접적으로 악영향을 미친다. 전력 생산 비용도 원자력에 비해 수 배에서 수십 배나 많이 든다.

수력발전은 강수량이 풍부해야 하고, 낙차가 큰 댐이 있어야 한다. 다목적 댐을 건설하는 데는 장기간의 시간도 필요하거니와 천문학적 비용이 소요된다. 총 전력에 차지하는 비율은 미미하다. 풍력발전은 청정 에너지원이지만, 바람이 불지 않으면 날개 회전이 멈춘다. 태양열발전은 어두워지거나, 비가 내리거나, 날씨가 흐리면 작동이 정지된다. 따라서 태양열발전이나 풍력발전은 화력발전소가 필히 있어야 상호 보완적으로 운용된다.

풍력발전기는 한번 설치하면 60년을 사용할 수 있다. 풍력발전기 설치 비용은 2000년 기준 한 기당 20억 원이었다. 지금 현재 시세로 환산한다면 50억 원쯤 되지 않을까 싶다.

풍력발전이 공해를 일으키지 않는 청정 에너지 산업이라는 점은 100% 공감한다. 그러나 60년마다 교체해야 하는 비용도 고려해야 하며, 풍력발전량이 불충분할 경우를 대비하여 화력발전소도 계속 작동해야 한다. 풍력발전기가 설치됨으로써 그 면적만큼 국토가 잠식되는 점도 고려해야 할 요소다.

우리에게 생명과도 같은 전기는 한순간도 공급이 중단되어서는 안 된다. 우리가 선택할 수 있는 카드는 의외로 간단하다. 현재로서는 화력발전이나 원자력발전 외에는 대안이 없다. 화력발전이 공해를 유발하는 점을 고려하면 해답은 자명하다. 원자력이다. 많은 국민들은 그렇게 생각한다.

그런데 원자력이 갖는 가공할 파괴력과, 원자력발전소에서 사고가 날 경우의 회복 불가능한 피해를 우려한다. 그래서 원전에 반대하는 목소리가 높다. 특히 진보 단체들은 미국 트리마일 섬 사고, 구소련 체르노빌 방사능 누출 사고, 혹은 후쿠시마 원전 사고를 떠올리며 원자력발전의 안전을 이유로 발전 중단을 요구했다.

현 정부 들어서도 이런 환경운동 단체들과 태양열발전 이해관계 단체의 집요한 요구에 따라 원전 가동을 중단하고 대체 전력 생산 방법으로 태양열발전을 선택했다. 그 선택에는 과학적 판단 이전에 다분히 정치적이고 감정적인 주장이 강하게 깔려 있다.

태양열발전의 발전효율이 과거 8~10% 수준에서 10~20% 수준으로 높아졌음은 사실이다. 그러나 수력 80~90%, 화력 40~50%, 원자력 90%에 비하면 현저하게 낮다.

태양열 패널이나 발전설비에도 수명이 있다. 일정 시기가 되면 태양열 패널이나 발전설비를 교체해야 한다. 그 주기가 10년이다. 그런데 교체되는 태양열 패널이나 발전설비는 재사용이 불가능하다. 공해를 유발하는 폐기물이 된다는 이야기다. 이 폐기물을 어떻게 처리할 것인가?

태양열발전 산업을 추진하는 측에서는 "태양열 패널이 유리, 알루미늄, 실리콘, 구리 등으로 제작되어 폐패널을 최대 90%까지 회수하거나 재활용할 수 있다"라고 주장한다. 이론상으로는 얼마든지 가능하다. 현실은 어떤가. 패널에는 납과 같은 중금속이 들어 있다. 폐기 처리 중에 패널이 부서지면 유독성 증기가 대기로 방출되어 뇌 손상을 일으킬 우려가 있다.

하버드 비즈니스 리뷰에 실린 연구에 의하면 미국에서는 실제로 "폐기 시의 고비용 때문에 상당수가 그대로 버려지고 있다"라고 한다. 미국 작가 겸 언론인 마이클 셸런 버거는 최근 조사 자료를 자체 집계한 결과 "태양광 패널 폐기물로 인한 유해물질이 원전에서 나오는 고준위 폐기물보다

대정읍 무릉리 태양열 패널

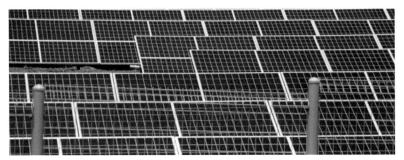

한경면 산간지역 태양열 패널

한림읍 월림리 태양열 패널

한림읍 월림리 밀감밭 사이의 태양열 패널

200~300배 더 많은 것으로 드러났다"라고 한다.

태양열 패널의 수명도 예상보다 빨리 줄어들고 있다. 태양열 패널 성능이 처음에는 1년에 약 0.5%씩 감소할 것으로 예상했지만, 실제로는 1년에 약 1%씩 줄어드는 것으로 나타났다. 셀렌 버거는 태양열발전이 원자력발전 같은 기존 에너지보다 환경친화적이라는 믿음에 대해 "일종의 집단적 최면"이 걸린 상태라며, "정부와 언론이 태양광발전의 유독성과 위험성을 외면한다"라고 경고했다.

또 다른 문제점은, 비행기를 타고 하늘 위에서 우리나라 땅을 내려다본 사람은 우리나라의 태양열발전이 심각한 문제에 노출되어 있음을 직감하게 된다. 제주도를 제외한 한반도 전체에 공해 띠가 음울하게 깔려 있음을… 비행기까지 탈 필요도 없다. 높은 산에 올라가서 우리가 생활하는 산하를 내려다보면 우리 현실 생활 주소지로 돌아가서 호흡하고 싶은 생각이 사라진다. 유해물질인 대기오염은 태양열발전 효율을 감소시키도 하지만, 우리 생활과 건강에 위해를 가하기도 한다. 태어나는 신생아에게도 영향을 미친다.

지금 전 국토가 몸살을 앓고 있다. 전국 산하, 하천, 저수지에 시커먼 태양열 전지 패널이 깔렸다. 일부 지역에는 산림을 베어내고 태양광 패널을 설치했다. 농사를 짓던 농토에도 재배하던 작물을 걷어치우고 태양열 전지 패널이 도배되어 있다. 차를 타고 야외로 나가면 이런 모습은 흔히 목격된다. 새만금 드넓은 땅에도 태양열 전지 패널을 쫙 덮을 계획이라고 한다. 그 비용이 천문학적이다. 비용은 차치하고, 생태계에 미치는 영향은 계측 불가능하다.

제주도도 예외일 수 없다. 올레길이 지나는 농지나 과일밭에도 태양열 집열판이 시커멓게 덮여 있고, 그 면적은 점차 넓어지고 있다.

문제의 심각성은 그런 태양열 전지 패널이 대부분 중국산이라는 점이다. 우리나라에도 태양열 패널을 제작하던 업체가 있었다. 태양열발전이 국가적 사업으로 확대되면서, 태양열 전지 패널 수요가 폭발적으로 증가하자 저렴한 비용으로 물건을 공급하는 중국 업체에 밀려 우리나라 태양열 관련 업체는 전멸했다. 시장경제의 저주다. 우리나라 태양열발전 시장은 그런 제품을 생산하는 중국과 이를 수입하여 납품하고 판매하는 업자들에게 축제판을 제공했다.

다시 원점으로 돌아가자. 원전은 우리나라 기업이 우리 자체 기술을 이용하여 자생적으로 개발한, 세계 최고 수준의 기술력을 자랑하던 산업이다. 우리나라에서 개발된 원전은 지난 수십 년 동안 아무런 사고나 문제없이 잘 돌아갔다. 우리의 원전 인력, 원전 생산 장비, 원전 기술은 세계로부터 인정받아 세계 여러 나라에 수출된 적도 있다.

지금도 대학과 연구소에는 수많은 학생, 연구원, 학자가 원자력과 핵물리학을 공부하지만 미래가 암울하다. 수많은 선배 전문가들이 직장을 잃었기 때문이다. 우리 원전 기술은 치열한 기술 경쟁에서 미국, 프랑스, 러시아가 경계하고 세계 여러 나라가 부러워하는 우리나라 미래의 먹거리 산업이었다. 그런 원전을 안전을 이유로 가동 중단하고 폐기키로 결정했다. "안전하지 않다"라는 시민단체의 우려 때문이다. 그 우려의 이면에는 원전에 대한 과민반응, 그리고 위험성이 과대 포장되었던 측면도 있다.

원전은 매우 정밀한 산업분야다. 최고 전문가들이 모여 지혜를 모으고 힘을 합쳐 다루며, 판단해야 할 전문성이 요구되는 분야다. 전문가 집단이 참여하여 연구하고 토론하여 종합적으로 결정해야 할 분야라는 이야기다. 아마추어 시민단체의 의견도 존중되어야 함은 물론이다. 하지만 원전의 미래를 비전문가들이 다수결로 의견 수렴하고, 투표로 찬반을 결정지어서는 안 된다. 국민의 생존과 국가 미래의 존망에 직결되는 중차대한 문제이기 때문이다.

민주국가의 작동원리는 다수결로 의사가 결정되고, 다수의 중지를 모아 정책을 결정하는 것이다. 그 결정방식을 100% 존중한다. 하지만 다수결로 해서는 안 되는 분야가 있다. 독일의 나치 정권도 다수결에 의해 탄생했고, 일본의 군국주의나 그들의 하와이 진주만 침공도 다수결에 의해 결정되었다. 다수결이 반드시 옳다면, 독일의 나치 정권이나 일본의 하와이 침공도 올바른 결정이었나?

다수의 의견을 따라야 한다면, 배심원 제도면 충분한 것을 국가의 법이 무슨 필요가 있으며 판사나 검사는 왜 필요한가? 의사는 왜 필요하며, 학교에 선생은 왜 필요한가? 공부는 왜 하며, 전문가들이 연구는 왜 하는가? 다수결로 결정하면 간단한 것을…. 전문가의 지식과 경험을 존중하고, 전문가의 판단에 따르겠다는 묵시적 동의에 사회 전 구성원이 합의한 것 아닌가?

우리나라는 1973년 석유파동을 겪으면서 에너지 안보 차원에서 에너지원 다각화를 추진해왔다. 국가적 차원에서 원자력을 개발하고 관과 민이 협력하여 1978년 고리원자력 1호기를 상업운전하며 원자력발전 시대를 열었다. 그 후 고리 2·3·4호기, 영광 원자력 1·2호기, 울진 원자력 1·2호기를 외국 업체에서 일괄 도급 혹은 분할 도급을 통해 개발했고, 개발하는 과정에서 원자력 인재를 육성하고 국산화를 촉진하여 원자력 기술자립 토대를 마련함으로써 2020년에는 24기의 원자로가 가동되었으며, 2029년까지 29개로 늘릴 예정이었다.

원자력발전은 연료인 우라늄 원자의 핵분열에 의해서 발생한 열에너지로부터 전기를 생산하는 방식의 발전이다. 이해를 돕기 위해 얘기하면, 원자로 내에서 핵분열 연쇄반응 할 때 발생하는 고열 에너지로 물을 끓이고, 끓인 물을 수증기로 전환하여 수증기의 힘으로 터빈을 돌려 전기를 생산한다. 수증기의 힘으로 터빈을 돌려 전기를 생산하는 원리는 화력발전과 같지만, 열을 발생시키는 주체가 화력이 아니라 원자력이라는 점이 다르다.

원자력발전은 전력 생산 원가가 저렴할 뿐만 아니라(Kwh당 유연탄 64원, 무연탄 120원, 원자력 36원), 연료비가 차지하는 단가 비율도 10% 정도로 낮다. 그동안 원전을 통해 저렴하게 생산된 전력이 산업 생산 현장 및 기업과 가정에 값싸게 공급되어, 값싼 전력 덕분에 수출에 기여하고 국가 경쟁력을 키웠다. 각 가정도 값싼 전력의 혜택을 톡톡히 누렸다.

이 순간에도 세계인들은 공해 문제를 발생시키지 않고, 저렴하고 안전한 원전 건립에 기술력과 지혜를 모아 원전을 건설하고 있고, 그 숫자는 자꾸만 늘어간다. 미국은 내구수명이 다 되어 폐기키로 했던 원자로를 안전점검하여 다시 60여 년을 연장 가동키로 했다. 프랑스도 2021년 원전 3기를 추가로 건설키로 결정했다. 원전에 부정적이던 독일도 원전으로 정책방향을 선회했다.

미국은 어느 나라보다도 수력발전, 태양열발전, 풍력발전을 많이 하는 나라다. 그들이 폐기될 원자로를 점검하고 보완하여 재가동하는 것은 그들이 환경과 공해 문제를 염려하지 않는 바보들이기 때문인가?

원자력발전의 가장 큰 취약점은 첫째, 발전 과정에서 나오는 방사선과 방사성 폐기물이 지구환경과 인체에 치명적 독성을 지니고 있다는 점이고, 둘째, 원자력발전 후 생기는 방사성 폐기물은 반감기간이 길고, 이를 처리하고 관리하는 데 추가 비용이 발생하며, 셋째, 만약 핵발전소에서 사고가 발생할 경우 치명적 재앙을 불러올 수 있다는 우려 때문이다.

원자력발전에 있어 안전점검은 더 이상 강조할 필요가 없는 필수 사항이다. 방사선이나 원자력발전 후의 방사성 폐기물 관리는 엄격한 기준과 통제하에 이루어져왔다. 앞으로도 극단적 상황까지 대비한 시스템을 구축하고 기술 혁신을 통해 안정성을 높이기 위한 노력은 계속되어야 한다.

원전 반대론자들은 "우리 후손들을 위해 원전을 폐기하고 태양열발전, 풍력발전, 혹은 대체에너지를 개발해야 한다"라고 말한다. 당연한 말이다. 대체에너지 개발을 서둘러서 원전을 대체하는 안전한 시스템을 개발해야 한다. 그때까지 우리는 어떻게 기다릴 것인가?

태양열발전은 우리 후손들의 안전과 미래 먹거리를 보장하는 시스템인가? 우리의 후손은 구체적으로 누구인가? 나의 핏줄인가, 대한민국 국민인가? 후세대에 이 땅에 태어날 모두의 자손인가? 그 후손들에게 물려줄 나라가 전 국토에 태양열 패널이 가득 덮이고, 태양열 폐기물이 가득 쌓이고, 폐기물에서 나오는 오염물질이 가득한 나라인가? 아니면, 전국 산하에 풍력발전기 날개가 빙글빙글 돌아가는 나라인가? 풍력발전기로 우리나라에 필요한 전력을 얻을 수 있다면 그 또한 부분적으로는 해답이 될 수도 있다.

우리나라의 국토면적이 비좁다는 사실은 삼척동자도 안다. 북한을 제외한 남한 면적은 100,413㎢다. 이 가운데 65%는 산림이다(국토부 통계 65.2%, 산림청 통계 63%, 학계 통계 72.1%). 국토부 통계 기준 국토의 35%만이 각종 산업용지, 가정생활용지, 도로, 하천 등으로 사용되고 있다. 35,144㎢의 비좁은 땅 위에서 2021년 12월 기준 51,821,700명이 생산 현장에서, 산업 현장에서, 교육 현장에서, 생활 현장에서 머리를 맞대고 생활하고 있다.

그 비좁은 땅 위에 감사원에서도 지적한 바와 같이 내구성과 신뢰성이 떨어지고, 발전 효율도 그리 높지 않은 태양열발전 설비를 도배하듯 깔아놓고, 산업용·가정용 전력을 생산하는 것이 미래 대한민국을 위해서 올바른 선택인지, 또한 우리 후손들에게 물려줄 나라가 어떠한 나라여야 하는지, 대체에너지는 언제까지 어떻게 개발해야 할지를 다시 한번 머리를 맞대고 지혜를 짜내어 생각해보자.

지금 새만금에 건설되어 있는 태양열발전 설비와 태양열발전 시설물 밑에서 발산되는 오염물질을 보면, 그 해답은 너무나 자명해진다.

21. 우도 올레

...

　제주도 부속도서 가운데 면적이 가장 넓은 섬 우도! 우도는 제주도 본섬과 가까이 있는 가장 큰 섬이다. 그래서인지 제주도에 오는 관광객 대부분이 우도를 방문한다. 내왕객이 많기에 성산포에서는 매 30분마다, 종달항에서는 매 1시간마다 우도항과 하우목동항으로 여객선이 각각 운행된다.

　구좌읍 종달리 해변에서 우도를 바라보았다. 섬 모습이 마치 긴 꼬리를 가진 소가 누워 있는 형상을 닮았다 하여 우도라고 불린다. 그러나 지도에서 보이는 섬 전경은 물소 머리가 아니라 마치 물방개가 물 위에 떠서 헤엄치는 모습과 흡사하다.

　우도는 제주 본도와 입출항이 수월할뿐더러, 조용하고 풍치 수려한 해수욕장이 3군데나 있고(검멀레해수욕장, 하고수동해수욕장, 서빈백사해수욕장), 패들보드, 카이트서핑, 수상스키, 보트 등 각종 체험시설은 물론 관광객을 받아들일 수 있는 펜션, 민박, 식당, 카페가 많아서 올레길 여행자에게 매력을 끌기에 충분한 섬이다.

　우도 가장 높은 곳에는 등대가 있고, 그곳에는 국내 주요 등대는 물론 세계의 유명한 등대를 축소 전시한 등대공원이 있어, 등대 구경만으로도 이 섬에 온 보람은 충분하다.

　섬에는 탈것이 많다. 하우목동항에 도착하니 승용차, 택시, 트럭, 오토바이, 자전거, 스쿠터가 많이 보인다. 그런데 스쿠터가 유난히도 많다. 많아도 너무 많다. 섬으로 들어오는 관광객의 80% 이상이 스쿠터나 오토바이를 이용하는 것 같다.

종달항에서 바라본 우도

하우목동항의 명물 스쿠터

오토바이를 타고 올레길을 일주하는 여행자

올레길 1-1코스인 우도 올레를 걸어서 일주하는 거리는 11.3㎞다. 쉬지 않고 걸어서 종주하면 4~5시간이 소요된다. 나는 여행지에서 도보 여행을 선호하기에 여행에 필요한 최소한의 소지품만 지참하고 걷는다. 불가피한 경우가 아니라면 버스나 택시를 타는 경우는 거의 없다.

아침 일찍부터 전투하듯 걷는다면 모르겠으나, 오전 11시 이후 섬에 들어오는 경우 올레길을 걷는 동안 식사하는 시간과 주요 포인트를 돌며 관광하는 시간을 고려하면 하루 일정으로 와서 섬을 종주하기는 벅차다.

우도에서 숙박하는 여행자에게는 승용차를 페리선에 싣고 오는 것이 허용되기에 승용차를 타고 다니는 사람도 있다. 하지만, 섬에서 숙박하는 않는 대부분의 사람들은 스쿠터나 오토바이를 빌려 타고 이동한다.

가장 높은 고지의 해발고도가 132m인 이 섬의 경작지 대부분은 해수면과 비슷하다. 바람이 거세게 몰아치는 섬에는 주민 1,800여 명이 섬 둘레 17㎞의 해안선 주변에 옹기종기 모여 살아가고 있다.

제주도는 밀감이 특산물이지만, 인접한 우도에는 밀감 재배가 불가능하다. 염분을 가득 머금은 해풍이 강하게 불기 때문에 밀감 재배는 원천적으로 불가능할 뿐더러 일반 농작물 재배도 쉬워 보이지 않는다. 이 섬에서 유일하게 생산되는 농작물은 땅콩과 맥주보리다. 사방을 둘러보아도 오로지 땅콩밭과 보리밭뿐이다.

우도는 제주 본도와 마찬가지로 화산활동으로 이루어진 섬이기에 돌이 많다. 경작지 형태는 제주도와 비슷하지만, 바람이 드세고 물이 부족하기에 땅콩이나 맥주보리 이외에는 경작이 거의 불가능하다. 우도에서 땅콩밭이나 보리밭을 보면 눈물겹다. 돌과 자갈뿐인 척박하기 이를 데 없는 땅에서 돌을 골라내어 담으로 둘러싸고 흙 반, 자갈 반씩 섞인 자그마한 땅에 농작물을 심어 소출을 생산해낸다. 그런 우도인들의 정신력은 사막땅을 개척하여 옥토를 일군 이스라엘 민족보다도 더욱 강인하고 억척스럽다. 우도 주민들을 볼 때마다 그들이 눈물과 땀으로 일구어낸 오늘의 업적에 존경과 박수를 보내지 않을 수 없다.

그렇게 척박하기 이를 데 없는 땅에서 산출되는 땅콩과 보리가 수세기 동안 우도인을 먹여살린 생명줄이었다. 상가에서 파는 특산물도 땅콩이 들어간 제품이 주류를 이룬다. 우리가 그동안 모르고 먹었던 땅콩의 상당량도 우도산이다.

땅콩으로 특화시킨 제품 가운데 땅콩아이스크림과 땅콩막걸리가 있다. 올레길을 걷는 동안 제주에서 생산되는 제주막걸리, 좁쌀막걸리, 우도땅콩막걸리를 시음해보았다. 제주막걸리나 좁쌀막걸리는 제주를 특화하는 막걸리로서 손색이 없다. 올레길을 하루 종일 걸은 후, 저녁 막걸리 한잔은 보약과도 같이 몸에 스며들어 여행자의 피로를 말끔히 날려준다.

세계인들은 맥주나 와인을 즐겨 마신다. 우리나라 막걸리는 나이 지긋한 세대 사람들은 즐기지만, 젊은이나 세계인이 즐겨 마시는 술로 인정받기에는 넘어야 할 장애가 많다.

근래에는 수제맥주가 인기다. 독특한 양조기법으로 특화하여 세계적인 기업으로 성장한 맥주회사를 자주 본다. 엔호이저부시(호가든, 벡스, 버드와이저), 하이네켄(하이네켄), 칼스버그맥주(칼스버그), 몰튼 쿠어스 맥주(쿠어스, 밀러), 인베브호가든(Hoegaaden, Becks), 아사히맥주(아사히슈퍼드라이). 그러나 우리나라 수제맥주는 아직 세계 시장의 벽을 뛰어넘을 도전을 하지 못하고 있다. 우리라고 세계적인 맥주를 못 만들 이유가 없다. 철강석 하나 없는 나라가 철강 최강국이 되었고, 자동차 강국이 되었고, 선박 제조 기술도 없던 나라가 조선 최강국이 되었다. 반도체 원천기술 하나도 없던 나라가 반도체, 전자, 휴대폰 최강국으로 우뚝 서지 않았는가!

우도에서 생산되는 맥주보리를 과학적으로 품종개량하고 체계적으로 생산하여 세계인이 즐겨 마시는 우도 맥주가 탄생하기를 기대한다. 가능한 일은 누구나 할 수 있다. 우도인은 사막보다도 험한 돌밭을 일구어 옥토로 만든 사람들 아닌가!

누가 아는가! 모든 과학적 발전은 허구적 상상을 기초로 끊임없는 실험을 통해 이루어졌다. 멀지 않은 미래에 우도 맥주가 세계 최고의 맛과 향을 가진 보리맥주로 태어나는 즐거운 상상을 해본다.

우도 특산물 가운데 또 다른 하나가 한치다. 오징어와 비슷하게 생겼지만 오징어보다 크기가 작고, 다리 길이도 한치가 짧아 한이 되어서 한치란다. 보통은 구워서 술안주나 간식으로 즐기지만 무더운 여름철 얼음에 띄운 한치 물회는 냉면보다도 시원하고 씹히는 맛이 고소한 별미다. 우도에서는 이 한치를 빵에 넣어 우도 별미로 판매한다.

제주에서 밤하늘에 바다를 보라. 불을 환하게 밝히고 한치나 오징어 낚는 배를 구경하는 것도 장관이다.

보다 적극적으로 배낚시를 체험하고 싶다면 바다로 나가 1일 어부가 되어 짜릿한 손맛을 즐겨보는 것도 잊지 못할 체험이 될 것이다. 물론 뱃멀미의 고통쯤은 감수해야 하겠지만.

1990년 이전 이 섬의 행정구역은 구좌읍에 속해 있었다. 우도 인근 지역이 해상도립공원으로 지정되면서 우도로 분리, 독립되었다. 관광객들이 점차 늘어나면서 우도는 외형적으로 급성장했다. 펜션, 민박, 커피숍, 음식점, 상가가 들어서고 각종 서비스 업체와 관광 관련 레포츠 업체가 들어섰다.

미려한 외관을 갖춘 최신식 건축물이 들어서면서 섬 외양은 분명히 화려해졌다. 하지만, 꼼꼼히 살펴보니 섬 주민들 생활은 크게 개선된 것이 없어 보인다.

올레길을 걷다가 정자에 앉아 쉬고 있는 마을 주민과 잠시 대화를 나누었다. "관광객이 몰려오면서 우도가 많이 발전했군요" 하고 말문을 열었다. "외형은 발전했지만 섬 주민 생활은 변한 게 없습니다"라는 시큰둥한 대답이다. "관광객이 오니 펜션, 민박, 카페, 음식점이 들어서고 관광객이 몰려와 호황을 누리고 있지 않습니까?"라고 덧붙였다. "많이 생겼지만, 그 업체의 주인 대부분은 섬사람이 아니라 육지인입니다. 육지에서 들어와 사업하여 돈을 벌어 외지로 가져가는 사람들입니다"라는 대답이다. "그래도 관광산업이 활성화되면 고용이 창출되고, 각종 기념품점, 상가, 음식점이 호황을 이루게 되고, 소비가 이루어져 경제가 호황을 누리게 되지 않습니까?" 하고 재차 질문을 던졌다. "그게 다 도시 사람들 잔치입니다"라는 대답이다. 덧붙여 하는 말이, "카페나 기념품점 직원들도 대부분 외지에서 온 사람들입니다"라며, "관광객들이 이 섬에 더 이상 오지 않았으면 좋겠습니다"라는 충격적인 속마음을 내비쳤다.

"주변을 둘러보세요. 수많은 카페, 기념품점, 음식점이 있지만 몇몇 군데 이외에는 가게 세 내기도 어렵습니다. 여기 있는 대부분의 가게는 외지인 소유이며, 많은 가게가 매물로 나와 있고 매매되기만을 기다리고 있는 실정입니다"라는 대답이다.

마을 주민 말을 듣고 근처 카페와 기념품점을 다시 한번 둘러보았다. 몇몇 집은 호황을 누리지만 대부분의 가게가 개점휴업 상태였다. 올레길을 걷다 보면 펜션, 카페, 음식점, 기념품점, 과일 가게가 너무 많이 포진되어 있다는 생각이 들었다. "영업 실적이 괜찮다 싶은 상가가 생기면, 머지않아 근처에 훨씬 좋고 화려한 시설을 갖춘 상가가 들어서 공급 과잉 현상이 초래됩니다"라고 한다.

분명히 외적으로는 팽창하고 성장했지만, 개발의 낙수 효과는 주민들에게까지 골고루 돌아가지는 않는 것 같다. 게다가 가뜩이나 오른 물가는 주민들에게 상대적 박탈감과 소외감을 주는 게 아닌가 하는 생각마저 들었다.

올레길을 걷는 관광객으로서야 펜션이나 민박집 등 숙소는 많을수록 좋고, 카페나 식당도 많으면 선택의 폭이 다양해지니 당연히 좋다. 그러나 실상은 그렇지도 않다. 경쟁업소가 많아지니 당연히 외형부터 내장까지 고급화되고, 고급화된 만큼 인상된 가격이 고객에게 전가된다.

지역 주민이 이용하는 상가나 식당의 물가는 물론 저렴하다. 그 정도 가격이라면 착한 가격이라고 말해도 좋을 것이다. 그러나 올레길에 있는 대부분 관광업소의 물가는 지역민이 운영하는 동종업소에 비해 비싸다는 것이 일반론이다.

외양이 근사하고 시설이 훌륭한 몇몇 경쟁력 있는 가게는 찾아오는 고객도 많아 호황을 누린다. 하지만, 올레길을 지나다 실내가 텅 빈 많은 가

우도 땅콩밭

올레길 안내판에도 그려진 우도 특산물 땅콩　한치잡이 배

전통 마을과 부조화를 이루는 상가

게를 보면서, 과잉공급은 스스로 수요를 창출할 수 없다는 판단을 하지 않을 수 없다. 또 경쟁력이 약한 업소가 비교경쟁 우위에 있는 업소들과 언제까지 문을 열고 버틸 수 있을지 불필요한 걱정까지 하게 된다.

더구나 인터넷, SNS, 블로그 등을 통해 각종 정보가 대중화되면서 상가나 식당의 부익부 빈익빈 현상은 더욱 심해졌다. 블로그, 카톡, SNS를 통해 영업장에 대한 평가 글이 올라오고, 그 평가는 그대로 고객의 방문 횟수로 피드백되어 나타나기 때문이다.

이런 생각은 비단 우도에서만이 아니라 올레길을 걷는 내내 마음에서 지워지지 않았다. "도회지 관광객이 제주도에 몰려와서 부동산과 물가만 올려놓았다"라는 얘기를 들을 때마다 죄스러운 생각이 들 때도 있다. 그렇지만 대부분의 제주도 주민들은 착하고 친절하다. 인사로서의 친절이 아니라 속마음에서 진정으로 우러나오는, 가슴 훈훈해지는 친절이다.

산방산을 지날 때다. 점심 식사시간이 되어 지역 주민이 운영하는 식당의 야외 테이블에 앉아 식사를 했다. 우연히 옆자리에 앉은 제주도 주민과 간단한 인사를 나누고 대화할 기회가 있었다. 대화 가운데 마음에 울림이 있었는지, 자신이 만든 건강식품을 나누어주고는 자신의 집으로 초대하면서 하는 말이 "다른 것은 못해도 제주도식 음식 만드는 것 하나는 자신 있습니다. 올레길을 지나는 길목에 저희 집이 있으니 지나는 길에 꼭 방문해주세요" 하는 것이다. 빈말일지라도 쉽지 않은 제안이지만, 그의 제안에는 진정성이 담겨 있었다.

제주에서 올레길 여러 코스를 걷다 보니 인상적인 점 하나를 발견했다. 제주도 전역에 지방자치가 매우 활성화되어 있다는 점이다. 지역마다 근사하게 지어진 회관이 있으며, 심지어 마을에서도 회관을 중심으로 주민들의 의견을 모으고 사회적 기업이나 협력사업에 대해 함께 머리를 맞대고 논의하여 결정한다.

민주주의의 꽃 중 하나가 자유선거이고 두 번째가 지방자치와 분권화인데, 지방자치에 관한 한 제주도는 모범적으로 정착되었다는 생각이 든다.

우도는 지대가 해수면과 비슷할 정도로 낮은 섬이지만, 그래도 상대적으로 높은 고지가 있다. 올레길이 지나는 가장 높은 길에 있는 이 고지는 해발고도가 132m다. 이 고지 아닌 고지에 섬의 위치를 밝히는 등대가 있다.

밤하늘을 밝히는 등대는 전기나 레이더가 없던 시절 어두운 바다를 안내하는 나침반 역할을 했으며, 암초 위험을 경고하고, 뱃사람들에게 꿈과 희망을 주는 생명의 빛이었다.

우도에는 2개의 등대가 있다. 흰색 등대는 오래전부터 이곳에 세워져, 인근 해역에서 어로활동을 하거나 근처 해상을 지나는 선박이나 비행기의 해상안전을 지키는 파수꾼 역할을 했다.

그보다 높은 곳에 세워진 등탑은 우도 인근과 동중국해를 지나는 선박의 안전을 위해 2003년 새로 건립되었다. 빙글빙글 회전하며 20초당 1회씩 섬광을 내는데, 53㎞ 떨어진 곳에서도 등대 불빛이 관측될 만큼 강렬하다.

등대 옆 한켠에는 설문대할망의 소망항아리가 있다. 설문대할망은 제주를 만든 창조의 여신이며, 제주를 지키는 수호신이기도 하다. 남자가 귀한 제주에서 오백 명의 아들을 낳았다고 하며 건강과 다산을 상징한다. 이곳에 온 사람들은 소망항아리에 동전을 던져 자신의 소망을 빈다. 소망항아리에 모인 동전은 행복을 나누는 곳에 쓰인다.

올레에서 가장 높은 고지에 올라서니 우도 전경이 한눈에 보인다. 북동쪽으로 검멀레 해변의 흰물결 일렁이는 모습과 보트놀이하는 관광유람선이 보이고, 멀리 해변을 따라 형성된 마을과 경작지가 한눈에 보인다. 산

등대 오르는 길

우도 등대

동탑 등대에서 바라본 검멀레 해변

허리에 커다란 물 웅덩이도 보인다. 식수, 생활용수, 농업용수가 부족한 섬에서 물을 공급하기 위해 커다란 웅덩이를 파고 바닥과 주변에 비닐을 깔아 물을 저장하는 시설이다.

인간이 자연의 이치를 거스르거나, 자연의 거대한 힘에 맞서 이길 수는 없다. 그러나 아무리 힘들고 어려울지라도 머리를 맞대고 지혜를 모으면, 자연과 화합하며 더불어 공존하는 방법은 찾을 수 있겠다는 생각이 든다.

등대탑을 따라 내려오는 올레길에 우도 등대공원을 지난다.

우리나라 전역에 설치된 등대가 이곳에 축소 전시되어 찬찬히 살펴보는 재미가 흥미롭다. 이어지는 길에는 전 세계의 이목을 끄는 주요 등대가 전시되어 있어, 등대에 관한 한 세계여행을 하는 셈이다.

우도 등대 등탑을 내려오면서 머리에 한 가지 생각이 스치고 지나간다. 그리 높은 고지도 아니지만 그래도 우도의 가장 높은 곳에 올라서서 사람 사는 동네를 바라보니 아름답기는 하지만 소꿉장난하는 놀이터 같았다. 그보다 조금 더 높은 한라산에 올라가서 세상을 내려다보면 사람 모습은 보이지 않고, 거다란 구조물과 바다만 눈에 띈다. 비행기 위에서 사람 사는 세상을 내려다보면 산과 바다만 보인다. 그런데 우주선에서 지구를 바라본 우주여행사는 "지구가 맑고 푸른 유리구슬 같다"고 했다.

우리가 진지하게 열심히 사는 세상도 조금만 시각을 달리해서 보면 신기한 마법 속을 여행하는 것 같다. 우리가 사는 지구는 46억 년 세월이 지나는 동안 수많은 변화가 있었지만, 우리는 불과 일백여 년을 지나다 사라지는 손님이다. 영웅으로 왔던 알렉산더도, 진시황제도, 줄리어스 시저도, 스티브 잡스도 이 땅에서 50년을 머물지 못하고 갔다. 과도한 욕심 부리지 말고, 마법같은 이 세상에서 손님으로 있는 동안 서로 합력하여 선을 이루어야겠다는 교훈을 다시 한번 상기한다.

22. 인류무형문화유산 제주 해녀

북촌 해녀상

· · ·

제주 해녀 문화는 유네스코가 2016년 인류무형문화유산으로 등재한, 우리나라의 자랑스러운 문화유산이다. 국가 무형문화재 제132호이기도 한 제주 해녀(海女, 또는 잠녀潛女로 부르기도 함)는 제주인의 자랑이자 대한민국의 자부심이며, 세계 해양문화에 빛나는 꽃이다.

해녀는 기계장치 없이 맨몸으로 자신의 호흡을 조절하며 바닷속 5~10m까지 잠수하여 전복, 소라. 오분자기, 문어, 미역, 다시마, 톳 등 어패류를 채취하는 여성이다.

해녀의 기원은 인류가 바다에서 먹거리를 취하기 시작한 원시시대부터 시작되었다. 고대로부터 어부와 해녀를 관장하는 신당이 전해내려온 점으로 미루어볼 때, 기원전부터 해녀는 존재했던 것으로 추측된다. 문헌상으로는 삼국사기와 고구려 본기에 제주에서 진주를 진상했다는 기록이 있으며, 고려 숙종 때인 1105년 윤응균이 "해녀들의 나체 조업을 금지한다"는 금지령을 내린 기록이 있고, 조선 인조 때는 제주 목사가 "남녀가 어울려 바다에서 조업하는 것을 금한다"라는 명령을 내린 기록도 있다.

옛날부터 제주도에서 태어난 여성은 밭에서 김을 매거나, 물질을 해야 하는 숙명을 안고 살았다. 제주는 워낙 돌이 많은 섬이기에, 경작할 수 있는 땅이 턱없이 부족했다. 바위 반, 흙자갈 반인 비좁은 땅 제주도에서는 비가 내리더라도 빗물은 1분 이내에 땅속으로 스며들어간다.

척박한 땅이기에 제주에서 벼농사는 기대조차 할 수 없었으며, 손바닥만 한 밭에 보리, 조, 고구마, 감자, 기장 등 밭작물을 지어 생계를 유지했다. 그들의 식탁에서 쌀이라고는 구경조차 하기 힘들었다. 1950년대까지만 해도 제주도에서 태어난 사람이 일평생 먹은 쌀밥 총량이 한 바가지면

서귀포 효돈 해녀상

물질하는 해녀

부자 소리를 들었다.

제주 여성들은 7~8세부터 바다에서 헤엄치는 연습을 시작하여, 10~13세가 되면 어머니로부터 두렁박을 받아 바다로 나가 수영했다. 15~16세가 되면 바닷속에서 물질을 시작하여 해산물을 채취하는 해녀로 일평생을 살았다. 바람 많고, 돌 많고, 여자 많은 제주도에서 여자들의 생활은 육체적으로 고달팠기에 생활력이 육지인 여성에 비해 무척 강할 수밖에 없었다.

이유는 이렇다. 제주도는 원·근해 할 것 없이 모두 풍랑이 드세고 파도가 거세게 몰아친다. 그런 바다에 작은 돛단배나 뗏목 같은 배를 띄우고 노를 저어 고기잡이에 나서는 일은 매우 위험했지만, 경작할 땅이 없기에 달리 선택의 여지가 없었다.

많은 남자들이 물고기잡이에 나섰다가 풍랑을 만나 배가 전복되거나, 난파되거나, 암초에 부딪혀 죽었다. 그래서 남자는 귀한 대접을 받았다. 거기에 더하여 유교적 윤리가 엄했던 조선 인조 때, 남녀가 어울려 바다에서 조업하는 것을 금지하는 명령이 내려졌다.

그러한 시대적 상황은 여성들이 밭에 나가 밭작물을 경작하거나, 바다에서 전복, 해삼, 소라, 미역, 보말 등을 채취하여 농업 반, 어업 반 형태로 생계를 꾸려나가도록 만들었다. 농사일에도 남성과 공동으로 참여하면서 여성들이 자연스럽게 경제적 주도권을 가지게 되었다.

조선시대 해녀는 진상이나 공물로 1년에 적게는 무명 7필, 많게는 무명 28필에 해당하는 전복, 해삼, 미역 등을 공출해야만 했다. 그러한 수탈을 견디지 못한 제주인 가운데 상당수는 육지로 탈류를 감행했다. 제주 인구가 급감하자 조정에서는 제주에서 올라오는 공물량이 적어지게 되고, 급기야 군역 비용에도 문제가 생겼다. 마침내 조정으로부터 제주인의 탈류을 금지하는 금지령이 내려졌다.

해산물 채취나 공납은 여성들의 몫이었기에, 제주 여성이 육지인과 혼인하여 섬을 떠나는 것도 엄격하게 금지되었다. 이런 수탈은 18세기 전반까지 이어졌고, 금혼 정책은 정조 시대가 되어서야 해제되었다.

제주 해녀가 물질할 때 입는 옷을 '물옷'이라고 한다. 과거 물옷은 '물적삼(상의)', '물소중이(하의)', '물수건'으로 이루어져 있었으나, 1970년대부터는 고무로 된 옷을 입었다. 고무 옷이 나오면서 장시간 작업이 가능해졌고, 작업 능률도 향상되었다. 물질 도구로 해녀는 물안경, 태왁망살이, 빗장, 까꾸리 등을 썼다.

해녀는 잠수복에 잠수경을 쓰고, 망사리(채취한 해산물을 담는 뒤웅박이 달린 항아리), 태왁(망사리에 달린 뒤웅박으로 눈에 잘 띄게 하기 위해 주황색을 많이 씀), 빗창(길이 30센티미터 정도의 무쇠 칼), 소살(1m 정도의 작살), 물수건을 가지고 바다에서 조업한다.

고무 옷은 목까지 내려오는, 통으로 된 '모자'와 상의와 발목을 덮고 가슴까지 올라오는 하의로 이루어져 있다. 여기에 오리발이라고 부르는 물갈퀴를 신고 작업한다. 고무 옷이 등장하기 이전에는 수심 10m 이내에서 작업했으며, 수중 조업 시간은 30분에서 최대 1시간을 넘기기 어려웠다. 고무 옷을 착용한 이후, 1회당 수중 작업 시간이 늘어났으며, 보다 깊은 곳까지 들어가 조업할 수 있게 되었다.

마을어장은 해녀들이 전통적으로 살아온 해녀들의 바다 밭이며 삶의 터전이다. 제주도에는 마을 단위의 어촌계가 102개나 있다. 어촌계에서는 어장에 종묘가 되는 어패류 씨앗을 공동으로 뿌리고, 어장을 청소하며 관리한다. 그리고 마을 경계, 해산물 채취 자격, 해산물 종류에 따른 채취 기간, 방법, 생산량 등 규칙을 정해놓고, 이를 '어장관리 규약'으로 정하여 엄격하게 적용한다.

북촌 해녀상

마을어장 가운데 규모가 가장 큰 곳은 구좌읍 하도리에 있는 하도 마을어장이다. 면적이 170만 평이나 된다. 이곳을 삶의 터전으로 삼는 해녀도 280여 명이나 되며, 이들은 지금도 마을어장에서 물질하며 생활한다.

올레길 해안가를 지나다 보면 바닷가에 돌로 쌓아올린 나지막하고 둥그런 돌담이 자주 보인다. 불턱이라고 불리는 돌담이다. 이 담은 해녀가 물질하기 위해 옷을 갈아입는 공간이고, 바닷속에서 작업을 하다가 나와서 쉬거나, 차가운 몸을 녹이기 위해 불을 피워 몸을 따뜻하게 하는 공간이기도 하다.

해안가 마을에는 마을마다 3~4개의 불턱이 있다. 해녀들은 불턱에 둘러앉아 물질에 대한 지식, 물질 요령, 바다 밭 구조와 특성 등 물질 작업에 필요한 정보와 지식을 습득하고 기술을 전수한다. 불턱은 또한 해녀 간 상호 협력을 재확인하고, 의사 결정이 이루어지는 의사전달 공간이기도 하다.

해녀들은 연령, 물질 기량, 덕성에 따라 상·중·하군으로 나누어지며, 불턱에서도 해녀의 지위에 따라 자리가 정해지는 등 연장자의 의견과 지위를 존중하는 위계질서가 엄격했다. 의사와 같이 생명을 다루거나, 특전사나 해병대 등 생명의 위험도가 높은 직업군이거나 혹은 특수장비를 다루는 위험도가 높은 직군일수록 위계질서가 심해지는 것과 같은 이치다.

지금도 제주도에는 30여 개의 불턱이 남아 있고, 현재도 해녀들이 사용한다. 그런 측면에서 볼 때 원담은 해녀들에게는 매우 고마운 어장이다. 갯담이라고도 불리는 원담은 바닷가에 바닷돌을 겹담 형식으로 쌓아놓은 것으로, 밀물 때 들어왔던 고기떼들이 썰물이 되면 그 안에 갇히게 된다. 그래서 해녀들은 물속으로 잠수하지 않고도 쉽게 물고기를 잡을 수 있었고, 멸치, 소라, 고동 등 해산물을 손쉽게 채취할 수 있었다.

제주 여성을 상징하는 또 다른 명물이 물 긷는 제주 여성상이다. 제주도는 물이 귀했다. 연간 강수량은 많지만 하늘에서 떨어지는 물은 땅에 닿기 무섭게 땅속으로 스며 들어간다. 제주도에서 하천에 물이 흐르는 것을 본 적이 있는가? 제주도 땅의 대부분은 화산석으로 되어 있다. 그 돌마저도 구멍이 숭숭 뚫려 있어 물이 지상에 고여 있을 시간이 없다. 폭우가 쏟아지는 순간에는 한라산에서부터 쏟아져 내려오는 빗물이 급류로 변해 하천이 범람을 이루지만, 비가 개이고 1시간이 지나면 다시 건천으로 바뀐다.

땅속으로 스며들었던 물은 지하수맥을 따라 바닷가로 흘러나와 바닷물에 합류된다. 이 물이 흘러나오는 곳을 용천수 혹은 물통이라고 한다. 용천수의 수량이나 민물이 나오는 용천수 양에 따라 주민 수와 마을의 크기가 결정되었다.

물은 생명의 원천이다. 제주도의 마을은 이들 용천수를 중심으로 형성되었다. 물이 귀했던 옛 시절, 제주 여성들은 용천에서 솟아나오는 물을 항아리에 담아 어깨에 메고 집에 와서 식수나 생활용수로 사용했다. 이 용천에서 솟아나오는 물을 칸으로 나누어 맨 위 칸은 식수로, 그다음 칸은 야채 씻는 물로, 세 번째 칸은 여성들이 목욕하거나 세탁하는 물로 사용했다.

제주민속마을에도 여성이 물 항아리를 어깨에 메고 물 긷는 사진이 제주 여성을 상징하는 모습으로 묘사되어 있고, 물 긷는 여인 석상이 제주 곳곳에 세워져 있다. 그 모습을 볼 때마다 나는 애처로움을 넘어 의구심이 든다. 그 때에 제주 남성들은 어디서 무엇을 했는지!

올레 21길이 지나가는 구좌읍 하도리에는 하도 어촌체험마을이 있다. 하도리 어촌계에서 해양수산부의 인정과 지원을 받아 모범적으로 운영하

물 긷는 여인상

는 어촌체험마을로, 해녀 물질, 스노클링, 마루잡이, 대나무낚시 등을 체험할 수 있다.

마루잡이란 반찬거리의 제주도 말로, 낮은 물가에서 보말, 성게, 톳 등 반찬거리를 채취하는 체험이다. 해녀로 활동하는 여성의 도움을 받아 물속 4~5m까지 잠수도 하고, 전복, 소라, 멍게 등을 채취하기도 하며, 스노클링이나 대나무 낚시까지 덤으로 체험할 수 있다. 해녀는 물질하는 여성을 뜻하지만, 이곳 해녀 물질 체험은 여성이 아니라 남성들에게 인기다.

제주도에는 해녀와 관련된 용어가 참 많다. 해녀상, 해녀박물관, 해녀학교, 해녀촌, 마을마다 있는 해녀의 집, 해녀식당, 해녀 밥상…. 제주 해안가를 지나다 보면 해녀상이 자주 눈에 띈다. 해녀가 세계로부터 인정받고 제주를 대표하는 무형문화로 자리매김했으니, 해녀가 존중받는 직업으로 자리매김했으면 좋으련만 실상은 그렇지도 않다. 근래 제주 해녀의 90% 이상은 70세 이상 고령 여성이 대부분이다. 젊은 여성들이 직업으로 선택하지 않는 분야라는 이야기다.

수입 측면에서는 중견 공무원의 연봉 수준을 능가한다고 한다. 하지만 근무 환경이 열악하고 수중에서 일해야 하는 직업 특성상 노동 강도가 세다. 게다가 고막 파열이나 직업병과 추위, 그리고 파도의 위험이 도사리고 있으니 젊은 여성들이 선호할 미래의 직업군으로 자리매김하기가 쉽지만은 않다.

그러함에도 제주도에는 해녀를 양산하는 해녀학교가 2군데나 있다. 법환 해녀학교와 한수풀 해녀학교다. 제주시 한림읍 귀덕 2리 어촌계에서 운영하는 한수풀 해녀학교는 제주 해녀의 명맥을 이어가고 사라져가는 해녀 문화를 전수하며 계승·발전시켜나가기 위한 교육 과정을 운영한다. 수업은 매주 토요일 실시되며, 학비는 무료이고 운영경비는 국비 지원으로 충당한다. 강의는 경험 많은 해녀가 진행하기도 하지만, 각종 안전 교육은 분야별 전문 강사가 진행하며 수영 강좌는 국가대표급 수영선수가 수중 호흡법과 안전관리를 중점적으로 지도한다.

서귀포시 법환로에 있는 법환 좀녀마을 해녀학교는 2015년 문을 열어 2021년 현재 191명이 졸업했으며, 그중 51명이 지역 어촌계에 가입해 해녀로 활동하고 있다.

해녀 입문 양성 과정과 직업 해녀 양성 과정을 운영하는 해녀학교 학생 가운데는 서울, 경기, 전남, 부산에서 배우러 오는 사람도 있으며, 외국인도 해녀 문화를 체험코자 참여하는 경우도 있다. 입학 경쟁률이 치열하며, 해녀학교에 입교하기 위해 3수까지 하는 경우도 간혹 있다. 놀라운 사실은 해녀가 아닌 해남을 희망하고 온 사람도 전체 학생의 20% 가까이 되며, 연령대도 20대부터 50대까지 다양하다. 해남 희망자 가운데는 전직 산악인, 작가, 경찰, 특수부대 출신, 회사원, 의사 등 직업군도 매우 다양하다.

해녀학교를 졸업하고 해녀가 되고 싶다고 해서 모두가 해녀가 될 수는 없다. 해녀 사회는 매우 독특하고 결속력이 강한 문화공동체다. 해녀가 되는 가장 보편적인 방법은 현역에서 은퇴하는 해녀의 지위를 딸이나 며느리가 승계하는 방법이다. 이른바 해녀직업의 세습이다. 하지만, 현대의 젊은 딸이나 며느리들은 해녀세습을 원하지 않는다.

외지인이 해녀가 되기 위해서는 기존 해녀들의 만장일치 동의가 있어야 한다. 동의를 얻기 위해서는 어촌마을로 주소지를 옮겨 2년 이상 거주해야 하고, 마을 어촌계에 입회비를 내고 해녀 공동체에 들어가 보조 역할을 수행하며 해녀 사회 구성원의 한 사람으로 동화되어 살아야 한다.

어느 날 저녁, 바닷가 식당에서 해녀로 보이는 여성 4명이 앉아 회식하는 모임 옆자리에 우연히 우리가 앉아 식사를 하게 되었다. 해녀들끼리 대화가 무르익어 신나게 대화를 나누는 동안 그녀들은 박장대소하며 즐거워하는데, 해녀들의 대화 내용이 무슨 말인지 도대체 알아들을 수가 없었다.

제주민속마을에서 제주도 고유 사투리 몇 개를 눈여겨보며 익혔지만, 해녀 사회에 들어가 동화되기 위해서는 제주도 말과 문화부터 배워야겠다는 생각이 들었다.

제주 해녀에게는 해녀 헌장까지 있다. 그들은 유네스코 인류무형 문화유산 수호자로서의 사명감을 가지고 '자연과 공생하며 이웃과 상생하는 삶'을 추구한다. 서로가 공동체 정신에 입각하여 '배려와 공존의 미덕'을 추구하고, 해녀 문화를 전하는 '해녀의 세계화'를 위해 노력한다.

해녀의 삶은 고달플 수도 있지만, 어찌 생각하면 바다는 해녀에게는 일평생 일할 수 있는 직장이다. 그 사회에는 경쟁과 해고와 퇴직이라는 용어가 없다. 눈만 뜨면 더불어 살아갈 수 있는 이웃이 있고, 바다에 나가면 먹거리가 있고, 배려와 공존의 미덕을 나누고 베풀 수 있는 공동체가 존재하기에 죽을 때까지 행복할지도 모르겠다.

장래 해녀 혹은 해남으로 활동하게 될 예비 해녀·해남들이 제주 해녀의 자랑스러운 전통과 명맥을 잘 계승하여 해녀 문화가 아름답게 세계 속으로 전승되기를 기대한다.

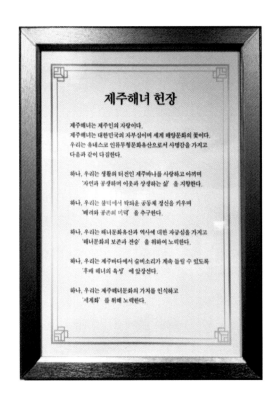

2장

한라산 둘레길

유네스코 자연과학분야 3관왕 + 세계 7대 자연경관 획득!
UNESCO NATURAL SCIENCE TRIPLE CROWN & NEW 7 WONDERS OF NATURE

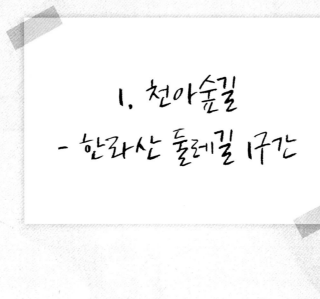

1. 천아숲길
- 한라산 둘레길 1구간

 유네스코 세계자연유산에 등재되고, 세계 7대 자연경관을 획득했으며, 세계적 지질공원으로 인증된 제주도! 제주도는 2002년 12월 유네스코에 의해 한라산 국립공원과 효돈천을 중심으로 약 45% 면적이 생물권 보존 지역으로 지정되었다. 더 나아가 2019년 6월에는 육상 전역과 해안선 5.5 ㎞ 이내 지역까지 생물권 보존지역으로 확대되었다.

 신화 속 수많은 신들이 머무는 환상의 섬 제주도는 바다도 아름답지만, 한라산 고도 600~900m를 오르내리는 숲에 아름답고 다양한 8개 코스로 이루어진 명품 숲길이 있다. 공식적인 한라산 둘레길(천아숲길, 산림휴양길, 돌오름길, 동백길, 수악길, 사려니숲길, 절물조릿대길, 숯모르편백숲길)의 총 길이는 80㎞다.

 둘레길은 한라산 정상을 오르는 등산이 아니라 한라산 둘레를 돌아가며 고도 600m에서 900m를 오르내리는 길이다. 오르내림이 있을 뿐, 그리 험한 등산길이라고는 할 수 없다. 하지만, 각 코스별로 진입로까지 찾아가는 길과, 다시 그 다음 코스로 이어지는 길까지 거리를 고려하면 전체 길이는 100㎞가 넘는다.

 한라산 허리를 지나는 둘레길에는 360여 개의 기생화산인 오름이 산재되어 있다. 오름에는 한라산 주위로 원을 그리면서 그 오름을 이어주는, 아름답고 다양한 8개 코스의 명품 숲길로 이어진다.

 문화나 예술은 아는 사람 눈에 아는 만큼만 보인다고 한다. 그런데 한라산 둘레길은 산이나 숲을 모르는 사람에게도 신선한 자극과 감동을 선사한다.

 일제강점기 병참로인 하치마키 도로와 임도, 표고버섯 재배와 운송로,

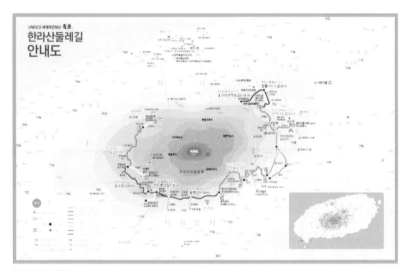

한라산 둘레길 코스 정보(http://hallatrail.or.kr/allcourse)

천아숲길 진입로   천아숲길의 나무들

돌오름, 수악교, 이승악, 사려니오름, 거린사슴으름, 물찻오름, 비자림로 등 오름을 연결하는 숲길에는 피톤치드 쏟아지는 편백숲, 삼나무숲, 동백숲, 졸참나무숲이 있는가 하면, 태고의 밀림 속 터널 같은 환상적인 숲길도 지나게 된다.

한라산 둘레길에는 254종의 식생이 분포한다. 졸참나무, 서어나무, 산 딸나무, 때죽나무, 단풍나무, 쥐똥나무 등과 천금성, 둥굴레, 미모사, 테이블야자, 루모라고사리 등.

한라산 둘레길 첫 번째 구간은 제주시 해안동 천아 수원지 입구에서 서귀포 방면으로 이어지는 천아숲길 코스다. 천아숲길은 1100도로 천아 수원지 입구에서 임도숲길 2.2㎞를 지나 임도 삼거리, 노로오름, 보림농장 삼거리, 영실로 이어지는 8.7㎞ 구간을 걷는 길이다. 공식 거리는 8.7㎞ 라고 하지만, 실제는 천아 저수지까지 가는 임도 2.2㎞와, 보림농장 삼거리에서 영실 입구까지 2㎞를 더 걸어 내려와야 하므로 총 거리는 13.1㎞ 다. 경사가 완만하다고 할지라도 산길이기에 5~6시간이 족히 소요된다. 거기에 숲에서 산림욕하며 체류하는 시간까지 고려할 경우 하루 일정으로도 빡빡하다.

천아숲길은 천아 수원지 버스정류장에서 수원지를 따라 2.2㎞를 올라가 천아오름 앞 하천을 건너면서 시작된다. 하천 계곡을 지나 가파르게 올라가는 숨은불뱅듸 오르막길은 시작부터 심장이 갈비뼈 사이로 튀어나올 만큼 숨을 헐떡이게 하고, 등에 땀이 주르륵 흐르게 할 만큼 힘이 든다. 급경사길 바닥에는 야자 매트가 깔려 있어 오르기는 힘들지만 걷기는 편하다.

하늘을 가릴 듯 우거진 숲속은 온통 도토리나무로 우거져 있고, 도토리나무 아래에는 조릿대가 온 숲을 뒤덮었다. 천아숲길은 시작부터 끝나는 지점까지 조릿대 숲길이라 불러도 좋을 만큼 온통 조릿대로 우거져 있다.

조릿대는 땅 위 1m 내외로 자라는 벼목 화본과 대나무로 제주 특산 식물이다. 잎은 엽록소, 미네랄, 비타민, 아미노산, 폴리페롤이 풍부하여 질병을 치료하는 다양한 약재로 사용되며, 최근에는 건강에 도움을 주는 식품과 화장품 원료로도 사용된다.

조릿대가 촘촘히 깔린 싱그러운 숲속 탐방로는 어머니의 품처럼 아늑하다. 숲속에서는 길을 잃을 염려를 하지 않아도 좋을 만큼 곳곳에 이정표목이 세워져 있고, 이정표마다 지점 위치와 남은 거리가 표시되어 있다. 숲속에는 둘레길 말고도 버섯 재배인, 약초꾼, 전문 등산객이 다니면서 닦아놓은 소로가 길을 걷는 중간에 자주 보인다. 그러나 한라산 산길을 잘 모르는 초심자는 그런 길로 잘못 들어섰다가는 곤경을 치르거나 위험에 처할 수도 있음에 유념해야 한다.

한라산은 워낙 거대한 산이기에 둘레길 숲속을 걷다 보면 하천을 자주 건너게 된다. 제주도에 있는 대부분의 계곡이나 하천은 건천이다. 비가 오면 한라산에서부터 계곡을 따라 쏟아져 내려오는 물이 급류를 이루며 범람한다.

급류를 따라 흘러내리는 것은 물만이 아니라 집채만큼 거대한 바위, 뿌리째 뽑힌 아름드리나무도 떠밀려 내려온다. 하지만, 비 갠 후 1시간 이내에 건천으로 바뀐다. 한라산에 있는 돌과 지층 암반은 대부분이 현무암 화산석이기 때문이다. 화산석에는 구멍이 숭숭 뚫려 있기에 비가 내린 후 5분 이내에 빗물이 땅속으로 스며든다. 그래서 대부분 하천에는 비가 내리지 않는 한 물을 보기 힘들다.

탐방객들은 비가 조금이라도 내리면 하천을 건너서는 안 된다. 한라산

천아숲길의 나무들

정상에서부터 경사를 따라 내려오는 물은 순식간에 급류로 변해 모든 것을 휩쓸고 내려가기 때문이다.

땅속으로 스며든 물은 바다와 만나는 지점에서 용천수로 솟아나온다. 이 용천수가 솟아나오는 곳을 중심으로 마을이 형성되고, 용천수의 양에 따라 마을 크기와 동네 규모가 결정되었다.

계곡을 시나나 보면 한라산에서는 좀처럼 볼 수 없는, 물이 고인 웅덩이가 보인다. 그 웅덩이는 생명이 탄생하는 늪이다. 웅덩이를 자세히 관찰하면 그곳에서 생명이 창조되고, 작은 물고기들이 웅덩이 안에서 헤엄치는 모습을 볼 수도 있다. 근처에 사는 노루나 사슴 등 야생동물이 와서 이 물을 마시고 쉬기도 한다.

맑고 투명한 물의 상태로 보면 먹어도 좋을 것 같지만, 식용으로 사용하는 것은 곤란하다. 공해가 없는 그 물을 떠서 마셔보고픈 생각도 들지만, 동물의 배설물이 섞여 있을 수도 있고 박테리아도 기생하기 때문이다.

가슴을 활짝 열고 폐가 폭발하기 직전까지 심호흡했다. 한라산 맑은 정기가 미세혈관 속으로 침투해 전신을 타고 흐른다.

울창한 숲속으로 이어지는 싱그러운 길은 끝이 없다. 그런 숲속 길은 삼나무, 전나무, 편백나무, 소나무가 빽빽하게 우거진 정글 같은 숲으로 이어진다. 삼나무나 편백나무는 외형상으로는 구분이 쉽지 않다. 나무 크기나, 수관폭이나, 잔가지 없이 하늘 높이 자라는 형태로 보아서는 거의 흡사하다.

이런 나무숲에서는 피톤치드가 많이 발산된다. 피톤치드는 러시아 말로, 피톤(Phyton)은 '생물의', 치드(cide)는 '죽이다'라는 의미의 합성어다. 이 물질은 식물이 병원균, 해충, 곰팡이로부터 자신을 보호하려고 분비하는

편백나무 울창한 숲

삼나무 우거진 숲

하늘 높이 솟은 편백나무

천아숲길의 가을 단풍

물질로 생명을 살리고 질병을 치료하는 효능이 있다.

나무 가운데서는 침엽수가 피톤치드를 많이 발산하지만, 침엽수 가운데 특히 편백나무가 피톤치드를 가장 많이 발산한다. 편백나무는 목재로서도 우수하지만, 화력도 좋고 나무를 태울 때 은은한 향기를 발산하여 캠프파이어 화목으로도 가장 인기 있는 나무다.

나무에게도 생존경쟁의 질서가 있다. 생존경쟁에 뒤지지 않고 태양 빛을 조금이라도 더 받기 위해 하늘 높이 키를 높여야 한다. 나무는 경쟁하는 동안 자신의 잔가지를 스스로 죽이며, 눈에는 보이지 않는 치열한 적자생존 경쟁 대열에서 유리한 고지를 차지하기 위해 몸부림친다.

소나무, 삼나무, 전나무, 편백나무 우거진 숲을 자세히 관찰해보면 이 점이 쉽게 관찰된다. 이들 나무가 우거진 숲에는 워싱턴고사리, 루모라고사리, 꽝꽝나무 외에는 관목이나 초본류조차도 자라지 못한다. 나무가 자신을 보호하기 위해 발산하는 기(Energy) 때문이다. 그런 경쟁의 숲에서 땅에 낮게 깔려 자라는 조릿대, 꽝꽝나무나 고사리 등 양서류 식물은 생명력이 대단하다.

곶자왈 탐방로는 동남아시아나 알래스카 원시림을 연상케 한다.

이어지는 탐방로는 노로오름을 지나 한대오름길로 이어지고, 근처 바위나 돌 위에는 이끼가 두껍게 덮여 있어 고색창연하다. 하늘을 가릴 듯 소나무, 삼나무, 편백나무, 단풍나무 빽빽하게 우거진 숲속을 따라 길을 걷다 보면 로마 시대 아피아가도를 따라 개선식에 입장하는 개선장군이 된 느낌이다.

숲속 길을 걷다 보니 캐나다 로키, 밴쿠버 아일랜드의 맥밀란 숲, 태평양을 따라 이어진 퍼시픽림 원시림, 미국 워싱턴 주 레니어 산이나 샌프란시스코의 뮤어우드 국립공원처럼 빽빽하게 우거진 밀림에 찬탄하지 않을 수 없다.

산 곳곳에는 구상나무가 낮게 자란다. 구상나무는 크리스마스 나무로 알려진 나무다. 서양인들은 크리스마스 때가 되면 구상나무를 실내로 가져다가 크리스마스 트리로 온갖 전등과 치장물을 매달아 장식용으로 쓴다. 이 크리스마스 나무의 원조가 한라산에서 자생하는 구상나무라는 사실을 아는 사람은 그리 많지 않다. 서양인들이 이 나무를 자신들의 축제에 사용하는 나무로 용도 세탁했다는 사실이 재미있다.

참나무가 많은 한라산 둘레길에는 표고버섯 재배지나 약초 재배지가 곳곳에 산재해 있다. 습도와 온도가 약초나 표고버섯 재배에 최적의 조건을 유지하고 있기 때문이다.

천아숲길을 트레킹하는 동안에는 식수를 공급받거나 앉아서 쉴 만한 어떤 시설도 없다. 자신이 마실 식수를 충분히 준비하고, 앉아 쉴 수 있는 깔판 정도는 지참해야 한다.

천아숲길이 끝나는 숲속에 표고버섯을 재배하는 농장이 있다. 심산에서 재배하는 표고버섯은 비록 농장에서 재배하지만 자연산 표고버섯과 다를 바 없다. 예부터 버섯은 일능이, 이표고, 삼송이라 할 만큼 표고버섯은 송이버섯을 능가하는 향과 맛을 지니고 있다. 그런 표고버섯을 무인 자율 판매하는 판매대가 있기에 표고버섯을 한 봉지 덥석 집었다.

표고 색깔이 무척 탐스러웠다. 건조 포장된 것이라서 무게는 그리 많이 나가지 않았지만, 짐을 단 1그램이라도 줄이고 걸어야 하는 탐방객에게 표고버섯은 건조된 제품일지라도 무게와 부피가 부담스럽지 않을 수 없다. 인간의 욕심이란 참 묘하다. 그러한 사실을 알면서도 한라산 심산에서 자란 무공해 표고버섯을 맛볼 욕심에 선뜻 표고를 집어들었으니 말이다.

노로오름을 지나 3.6㎞를 내려가면 보림농장 삼거리 분기점에 다다른다. 이곳에서 왼쪽 길로 내려가면 영실 입구 버스정류장이고, 오른쪽 길로 접어들면 돌오름이 시작되는 한라산 둘레길 2구간 시작점이다. 완만한 숲길일지라도 천아 수원지 입구부터 영실 입구까지 걷는 거리가 13㎞나 되니, 산행에 6~7시간이 걸린 셈이다. 노로오름이나 붉은오름에도 오르며 진귀한 광경을 둘러보노라면 하루 일정으로도 모자란다. 이어지는 둘레길 2구간은 길이가 8㎞다.

더 갈 것인지 멈추어 시시 다음 날을 기약할 것인지 결정해야 한다. '판단은 정확하게! 결정은 빠르게! 행동은 신속하게!'

둘레길을 걸을 때 전투하듯 앞만 보고 전진하는 것은 좋은 선택이 아니다. 앞으로 일주일간 이어질 둘레길 산행을 기분 좋게 마무리하기 위해서는 체력 안배에도 신경 써야 한다. 아쉬움을 남긴 채 하산길로 접어들었다.

하산하는 길은 보림농장 삼거리에서 영실 입구 버스정류장까지 임도를 따라 2㎞를 더 내려와야 한다. 영실 입구에서는 제주시나 중문으로 나가는 시내버스 240번을 탈 수 있는 버스정류장이 있다. 버스는 1시간 간격으로 운행한다.

제주도에서는 왠지 모르게 제주시보다는 서귀포가 마음에 끌린다. 우리나라 최남단 섬이기 때문이기도 하지만 제주시와 서귀포시는 분위기도 다르고, 기온도 다르고, 언어도 약간 다르며, 생활습관도 조금씩 차이를 보인다.

영실 입구로 내려와서 중문 방향으로 하산하여 다음 날로 이어지는 트레킹에 대비했다.

한라산 야생 버섯

2. 돌오름길
- 한라산 둘레길 2구간

···

　한라산 둘레길 두 번째 구간인 돌오름길은 서귀포시 안덕면 상천리 1100도로 영실 입구 매표소를 지나 보림농장 삼거리에서 출발하여 용바위를 거쳐 서귀포자연휴양림까지 이어지는 숲길이다. 제주나 중문 버스 터미널에서 240번 버스를 타고 영실 입구에서 내려, 이정표를 따라 보림농장 삼거리를 지나 2.1㎞를 올라서면 돌오름길을 마주한다.

　돌오름길 코스는 돌오름에서 용바위를 지나 거린사슴오름까지 8㎞로 그리 먼 구간은 아니다. 하지만, 한라산 둘레길 8개 코스 중 가장 아름답고 신비롭다고 소문난 길이다.

　한라산 둘레길을 오르기 3개월 전, 제주도 해안선을 따라 올레길 26개 코스를 완주했다. 각 코스마다 나름대로 특색 있고 매력 넘치는 포인트가 많아 어느 한 길이 아름다웠다고 말하기는 어렵다. 그러나 올레길 26개 코스 가운데 어느 길이 가장 기억에 남느냐고 묻는다면, 올레 6·7·8길과 10길이 가장 아름답고 인상 깊었다고 대답하겠다.

　시간 여유가 있을 때 인자(仁者)는 산을 찾고, 지자(智者)는 바다를 찾는다. 절묘하게 굴곡진 해안선을 따라 구불구불 이어진 올레길을 걷는 내내 때로는 인자(仁者)가 되고, 때로는 지자(智者)가 되어 감탄과 탄사를 연발하며 그 길을 걸었던 감회가 새롭다.

　천아숲길 초입에서부터 숲길 주변에 깔린 조릿대는 돌오름길에도 계속 이어졌다. 조릿대는 외떡잎식물로, 1m 내외로 자라는 벼과 상록관엽 대나무다. 대나무의 사촌쯤 되며, 가정에서는 관상용으로도 심는다. 겨울에도 푸르며 지조의 상징으로 생각해서 사람들이 좋아하는 나무다. 예로부터 다양한 질병 치료 약재로 쓰어온 조릿대는 추위와 적설을 견디는 힘이 강하며, 일평생 한번 꽃을 피워 열매를 맺고는 사멸한다. 제주도에 큰 역병이나 가뭄이 들었을 때, 조릿대가 열매를 맺어 사람들의 기력을 회복시켜준 구황식물로 알려져왔다.

제주도나 한라산에는 돌이 많지만, 돌오름길에는 돌이 유난히도 많다. 돌이 많은 길이라서 돌오름길이라고 부르게 되었는지도 모르겠다. 길을 걷는 내내 발길에 부딪치는 돌부리에 신경을 곤두세워야 한다. 돌오름길 돌 위에는 양탄자가 깔린 것처럼 푸른 이끼가 덮여 있다. 고풍스럽기도 하지만 수분을 머금고 있어 미끄럽기에 발길을 옮길 때 조심해야 한다.

숲속에는 굴거리나무, 구상나무, 피나무, 꽝꽝나무, 졸참나무가 많이 분포한다. 그 가운데 졸참나무가 자주 눈에 띈다. 졸참나무는 참나무과에 속하는 낙엽 활엽교목으로 우리나라 전역에 골고루 분포한다. 참나무 특유의 호랑이

한라산 둘레길의 조릿대길

돌오름길 조릿대

돌오름길 숲속의 조릿대숲

무늬를 가지고 있으며, 강도가 높은 나무다.

한라산 둘레길을 걷다 보면 숲속에 졸참나무와 비슷한 나무로 상수리, 굴참나무, 갈참나무, 신갈나무, 떡갈나무가 눈에 자주 뜨인다. 이들 나무는 나뭇잎과 열매가 모두 흡사하여 전문가가 아니고서는 식별해내기가 어렵다.

졸참나무는 도토리가 작고 뾰족하다고 하여 졸참이라고 부르며, 20m까지 자란다. 도토리 모양은 길쭉한 타원형이다. 묵의 원료로 쓰이는데, 맛이 도토리묵 가운데 최고다. 바닥에 떨어져 뒹구는 도토리를 보니 도토리묵 생각에 입에 침이 고인다.

돌오름길 숲속에는 졸참나무 외에도 굴거리나무, 꽝꽝나무, 삼나무가 눈에 자주 뜨인다. 꽝꽝나무는 내한성이 강하고 잎이 두꺼워 정원수, 관상목 혹은 방화림으로 사용된다. 목재는 단단하고 무거워 가구재, 장식재 등으로 쓰이며, 잎이 불에 탈 때 '꽝꽝' 소리를 내면서 탄다고 하여 꽝꽝나무라고 이름 붙여졌다. 그 꽝꽝나무가 숲과 길가에 광범위하게 깔려 있다.

돌오름길 1.7㎞ 구간에는 송이(Scorid)라고 불리는 붉은색 화산 분쇄석이 깔려 있다. 화산활동 당시 화산석과 함께 뿜어져나온, 탄화된 화산 쇄석물로 알칼리성의 천연 세라믹이다. 원적외선을 방사하고 인체의 신진대사를 촉진하며 박테리아와 새집 증후군을 없애주는 탁월한 효능이 있는, 제주를 대표하는 천연자원이다.

화산 쇄석물인 붉은 송이가 포장된 도로 위로 산딸나무에서 떨어진 붉은 열매가 나뒹군다. 돌오름길을 2.2㎞ 오른 지점에서야 지붕이 달린 휴게소를 만날 수 있었다. 한라산 둘레길에서 처음 만난 휴게소이기에 반가웠다. 근래 지방자치단체가 잘한 일 중 하나가 하천을 정비하여 시민을 위한 근린공원을 조성하거나, 산길에 등산로를 만들고 체육공원과 휴게소를 설치한 일이다.

오늘 돌오름길을 걷는 6시간 동안 산에서 만난 사람은 단지 5명뿐이다. 비가 많은 한라산에서 비를 만날 경우 대피 시설이 없기에 막막해질 것 같다. 한라산 깊은 산중에 소수의 탐방객을 위해서라도 지붕이 있는 휴게소를 설치하여 비를 피하게 하거나 쉴 수 있는 공간을 마련한 것은 관광객이나 탐방객 편의를 위해 상당한 배려를 한 것이다.

졸참나무 도토리

돌오름은 돌오름코스에서 벗어나 언덕으로 700m 가량 올라가야 한다. 돌오름길 코스를 벗어나 작은 사잇길로 접어들자 조릿대 무성한 나무가 길을 덮어 발걸음을 옮기기도, 길을 찾기도 수월치가 않았다.

길 위에 나뒹구는 도토리

조릿대 속 굴곡진 형태로 미루어 길이라고 판단하며 조릿대터널 숲을 헤쳐 300여 미터를 오르니 돌오름 정상 팻말이 보인다. 돌오름 정상에 올라서니 한라산이 손에 잡힐 듯 보이고, 한라산 아래로 명문 골프장인 나인브리지

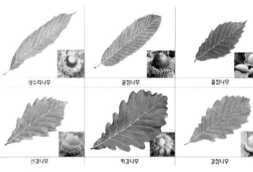

도토리의 종류

CC와 핀크스 CC가 아련히 외양 형태만 보인다. 남쪽 바다 해안선을 따라 자귀도, 섶섬, 문섬, 범섬, 삼방산이 그림처럼 펼쳐진다. 그 해안을 따라 이어지는 길이 올레길 26개 코스 가운데 가장 아름다운 서귀포 칠십 리 길이다.

돌오름길 숲속은 소나무, 삼나무, 가문비나무, 졸참나무, 단풍나무, 서어나무, 사스레피나무, 후박나무, 산딸나무 등의 관목 외에도 쥐똥나무, 주목 등 교목이 우거져 있고, 바닥에는 조릿대, 천남성, 둥굴레 등 초본류와 루모라고사리, 고비, 관중과 양치류 등 254종의 다양한 식물이 대자연과 합주를 벌이는 화합과 생명 창조의 공간이다.

후박나무는 천연 항생제로서 치주염 치료에 효과가 있으며, 후박나무 껍질은 강력한 항균효과가 있다. 항산화 작용이 강하며, 항암, 항동맥경화에 유용하게 쓰인다. 이 나무에 포함된 마그놀린이라는 성분은 암세포 생성을 억제하고 전이를 막는 유용한 나무다. 동의보감에도 위와 장, 비뇨기에 치료 효과가 있다고 쓰인 나무다.

산딸나무 열매는 외양이 딸기처럼 생겼다. 생으로 먹어도 되며, 달여서 먹으면 설사를 멎게 하며 장에 좋은 효능이 있다. 산딸나무 열매를 하나 따서 입에 넣고 씹어보았다. 딸기 맛은 아니지만, 달달한 맛이 감돈다.

돌오름을 오르는 구간에는 둘레길 안내 이정표가 곳곳에 세워져 있어 길을 잃을 염려는 전혀 없다. 숨은 보석을 찾아가는 숨바꼭질 놀이처럼 가슴을 설레게 하는 한라산 둘레길은 매 순간 마주치는 숲이 감동이고, 비슷한 것 같으면서도 서로 다른 식물이 흥미를 끈다.

둘레길을 걷다 보면 화산석이 무수히 깔려 있는 길을 걷게 된다. 제주도에는 돌이 많지만, 많아도 너무 많다. 바람, 돌, 여자가 많아 삼다도라 하지 않는가! 바닷가에, 동네 어귀에, 마을 담벼락에, 농장에, 산길에도 돌이 무수히 쌓여 있다. 그 돌 가운데 작은 잡석들이 도로 위에 무수히 널

산딸나무   산딸나무 열매

러 있어 걸음에 방해가 되는 경우도 있지만, 해안가 돌길에 비하면 그래도 양반길이라고 자위한다.

제주도에는 화산활동으로 생긴 주상절리와 판상절리가 발달해 있다. 주상절리는 서귀포 바닷가 중문 대포 해안과 갯깍주에서 발달해 있지만, 판상절리는 한라산 계곡 골짜기에 발달해 있다.

돌오름 숲길은 다시 울창한 삼나무숲으로 바뀐다. 숲에는 나무가 너무 울창하여 어둠이 컴컴하게 내린 저녁 같다.

참나무가 많은 한라산에는 각종 버섯이 많이 자란다. 버섯은 동물도 식물도 아닌, 균계(菌界)에 속하는 생명체다. 제주 버섯 가운데 으뜸은 표고버섯이다. 예부터 일능이, 이표고, 삼송이라하여 표고버섯은 버섯 가운데 최고로 인정받았다.

표고버섯은 특별한 향미와 감칠맛이 있다. 섬유질, 광물질, 비타민이 풍부하여 신진대사를 원활하게 하고, 항암·항진 작용, 혈압 강하, 콜레스

테롤 강하, 인터페론 생성 촉진, 당뇨와 비만 개선 등에 효험이 있는 것으로 알려진 매우 유익한 식품이다. 둘레길에는 자연산 버섯은 물론, 산에서 버섯을 양식 재배하는 농가도 곳곳에 산재해 있고, 버섯 재배나 채취한 버섯 운송을 위한 운송로도 발달되어 있다.

매년 가을이면 야생 버섯을 먹고 중독을 일으키는 사고가 되풀이된다. 버섯 독은 강렬하고도 치명적이다. 구토와 설사를 일으키거나 정신착란을 일으키기도 하고, 미치게 하거나 심지어는 사망에까지 이르게 하는 경우도 있다. 대부분이 산을 잘 아는 산사람이거나 약초꾼들이 독버섯을 식용으로 잘못 알고 먹은 경우다.

식용버섯, 약용버섯, 독버섯으로 분류되는 수많은 버섯들은 어느 것이 약용이고 어느 것이 식용인지, 또 어느 놈이 독버섯인지 확실하게 구분하고 채취해야 한다. 흔히 예쁘고 색깔이 화려하다거나, 향이 강하다거나, 세로로 잘 찢어지지 않는 것은 독버섯으로 알려져 있지만 실상은 그렇지도 않다. 또 열을 가하거나 삶으면 버섯의 독이 사라진다는 설도 사실이 아니다.

한라산 둘레길을 걷다 보면 가끔씩 둘레길 탐방로가 아닌 숲속 미로길로 들어가보고픈 욕망이 발동하기도 한다. 산행 장비를 철저히 챙겨가지 않는 한, 길을 모르는 초보자가 거대한 한라산 속으로 들어가는 것은 무모하기 짝이 없는 모험이다.

심산 둘레길을 걸으니 폐부 깊숙이 들어온 피톤과 테르펜 에너지가 혈관을 따라 전신으로 퍼져 흐른다. 하기야 피톤은 호흡으로 흡수되는 것보다 피부를 통해 흡수되는 양과 효과가 더 크다고 말하지 않는가.

매미 울음소리, 온갖 풀벌레 소리, 새들이 지저귀는 합창은 숲속의 변주곡이 연주되는 공간이다. 이 소리를 악보에 옮길 재주가 없음이 유감스

럽다. 가을 정취 물씬 풍기는 숲
속을 거닐다가 길 위에 벌러덩 누
워 하늘을 바라보았다. 이렇게 아
름다운 자연에 음악이 없을 수 없
다. 휴대폰을 꺼내 평소 즐겨 듣
던 음악을 틀었다. 쇼팽의 즉흥환
상곡(Impromptu No.4, Op.66)이다.

돌오름길 땅에 누워 본 하늘

감미롭고, 우아하고, 부드럽고,
때론 빠르고 낙엽이 뒹구는 듯한
그의 음악을 듣다 보니 음악은 한
편의 시가 되고, 가을의 기운이
저만치에서 가슴속으로 파도치듯
밀려온다. 숲속에 누워 이렇게 아
름다운 음악을 들을 수 있다는
사실에 문명의 이기가 고맙기도
하고 신기하기도 하다.

돌오름길 편백나무 숲길

산속을 걷다 보니 인적도 없는
숲에 돌무더기를 경계석처럼 쌓
아놓은 돌이 자주 보인다. 이유가
궁금했다. 12~14세기 제주도가
몽고의 말 사육장으로 이용되었
을 당시, 말이 초지를 찾아 산으
로 올라가서 하산하지 못하거나,
산에 오른 말이 겨울에 내려오지
못하고 얼어 죽는 경우도 있어,

돌오름길 편백나무숲

말이 더 이상 오르지 못하도록 방지하기 위해 세워놓은 울타리였다고 한다. 다른 한 가지 이유는 일제강점기에 지적조사를 하면서 주인이 없는 땅을 국유림화하고 경계를 구분짓기 위해 쌓아올린 경계담이라 한다.

숲속 여기저기에는 수명을 다한 나무가 땅에 떨어져 썩거나 고사목이 되어 나뒹군다. 나무는 생명을 다하고 죽은 뒤에도 유기물로 분해되어 다른 수목에게 자양분을 공급하는 유익을 선사한다.

돌오름길에 서 있는 나무에 통나무를 잘라 만든 나뭇조각이 잔뜩 매달려 있고, 무엇인가 쓰인 글이 적혀 있다. 이 코스를 먼저 걸었던 사람들이 자신의 희망을 적어 매달아놓은 것이다. 유명 관광지에 가서 보면 열쇠 뭉치를 주렁주렁 매달아놓은 모습을 볼 수 있다. 두 사람의 변치 않는 사랑이 잠긴 열쇠 뭉치처럼 어느 일방이 풀 수 없다는 의사 표시로 매달아놓은 것이다. 나는 이것을 '사랑의 맹세 행열대'라고 이름 붙였다.

그 사랑의 맹세 행열대에 적힌 글을 찬찬히 읽어보았다. 사람들의 간절한 희망도 알고 보면 의외로 간단명료하다. 사랑하는 사람과 영원히 함께하고 싶다는 것! 두사람의 영원히 변치 않을 사랑을 기약한다는 것! 하기야 이 세상에 사랑만큼 달콤하고, 상냥하고, 가슴 설레게 하지만, 깨어지기 쉬운 단어가 또 어디 있으랴!

돌오름길은 해발 743m의 거린사슴오름에서 끝난다. 아침 10시에 시작한 돌오름길 산행은 오후 4시가 되어서야 끝났다. 이어지는 길이 서귀포자연휴양림을 지나는 산림휴양길이다.

서귀포자연휴양림은 반경 3km에 펼쳐진 숲이지만, 그 숲 안에는 생태관찰로, 숲길산책로, 어울림숲길, 휴양관, 유아숲체험원, 편백숲야영장, 법정이오름, 무오법정사가 이어지는 숲의 보배다. 다음에 이어질 산림휴양길이 기다려진다.

3. 서귀포 산림휴양길
- 한라산 둘레길 3구간

서귀포자연휴양림 안내도

신화 속 수많은 신들이 머무는 환상의 섬 제주도! 한라산 주변에는 360여 개의 기생화산인 오름이 산재되어 있다. 그 오름을 이어주는 한라산 둘레길 3구간에 서귀포 산림휴양길이 있다.

300,000평 규모의 서귀포자연휴양림 숲속에 있는 서귀포 산림휴양길은 서귀포자연휴양림 입구에서부터 무오법정사 입구까지 서귀포자연휴양림 숲속 2.3㎞를 공유하며 지난다. 하지만 둘레길 공유구간만을 지나가기에는 서귀포자연휴양림 속에 혼재되어 있는 생태관찰로, 산책로, 어울림숲길, 법정악오름, 혼디오몽 나눔숲길, 편백나무야영장 등 진귀한 자연휴양림을 건너뛰고 그냥 지나칠 수가 없다.

아침 9시 중문 터미널에서 240번 버스를 타고 서귀포산림휴양길로 향했다. 한라산 둘레길 모든 코스는 서귀포산림휴양림을 제외하고는 무료다. 서귀포산림휴양길을 가기 위해서는 서귀포자연휴양림을 지나야 한다. 서귀포자연휴양림 입장료는 1,000원으로 저렴하다. 하지만, 숲의 가치를 생각한다면 그 열 배를 지불하라 해도 결코 아깝다는 생각이 들지 않는다.

산림휴양림에는 생태관찰로, 건강산책로, 2.2㎞의 어울림숲길과 3.8㎞의 숲길산책로가 조성되어 있고, 숲속의 집, 산림휴양관, 유아숲체험원, 1.2㎞의 법정악오름, 편백숲야영장, 혼디오몽 무장애 나눔숲길, 3.8㎞의 순환로, 산림욕 편백쉼터가 미로처럼 연결되어 있다.

산림욕이란 녹음이 짙은 숲에서 나무가 뿜어내는 휘발성 방향물질인 피톤과 테르펜을 통해서 심신의 피로와 스트레스를 해소하는 자연건강법이다. 피톤치드는 식물이 타 미생물로부터 스스로를 방어하기 위해 상대가 접근하지 못하도록 발산하는 살균물질인데, 이 물질은 악취 제거나 스트레스 해소에도 효과가 있다.

생태관찰로 입구

상쾌하고 맑은 공기, 아름다운 자연 속에서 심신의 안정을 가져오게 하는 산림욕은 정오 무렵이 가장 효과적이다. 우리가 평소 울창한 숲속이나 계곡을 찾는 이유는 숲속에서 발산되는 음이온이 우리 몸의 자율신경을 조절하고 진정시키며, 혈액순환을 돕기 때문이다.

생태관찰로

입구로 들어서자 안내판 바로 옆에 생태관찰로로 안내하는 목재 깔린 소로길로 연결된다. 한라산은 지리적으로 남쪽에 위치하여 남방계 난대림 식물이 자라지만, 해발 1950m에 남한 최고봉 한라산이 있어 대륙계의 한대성 고산식물도 자라는 특이한 지역

건강산책로

삼나무 잎

삼나무 수관

삼나무숲 쉼터

이다. 또한 바람이 많은 한라산에는 습지, 건조지, 한랭지 등 다양한 환경이 혼재해 있어 1,800여 종의 다양한 식물이 자랄 수 있는 조건을 갖추고 있다.

생태관찰로는 식물생태환경의 보고다. 숲속에는 한라산 숲 생태를 알 수 있는 설명과 함께 수백여 종의 식물들이 혼재되어 있다. 숲 가운데는 소나무도 좋지만, 피톤치드와 테르핀을 듬뿍 토해내는 삼나무와 편백나무 어우러진 숲이 건강에는 최고다. 그런데 삼나무와 편백나무는 수관과 외양이 비슷하다. 하늘 높이 자라는 나무의 특성도 비슷하다.

편백은 일본이 원산인 측백나무과에 속하는 상록 교목이다. 일본어로는 히노끼라고 하며, 높이 30~40m에 지름 1~2m로 자란다. 식물 가운데 피톤치드를 가장 왕성하게 뿜어내는 나무다. 편백나무 목재는 가구나 실내 장식제로 사용되며, 벌목하여 가공한 이후에도 항균물질과 피톤치드가 계속 발산되어 주방용 도마, 베개, 사우나 욕조로 긴요하게 쓰인다.

서귀포자연휴양림 안에는 숙소로 이용되는 곳으로 숲속의 집, 산림휴양관, 편백숲 야영장이 있다. 편백숲 야영장에는 텐트를 치고 야영할 수 있는 야영 데크도 설치되어 있어, 야외활동 장비를 준비해가지고 와서 며칠 동안 야외에서 머무르며 한라산 맑은 공기에 마음껏 취해보고 싶다.

아름다운 숲에 조성해놓은 숲과 산책로를 걷다 보니 무릉도원도 부럽지 않다. 생태관찰로, 건강산책로, 어울림숲길로 이어진 길은 법정악오름으로 연결된다.

법정악오름은 서귀포 자연휴양림에서 가장 높은 곳에 위치해 있다. 산책로에서 600여m 떨어진 법정악오름에 올라서니 스킨스쿠버들의 천국이라는 서귀포 앞바다 문섬, 범섬이 한눈에 보이고 한라산이 지척 거리에 있어 손에 잡힐 듯하다.

편백나무 잎

편백나무 수관

편백나무 캠프그라운드

법정악오름 정상에 올라서서 한라산을 바라보며 윤동주의 「하늘과 바람과 별과 시」를 읊조렸다. 그의 서시는 언제 읽어도, 언제 들어도 마음에 잔잔한 평안을 준다

윤동주기념사업회 일과 관련하여 그의 고향 북간도 용정을 방문한 적이 있다. 용정에서 북간도 하늘을 우러러보니, 「하늘과 바람과 별과 시」나 「북간도」 같은 시가 나올 법도 하겠다 싶었다. 나도 이 휴양림에 머무르다 보면 그런 시를 쓸 수 있을까?

「하늘과 바람과 별과 시」

- 윤동주

죽는 날까지 하늘을 우러러

한 점 부끄럼이 없기를.

잎새에 이는 바람에도 나는 괴로워했다.

별을 노래하는 마음으로

모든 죽어가는 것을 사랑해야지

그리고 나한테 주어진 길을 걸어가야겠다.

오늘 밤에도 별이 바람에 스치운다.

산책로를 걷다 보니 노루 두 마리가 바스락 소리를 내며 산책로를 가로질러 숲속으로 쏜살같이 달아난다. 숲속으로 들어간 노루 가운데 한 마리도 우리 행적이 궁금한지 머리를 뒤로 돌린 채 우리를 뒤돌아본다. 노루의 순수하고 맑은 눈망울에 경계의 빛이 역력하다. 한라산은 노루, 멧돼지, 족제비 등 야생동물의 천국이다. 곳곳에 멧돼지나 뱀 등 야생동물에 주의하라는 안내문이 보여 흥미롭지만 긴장되기도 한다.

이상한 형태로 자라는 나무

숲속의 노루

둘레길 산책로를 따라가는 길은 항일운동 발상지인 무오법정사로 연결된다. 무오법정사는 일제강점기 때 국내 최초이자 최대 항일 무장운동의 발상지다. 무오법정사로 가는 길은 한라산 둘레길 4구간인 동백길로 이어진다.

동백길은 무오법정사 입구에서 법정사를 지나 동쪽으로 4·3 유적지인 시오름주둔소를 경유하여 돈내코 탐방로까지 이어지는 13.5㎞ 구간이다. 서귀포자연휴양림을 경유해서 하루에 산행할 거리로는 짧지 않은 코스다.

300,000평의 산림휴양림에 있는 생태관찰로, 건강산책로, 어울림숲길, 숲길산책로, 법정악오름, 산림욕 편백쉼터, 순환로를 거닐며 가슴 터지도록 심호흡하고 명상을 즐기다 보니 어느새 해가 서산에 걸려 있다. 가을 해가 짧은 것이 아쉽다. 내일은 또 둘레길에 어떤 가슴 뭉클한 광경이 펼쳐질지 궁금하다.

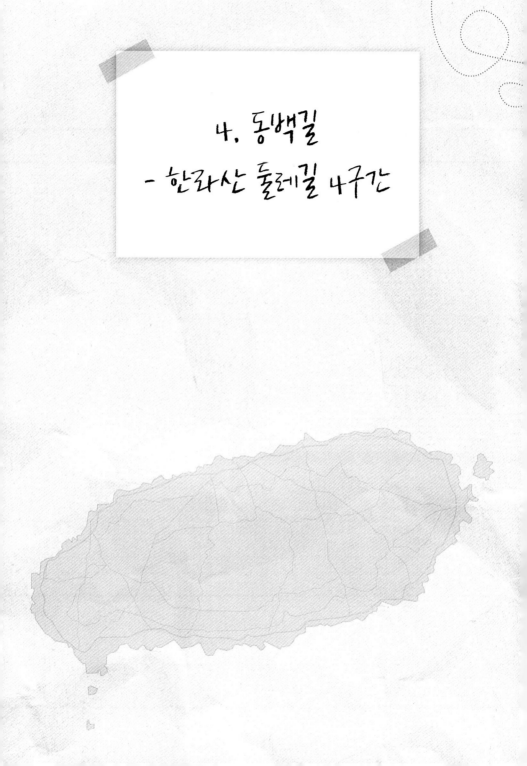

4. 동백길
- 한라산 둘레길 4구간

　　　　　· · ·

　동백길은 무오법정사 입구에서 동백나무숲, 일제강점기 병참도로인 하치마키 도로, 4·3 유적지, 편백나무숲, 표고 재배장을 지나 돈내코 탐방로까지 이어지는 13.5㎞ 구간이다. 이 지역에는 한라산 난대림의 대표적 수종인 동백나무가 서귀포자연휴양림에서부터 5·16 도로변까지 약 20㎞에 걸쳐 분포하며, 원시림 모습을 원형 그대로 간직하고 있는 보배로운 숲이다.

　동백길은 제주도에 있는 둘레길 8개 구간 가운데 가장 먼저 조성되었다. 한라산 둘레길 4구간이며, 우리나라 최대 동백나무 군락지인 동백길은 표면적으로는 13.5㎞다. 하지만 무오법정사 버스정류장에서 무오법정사까지 2.2㎞와 동백길 13.5㎞, 그리고 돈내코 탐방안내소에서 충혼묘지 입구까지 내려오는 1㎞를 포함하면 16.7㎞로 이어지는 긴 코스다.

　아침 8시 중문 터미널에서 240번 버스를 타고 무오법정사로 향했다. 동백길을 트레킹하기 위해서는 2가지 방법으로 접근할 수 있다. 첫 번째는 서귀포자연휴양림 입구에서 하차하여 서귀포산림휴양길을 둘러본 후, 무오법정사로 들어서는 방법이다. 두 번째는 무오법정사 입구 버스정류소에서 하차하여 무오법정사를 경유하여 동백길로 들어서는 방법이다.

　어제 아침부터 저녁까지 산림휴양림에서 하루를 보내며 산림휴양길과 휴양림 내에 있는 숲속 모든 코스를 돌아보았기에 당연히 두 번째 방법을 택했다. 삼나무 사이로 쭉 뻗은 무오법정사 진입로는 콧노래를 불러도 좋을 만큼 도로가 잘 닦여 있다. 그 길을 2.2㎞ 걸어가면 서귀포자연휴양림과 동백길이 만나는 곳에 일제강점기 항일운동 최초 발상지였던 무오법정

동백길 교통(제주, 중문 시외버스터미널에서 240번 혹은 중문 사거리에서 740번 승차, 무오법정사 입구 하차)

동백길 진입로 안내센터

사 터가 있다.

　무오법정사 항일운동은 3·1 독립운동이 일어나기 5개월 전인 1918년 10월 7일 일본 통치를 반대하던 법정사 승려와 신도 등 400여 명이 힘을 모아 일으킨 국내 최초, 전국 최대 규모의 항일 무장 저항운동이다. 이들은 일제의 압제로부터 국권 회복을 내세우며 중문 경찰관 주재소를 불태우고 국권 회복을 위한 거사를 조직적으로 실행했다. 이 사건은 우리 민족의 항일의식을 전국적으로 확산시키는 선구적 역할을 했다.

본래 법당은 법정악 능선 680m 지점에 있던 작은 초당으로, 절 전체 면적은 87.3㎡에 불과하다. 법당은 1918년 법정사 항일운동이 발생한 직후 일본 기마순사대에 의해 불타 없어지고, 50여 평의 절터와 기단석, 초석, 돌담만 남아 일제강점기 항일의 안타까운 흔적만 보여준다.

법정사와 우물터를 들러보며 일백여 년 전 항일운동가들의 애국 활동을 더듬어보고, 그들의 숭고했던 넋을 추모했다. 그리고 선현들에게 빚진 자로서 우리가 어떤 삶으로 그들의 정신을 의미있게 계승해야 할지를 곰곰 생각해보았다.

법정사에서 계곡을 건너면 동백길 안내센터가 나오고, 그곳에서부터 동백길이 시작된다. 동백길은 동백나무가 매우 밀도 높게 분포하는 지역이다. 동백나무는 차나무과 상록수다. 성장은 느리나 튼튼한 나무로 성장할 때까지 수백 년이 걸린다. 12월과 3월 사이에 피는 붉은색 꽃은 무척 아름답다.

동백꽃은 꽃꽂이나 꽃다발 소재로 널리 사용되며, 관상수로도 훌륭하다. 옛 시절 동백기름은 여성의 머릿기름으로도 쓰였고, 동백의 잎과 꽃은 염료로 이용되며, 약용으로도 쓰였다. 근래에는 화장품 원료로 사용되지만, 불포화지방산 함량이 높아 식용유로도 사용된다.

동백나무숲을 보니 우리나라 최대 동백나무 군락지라는 말에 100% 공감된다. 사방에 보이는 나무가 온통 동백이다. 이런 현상은 벌목으로 숲이 파괴되었다가 다시 안정화되는 단계에서 동백나무가 많이 유입되어 동백 군락지로 형성된 것이다.

무오법정사 위치

무오법정사 터

무오법정사 샘물터

동백나무

동백꽃

동백열매

숲에는 새, 사슴, 노루, 멧돼지, 물고기, 다람쥐, 뱀 등 다양한 야생동물이 서식한다. 근래 야산에 멧돼지 개체 수가 급증하여 농가에 피해를 주고 있다고 심심치 않게 보도된다. 등산길에 나선 여성을 공격하여 사망케 했다는 사건도 보도되었다.

멧돼지는 초식동물이지만 떼지어 몰려다니는 습성이 있다. 산에서 멧돼지 떼를 만나면 나무 위로 오르는 것이 상책이지만, 뱀이나 야생동물 등 만일의 경우를 대비하여 등산스틱은 꼭 지참해야 한다. 한라산 산림 습지에는 도롱뇽이 서식하며, 특히 쇠살모사와 비바리 뱀이 서식하므로 발목까지 보호해주는 등산화를 착용하고 긴 바지를 입는 것이 좋다.

동백나무 숲속에서 노루 한 마리가 주변을 조심스럽게 살피며 풀을 뜯고 있다. 한라산 노루는 이동형 노루와 정주형 노루로 나뉜다. 이동형 노루는 한라산을 중심으로 해발 200m까지 분포하며, 눈이 많이 쌓이는 겨울철이 되면 저지대로 내려와 겨울을 지낸다. 정주형 노루는 해발 700m 이하에서 사계절을 지낸다. 수컷 노루는 뿔의 크기나 외양을 보고 나이를 판단하는데, 1년생은 뿔이 1개, 2년생은 2~3개이며, 3년생 이상은 뿔이 3개 이상이 되고, 그제야 성체로 인정받는다.

과거 노루에게 사람은 천적이었다. 그러나 사람들의 노루 포획이 자제되면서 노루의 개체 수가 기하급수적으로 늘었다. 특이한 현상은 가출한 집 개나 유기견이 늘어나면서 이들 개가 집단을 이루어 노루를 공격하고 잡아먹는 일이 심심치 않게 발생된다.

한라산 둘레길을 운전하다 보면 둘레길을 건너던 노루가 차에 치여 죽어 있는 모습도 자주 목격된다. 그런 모습은 안타까움을 넘어 애처로운 생각마저 들게 한다. 노루의 순진한 눈망울을 바라보면 동물 보호에 세심하게 관심을 기울여야겠다는 생각을 갖지 않을 수 없다.

동백길 소로에는 곳곳에 안내 리본이 매달려 있고, 등산로가 아닌 길에는 출입금지 표시가 되어 있다. 등산로가 아닌 길은 절대 들어가지 말라는 얘기다.

동백숲을 지나는 길가에는 돌이 무수히 널려 있다. 동백길 4.5 km 구간을 전후한 지점에도 바닥에 돌이 많이 깔려 있고, 바위를 굴착했던 착암기 구멍이 곳곳에 남아 있다. 일제강점기 때 일본군이 건설한 군용 도로인 하치마키 도로 흔적이다.

일본은 태평양전쟁이 막바지에 달했던 1940년대 중반 한라산을 동북아 방위 최후 거점으로 정하고, 한라산 주변 곳곳에 고사포 진지와 진지동굴을 구축한 후, 한라산 허리를 돌아가며 군용 도로를 건설하여 이들 진지를 서로 병참도로로 연결했다.

도로 근처 여러 곳에서 9개의 착암기 구멍이 발견된다. 바위를 굴착한 착암기 구경 직경은 1.8~2 cm, 단면 길이 약 20cm 정도 된다. 이런 흔적은 1940년대 일본의 합

하치마키 도로 착암기 흔적

조천읍 북촌리 동굴진지

서귀포 황우지 해안의 갱도진지

숯을 구웠던 가마 터

병과 강제노역의 아픔이 생생하게 느껴지는 부분이다.

서귀포 삼매봉 해안, 송악산 해안, 한경면 수월봉 해안, 조천읍 북촌리 해안 곳곳에는 동굴진지를 구축하고 자살공격용 잠수정을 은닉했다. 또한, 한라산 요소요소에 폭격에 대비한 동굴을 파고 고사포 진지와 은신처를 구축했다. 그런 시설물 구축에 제주도민을 강제 동원했음은 물론이고, 유사시에는 남태평양 남사군도나 오키나와와 마찬가지로 제주도민을 총알받이로 활용한다는 전략도 세워두었다.

동백나무 숲속에 화전마을이 있고 숯가마 터가 원형대로 남아 있어, 옛 시절 화전민의 고단한 삶의 단면이 읽혀진다.

화전마을 숯가마 터를 지나면 4·3 사건 당시 무장대를 토벌하기 위해 토벌대가 주둔했던 망루와 돌담 흔적이 이끼에 덮인 채 남아 있다. 제주도 4·3 항쟁은 해방 이후 발생한 민족의 최대 비극적 사건이다. 망루와 돌

4·3 항쟁 사건 당시 토벌대 주둔소 잔해

담을 보니 역사 속에 묻힌 4·3 사건의 아픈 기억이 되살아나는 듯하다.

발단과 경과는 이러했다. 제주도는 삼국시대 이전까지는 독립 국가인 탐라국으로 존재했다. 삼국시대 때 신라에 복속된 이후 탐라는 일천여 년 이상을 80%는 삼국의 속국으로, 20%는 일본의 속국으로 존재하면서 탐라국으로 살아왔다.

1392년 조선을 개국하는 데 지대한 공을 세웠고 후일 조선 3대 임금이 된 이방원이 새로운 왕정의 평정을 위해 제주도로 들어왔다. 그는 제주도에 남아 있던 탐라국 왕족 일백여 명을 우도 앞바다에 모아놓고 참살했다, 그 이후 탐라 왕조는 완전히 소멸되고, 탐라국은 조선에 복속되었다.

이방원은 탐라 정복에 이어 대마도 정벌에도 나섰다. 대마도 역사가 전하는 조선의 대마도 정벌 당시 참극이 얼마나 끔찍하게 벌어졌는지 기록을 살펴본다면, 그의 제주도 정벌이 얼마나 잔혹했는지 유추할 수 있을 것이다. 이런 과정을 거쳐 탐라국이던 제주도는 삼국시대, 고려시대, 조선

시대의 여러 상황을 거치며 민족주의적 성향이 강한 색채를 띠게 되었다. 거기에 더하여 일제강점기에는 많은 젊은 양민들이 일제에 강제 징집되거나 징용되어 갔다.

일제강점기인 1918년 10월 7일, 전국에서 최초로 대규모 항일 무장 저항운동이 제주도 법정사에서 일어났다. 항일운동은 해녀 항일운동, 조천 만세운동으로 이어졌을 만큼 제주도는 민족의식이 강했다.

1945년 8월 15일 일제 패망으로 해방을 맞으면서 일제에 징용되었던 젊은 지식인, 근로자, 청년들이 대거 귀국했다. 귀국한 젊은 층 가운데는 당시의 시대적 상황으로 좌익 성향을 띠거나 진보적 인식을 가진 지식인이 상당수 포함되어 있었다. 1946년 8월 1일 제주도(濟州島)가 섬에서 행정구역상 제주도(濟州道)로 승격되었다. 해방 이후의 정국 안정과 질서 재편을 위해서였다. 지금으로서야 당연히 축하할 일이지만, 당시 도로 승격된다는 것은 그동안 제주도가 섬(島)으로서 받아온 행정이나 재정지원의 축소, 납세 의무가 가중되는 것을 의미한다. 대부분 제주도민은 이를 반대했지만 주민 의견은 반영되지 않았다. 이는 고려·조선시대를 거치면서 공물납부 등으로 과도하게 수탈받아왔다고 생각하는 주민들의 공분을 일으켰다.

이런 상황에서 1947년 3월 1일 3·1운동 28주기 기념행사가 관덕정에서 열렸다. 기념행사 후에는 당연히 기념행진으로 이어졌다. 당연히 인파가 몰렸고, 치안을 담당하던 경찰은 경계심을 높이지 않을 수 없었다. 당시 대한민국 경찰 대부분은 일제시대부터 조선인 경찰로 근무했던 사람들이었기에, 일제강점기 경찰로부터 고통받아온 대한민국 모든 국민의 경찰 거부 정서는 제주도에서도 높았다.

기마경찰이 경계근무차 행사인파 사이를 순시하던 중 어린이가 옆으로 지나가는 것을 발견하지 못하고 지나치다가, 그 어린이가 말발굽에 채여 부상을 입었다. 어린이가 넘어졌으면 당연히 말에서 내려 다친 어린이를 살피고 병원에 데려가는 것이 경찰은 물론 상식을 가진 일반인의 도리다. 그 당시의 경찰이 고의는 아니었으리라고 생각한다. 그러나 이를 보고 분노한 도민들은 경찰을 추적하며 돌을 던졌다. 놀란 기마경찰은 말을 몰고 경찰서로 달아났고, 성난 도민들은 경찰서까지 그 경찰을 추적했다. 경찰서에서 근무 중이던 경찰은 이를 폭동이 일어난 것으로 인식하고 다가오는 군중을 향해 총을 발사했다, 6명이 경찰의 발포로 사망했다. 갈등은 악화되었다. 그해 3월 10일 제주도 전역에 파업이 일어나고, 제주도 166개 단체 41,000여명이 파업에 돌입했다. 진상규명과 책임자 처벌을 요구하는 성난 군중과 경찰 사이에 갈등과 충돌이 증폭되었다. 사태를 진정시키기 위해 무장경찰이 정부에서 증파되었고, 사태를 진압하기 위해 군 병력까지 투입되었다.

해방 이후 남북한 연립정부 구성 협의에 실패하고, 우여곡절을 거쳐 남한만의 단독정부 수립을 위한 국회의원 선거가 실시되었다. 제주도는 선거를 거부했다. 제주도에서는 경찰의 무차별 탄압이 이루어졌고, 탄압에 대한 저항과 남한만의 단독정부 수립에 반대하는 남로당 제주도당 무장대가 저항 의사로 1948년 4월 3일 무장봉기했다. 미군정과 정부는 이를 좌익 사회주의자들의 폭동으로 규정했다.

여기에 함남, 함북, 황해도 출신의 서북청년단이 좌익세력을 색출한다는 명분으로 경찰의 진압에 가세했다. 군경은 무장대에게 투항을 권유하지만, 무장대는 한라산 산간지대로 들어가서 저항을 계속했다. 군경은 중간 산간지역 주민 소개령을 내리고, 제주 해안선 5㎞를 벗어난 산악지대에는 통행금지령을 내렸으며, 무허가로 통행금지구역에 들어가는 자는 이유 여하를 막론하고 폭도로 규정하고 사살했다. 무장대의 저항은 극렬했다. 극렬한 저항을 종식시키기 위해 삼진작전이 채택되었다. 좌익세력은 태워 죽이고, 굶겨 죽이고, 죽여 없앤다는 전략이다. 1948년 4월 3일 무장봉기 사건을 기점으로 1954년 9월 21일 까지 7년간 일어난 사건 속에서 30만 제주도민 가운데 1/10인 3만 명 가까이 학살되었다. 심한 경우 어린이까지 학살되고, 마을 자체가 없어진 경우도 있다.

1954년 9월 이후, 50여 년간 4·3 사건은 한국 사회에서 금기시된 용어였다. 4·3 사건을 말하는 자체만으로도 용공으로 매도되었다. 2000년 1월 4·3 특별법이 제정되고, 2003년 10월 15일 4·3시건 진상 보고서가 채택되면서 4·3의 실체적 진실이 알려지게 되었다. 좌우 이념이 우리에게는 무엇이고, 우리에게 얼마나 가치 있는 용어인가? 동백길의 무성한 동백나무도 그 시절의 한이 서러운지 그 한을 빨갛게 꽃으로 피우는 것은 아닌지 하는 안타까운 생각이 든다.

4·3 사건의 아픈 흔적은 이곳 말고도 제주도 여러 곳에서 발견된다. 제주시 4·3 추모공원, 서귀포시 4·3 추모공원, 성산읍 4·3 추모공원, 터진목 4·3 유적지 등이 4·3 사건의 슬프도록 아픈 흔적이다. 그런 역사의 현장을 지날 때마다 제주도민이 겪었던 서러운 역사에 좌우 이념을 떠나 가슴이 멘다.

제주도민의 가슴속에 남은 상처는 이 세대가 바뀔 때까지 치유되지 않는 상처로 남아 있을 것이다. 우리 시대에 사상이나 이념이 중요함은 백 번 인정하지만, 어떤 이념이나 사상도 인간의 목숨보다 고귀하게 지켜지고 보호되어야 할 가치는 있을 수 없다.

시오름을 지나면 솔오름, 서귀포 학생수련장 등 볼거리가 등장한다. 동백길이 지나는 길에는 삼나무와 편백나무가 군락을 이루어 하늘을 덮을 듯 빽빽하게 우거져 있다. 삼나무나 편백나무는 수관과 외형은 비슷하지만 조금씩 다르다. 삼나무는 낙우송과에 속하는 상록 침엽 교목이다. 피라미드 형태에 둘레가 4.5~7.5m, 높이 45m 이상 거목으로 자란다. 외양은 붉은빛이 도는 갈색을 띠며, 피톤치드를 편백나무만큼이나 많이 발생시킨다. 목재는 향기를 내며, 집, 배, 다리, 가구, 장식용 조각품을 만드는데 유용하게 쓰이는 나무다.

삼나무 울창한 숲은 다시 편백나무 우거진 군락지로 연결된다. 노송나무라고도 불리는 편백나무는 높이 20m, 직경 2m까지 자란다. 공기 중 유해물질인 포름알데히드를 제거하고 면역기능을 증대시키며, 아토피와 알레르기 예방에도 탁월한 효과가 있다. 아토피로 고생하는 사람은 편백나무 숲속에 있으면 저절로 치유된다.

비 갠 후의 한라산에는 각종 버섯대가 우후죽순처럼 올라온다. 버섯은 해발 300~400m 내외, 일교차가 8~10도 이상 되며, 일정 습도가 유지되는 혼효림에서 잘 자란다. 한라산의 환경은 표고버섯이 자라는 참나무가 많고, 위도나 습도 측면에서 버섯이 자라기에 적합하다.

삼나무와 편백나무 우거진 숲을 지나면 깊은 산 속에서 표고버섯 양식

표고버섯 양식장

한라산에 자생하는 야생 버섯

을 허가받아 재배하는 표고버섯 양식재배장이 나온다. 제주도에서는 1905년부터 표고버섯이 재배되기 시작했다. 표고버섯은 동물도 식물도 아닌 균계(菌界)에 속하는 생물이다. 각종 비타민 외에도 섬유질과 광물질이 풍부하고, 열을 가해도 비타민이 손상되지 않는다. 항암·항종양·항바이러스 작용을 하며, 혈압과 혈중 콜레스테롤을 낮춰주고, 인테페론 생성을 촉진하며, 당뇨·비만·고혈압을 개선해주는 유익한 효과가 있다.

동백길 숲속에 명감나무가 심심치 않게 보인다. 명감을 보니 옛 시절 명감 떡 장수가 명감 잎에 떡을 싸서 밤공기를 가르며 "명감 떡! 찹쌀떡! 메밀묵 사려~" 하며 외치고 다니던 목소리가 새롭게 기억 속 가장자리에서 아물거린다.

명감은 백합목 백합과 낙엽 덩굴식물로, 산지의 숲 가장자리에서 자란다. 명감나무 입과 뿌리는 방부 작용이 뛰어나고, 니코틴, 타르, 일산화탄소 해독 기능이 있다.

원시림 숲속 돌길, 흙길, 낙엽길을 온종일 걸었다. 하루해가 한나절처

명감나무

럼 빠르게 지나간다. 표고버섯 재배장에서 1115 도로 방향으로 2㎞를 내려가니 서귀포 학생문화원 야영 수련장이 나타난다. 1.6㎞를 더 가면 돈내코 탐방로로 이어진다. 돈내코 탐방로 입구에서 서귀포 앞바다를 바라보았다. 해무가 드리워져 흐릿하게 보이지만, 제주도 남쪽 바다가 아련히 보인다.

더 이상 어두워지기 전에 하산을 서둘러야겠다. 내일은 내일의 태양이 떠오를 것이고, 새로운 태양이 떠오르는 내일은 또 다른 길이 기다릴 것이다.

5. 수악길
- 한라산 둘레길 5구간

　지난 여름 한라산을 탐방할 때 둘레길 8개 코스 가운데 수악길과 숯모르숲길 두 코스를 남겨두었다. 한라산 남쪽 기슭을 단풍이 물든 가을에 탐방해보고 싶었기 때문이다. 한라산 가을 단풍은 둘레길 1코스가 시작되는 천아숲길과 한라산을 오르는 영실코스가 아름답다. 하지만, 서귀포 효돈천으로 이어지는 돈내코 계곡과 수악계곡 단풍도 아름답기는 마찬가지다. 한라산 단풍은 10월 말이 되어서야 아름답게 물든다고 하기에 때를 맞추어서 11월 초에 한라산과 둘레길을 걷기 위해 다시 방문했다.

　수악길은 한라산 둘레길 가운데 가장 길고 경사가 가파르고 힘든 코스다. 우리는 충혼묘지 버스정류장에서 한라산 방향으로 오르는 2㎞의 충혼묘지길을 오른 후, 돈내코 탐방로 관리사무소를 지나 수악길 산행을 시작했다. 수악길에서 숯모르숲길로 이어지는 길에는 화산 폭발과 함께 쏟아진 무수한 바위와 돌이 여기저기 뒹군다.

　충혼묘지는 이 땅에 먼저 와서 살다간 사람들의 영혼이 묻혀 있는 안식처다. 각 도별, 지역별, 직능단체별, 종교별로 땅을 구획하여 죽어서도 자신들만의 영역에 묻혀 안식되기를 소망하는 이들의 영혼 안식을 위해 마련된 장소다.

　동양과 서양은 망자를 생각하고 인식하는 방식은 비슷하면서도 조금씩 차이가 있다. 우리 제사 문화나 묘지는 살아 있는 자가 죽은 자를 위하여 존경과 추모를 드리는 문화유산이지만, 망자의 유택인 묘지는 우리에게서 멀리에 있다.

　유럽이나 북미 지역 묘지는 대개 교회 마당이나 집 주변 공원에 있다.

한라산의 단풍

수악길

접근하기 쉬운 곳에 묘지를 마련하고, 사랑했던 이들을 기억하는 비문과 조형물을 세운 후 자주 찾아와 헌화한다. 심지어 동네 한가운데에 있는 공원이 묘지인 경우도 있다. 누구나 찾기 쉽고 산책하기 좋은 명당에 묘지를 만들고, 아침저녁으로 공원묘지를 돌며 조깅하거나 데이트를 즐기는 젊은이들도 많다. 그만큼 산 자와 죽은 자의 거리가 멀지 않다는 이야기다.

그런데 우리의 묘지는 산에 있다. 그것도 집에서 아주 먼 산속에 있다. 기일에나 망자를 기억하며, 한식 혹은 추석 때 한번씩 찾아가서 묘지를 둘러보는 것으로 망자에 대한 예의를 갖춘다. 산 자와 죽은 자는 물리적으로나 심리적으로 먼 거리에 있다.

한라산 둘레길 대부분은 일제강점기 때 일본군이 군사용으로 만든 병참로다. 수악길은 효돈천과 산정화구를 지나고, 일제시대의 잔유물인 대공포진지를 지나 5·16 도로를 횡단한 후, 다시 한라산 둘레길을 따라 이승악오름을 오른 후에 사려니숲길로 길게 이어지는 긴 코스다.

화산 폭발로 이루어진 섬이기에 한라산 둘레길 모든 구간에 돌이 많지만, 수악길에는 화산석이 특히 많이 나뒹군다. 수악길에 악 자가 들어 있는 것은 그만큼 길이 험하다는 의미다. 숲속에는 동백나무, 굴거리나무, 녹나무, 사스레피나무, 당단풍, 졸참나무 외에 각종 참나무와 삼나무가 빽빽하게 우거져 있고, 꽝꽝나무, 조릿대, 루모라고사리 등이 나무 아래 땅에 낮게 깔려 있다.

한라산 생태숲은 팔색조가 서식하는 공간이다. 조용한 숲속에서 이따금씩 팔색조 울음소리가 고요의 적막을 흔든다. 졸참나무, 당단풍, 청단풍, 개암나무 가득한 숲은 빨갛게, 노랗게 물들어 새색시마냥 다가오는 겨울을 맞이할 준비가 한창이다. 낙엽 수북이 쌓인 숲속을 걷는 길에서 발밑으로 낙엽 밟히는 소리만 사각사각 울린다.

수악길 숲속 5㎞지점에 일제강점기에 세운 대공포진지 잔해가 폐허처럼 어지럽게 남아 있다. 주변을 둘러보니 철제 바퀴와 포신을 세웠던 철제 구조물 등이 주변에 어지럽게 나뒹군다.

1945년 해방 이전 미악산 일대는 일본군 108여단 사령부 주둔지이자 관할지였고, 이승악 일대는 108여단 진진 거점이자 저항진지였다. 그런 연유로 이승악에는 일본군이 강점 당시 파놓았던 갱도진지가 2곳에 남아 있다. 길이 4.5m, 폭 2m가 되며 진지 내부는 길이 24.2m, 폭 2.6~3m, 높이 3.2m의 토굴이다.

제주도에는 370여 개의 작은 오름이 한라산 도처에 산재해 있다. 오름은 아주 오래전 화산이 폭발하여 솟아오른 분화구다. 화산이 폭발하여 한라산처럼 거대하게 솟아오른 것을 산이라고 하고, 화산의 소폭발에 의해 돌과 흙이 타고 화산재가 쌓여 이루어진 작은 산을 오름이라고 한다. 그 오름 주변 땅을 파보면 송이(Scorid)라고 불리는 붉은 흙과 화산석이 출토된다.

수악길에도 수악오름, 보리오름, 이승악오름 등 여러개의 오름이 분포한다. 정상에 있는 이승악(이)오름은 해발 539m, 둘레 2,437m의 기생화산 분화구다. 그 모습이 살쾡이가 웅크린 모습을 닮았다 하여 이승악(狸升岳)으로 이름 붙여졌다.

이승악오름을 오르는 길에는 화산 분출물인 거대한 바위덩어리와 화산탄이 이곳저곳에 흩어져 있다. 화산이 폭발할 때는 고체, 액체, 기체로 된 여러 가지 분출물이 섞여 나온다. 고체는 화산암괴(지름 32㎜ 이상), 화산탄, 화산괴(지름 4~32㎜), 화산재(0.25~5㎜), 화산진(지름 0.25㎜ 이하)이 있으며,

액체로는 마그마가 지표로 나온 용암과, 화산가스와 융합된 산성을 띤 호수, 폭발 진동으로 나무나 돌 등이 물과 함께 쓸려나온 화산이류가 있다. 거기에 더하여 이산화탄소, 황화수소, 염화수소, 아황산가스도 함께 분출된다.

식물의 생명력은 참으로 위대하다. 오래전 분출된 화산암 바위 위에도 나무는 앙코르와트의 고목처럼 괴상한 형태로 뿌리를 내리고 성장한다. 그런 바위 위에서조차 뿌리를 내리고 성장하는 나무를 바라보면서 화산 폭발의 위력과 식물의 위대한 생명력에 탄복하지 않을 수 없다.

척박하기 짝이 없는 돌바닥이나 바위 위에 뿌리를 내리고, 수백 년 인고의 세월을 견디며 생존해온 나무는 우리에게 세상에 어떠한 아픔과 고통이 있을지라도 슬기롭게 극복하고 꿋꿋하게 살아가라는 무언의 메시지를 전한다.

기록에 의하면 인류 역사에 가장 참혹한 화산 폭발은 서기 79년 8월 24일 이탈리아 남부 나폴리에서 일어났던 베수비오 화산 폭발이다. 거대한 폭발과 함께 검은 구름이 분출되면서 화산이 분화하여 화산재와 화산 분출물이 쏟아져내렸다. 하늘에서 쏟아진 엄청난 양의 흙과 돌과 분진은 순식간에 폼페이를 뒤덮었다.

이 폭발로 폼페이는 땅속에 묻혔고, 약 2,000명의 폼페이 시민이 목숨을 잃었다. 로마의 화려한 문명을 자랑하던 도시 광장, 대규모 건물, 극장, 목욕탕, 상가, 주택 대부분이 화산재에 묻혔다. 화산재 속에 매몰되었던 유적을 통해서 당시 사람들의 생활 모습과 문화를 유추할 수 있는 역사적 가치는 논외로 하고, 참혹하게 생매장된 모습을 바라보면, 만물의 영장인 인간일지라도 지구 물리학과 자연의 위력 앞에서 인간은 작고 미약한 존재임을 거듭 확인하고 고개를 숙인다.

대공포진지 잔해

화산암괴

화산암괴에 힘겹게 뿌리를 내리고 성장하는 나무

우리가 살고 있는 땅 밑에서는 마그마가 부글부글 끓고 있다. 땅속에서 끓고 있는 마그마로 데워진 물이 지표로 조금씩 솟아나오는 곳이 온천이다. 현재 지구상에서 물과 땅이 끓어오르는 노천 온천의 2/3는 미국 옐로스톤 국립공원에 있다. 공원에 들어서면 유황 냄새가 진동하고, 이곳저곳에서 흙과 물이 부글부글 끓어 안개가 자욱하며, 온천수가 하늘 높이 솟구쳐오른다.

지구과학자들의 연구에 의하면 옐로스톤 국립공원 지하에 있는 마그마가 폭발할 경우, 폭발의 위력으로 지구의 2/3가 화산재에 가려져 지구는 암흑 속에 빠지고, 그 암흑은 수백 년간 지속되며, 인류는 물론 모든 생명체의 2/3가 소멸될 것이라고 한다.

이승악오름으로 가는 길에는 야자매트가 깔려 있고, 정상으로 오르는 길에 오르기 쉽도록 나무계단이 설치되어 있다. 이승악오름 정상에서는 사라오름과 한라산을 조망할 수 있기에 이곳을 찾는 이가 많다.

이승악오름 정상에 올라서니 산불을 감시하기 위해 세워진 다목적 산불감시초소가 보인다. 2층 목조 구조물로서 그리 높지는 않지만, 탐방객이 한라산을 조망하며 쉬거나 서로 대화하며 소통할 수 있는 공간이다.

한 무리의 경상도 사투리를 쓰는 남성 20여 명이 전망대 위에서 왁자지껄 웃으며 수다를 떤다. 연령대로 보아 친목회 모임인 듯싶다. 누가 경상도 남자들은 무뚝뚝하다고 했는가? 강한 경상도 사투리를 쓰는 남성들의 악의 없는 수다는 마치 싸움닭처럼 톤이 높고 억세다.

숲속 길은 오르내림이 심한 돌길을 따라 끊임없이 이어진다. 밀림 같던 숲은 어느 순간 삼나무 울창한 숲으로 바뀌고, 모든 나무가 하늘을 찌르듯 솟아 있다. 나무가 너무 빽빽하고 무성하다 보니 사방이 온통 캄캄하여, 지금이 대낮인지 저녁인지 분간하기가 쉽지 않다. 나무 사이로 언뜻

한라산 둘레길에 특히 많은 약초이자 독초 천남성

보이는 하늘이 푸른 것으로 보아 한낮임이 분명하지만, 땅에는 햇빛 한줄기조차 스며들지 않는다.

그 삼나무숲에 천남성이 포도송이 같은 빨간 열매를 매달고 익어간다. 천남성은 한라산 전역에 널리 분포되어 있는 다년생 독초다. 열매와 뿌리에 맹독성이 있어 담음치료제나 약재로 쓰이기도 하지만, 조선시대 때는 백하수오와 함께 사약 원료로 자주 쓰였던 맹독성 식물이다. 보기에는 먹음직스럽지만, 손대지 않는 것이 좋다.

삼나무 무성한 숲은 다시 졸참나무와 단풍나무숲으로 바뀌고. 길바닥에는 도토리가 무수히 나뒹군다. 수악길 마지막 이정표를 지나며 이어지는 숲길은 한라생태숲, 사려니오름, 장생의 숲길, 숯모르편백숲길로 연결된다는 표시목이 세워져 있다.

장기산행이 좋은 이유는 건강증진에도 도움이 되지만, 맑은 공기 속에서 명상하며 동서 인류 문명사를 비교하여 생각하고, 지나간 삶과 인생을 되돌아보며, 앞으로 다가올 미래를 어떻게 맞이하고 준비할 것인가 생각할 수 있어서 좋다.

6. 사려니숲길
- 한라산 둘레길 6구간

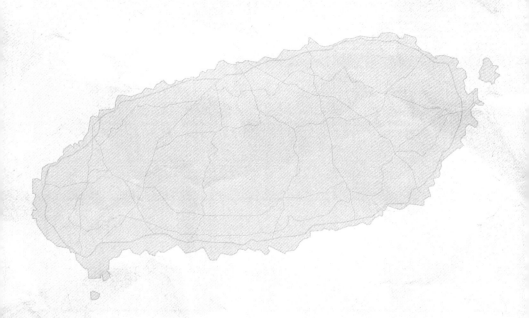

...

　역사 이래 인류는 건강증진법으로 해수욕(海水浴), 일광욕(日光浴), 삼림욕(森林浴)을 즐겨왔다. 삼림욕은 숲 향기, 피톤치드, 음이온 등을 통해 인체에 쾌적한 반응을 일으켜 건강을 증진시키고, 면역력을 키우는 치유요법으로 즐겨온 자연욕(自然浴) 방법이다.

　제주시에 한국에서 가장 아름다운 도로로 선정된 비자림로가 있다. 사려니숲은 비자림로에서 물찻오름을 지나 서귀포시 남원읍 한남리의 사려니오름까지 이어지는 치유와 명상의 숲이다. '신성한 숲' 혹은 '실 따위를 흩어지지 않도록 동그랗게 감다'라는 뜻의 사려니는 신역(神域)의 산 이름에 쓰이는 용어다.

　피톤치드 넘쳐흐르는 맑은 숲속에서 청정한 공기를 마시며 걸으면 스트레스가 해소되고 심폐기능이 향상된다고 알려져 많은 이들이 사려니숲을 즐겨 찾는다. 더 나아가 불치병 환자나 수술 후 회복기 환자들이 안정과 휴양을 위해 찾기도 한다. 한라산 둘레길에는 사려니숲 외에도 서귀포자연휴양림, 절물자연휴양림, 교래자연휴양림, 비자림, 한라수목원 등 걸으면서 명상하기에 좋은 숲이 여러 곳에 있다.

　한라산 둘레길과 같은 명품 숲은 세계 도처에 참 많다. 빙하와 숲이 멋지게 어우러진 로키 산맥의 레이크 루이스 숲! 모레인 호수 주변 숲! 밴쿠버 아일랜드의 퍼시픽림 원시림! BC 주 북서쪽 더피레이크 주립공원! 미국 샌프란시스코 뮤어우드! 시애틀 올림픽마운튼 국립공원! 뒤셀드로프 도시 숲! 하르츠의 독일가문비나무숲! 알래스카의 피요르드 국립공원!

　좋은 숲을 헤아리라면 입이 아프고 혀가 바쁘다. 그러함에도 한라산 둘레길이 세계적인 명산 숲과 어깨를 겨룰 수 있는 이유는 유네스코가 채택한 '세계 문화 및 자연유산 보호 협약'을 근거로, 전 인류가 함께 보호하고 후세대에 물려주어야 할 생체문화 체험 공간이 있기 때문이다.

제주시는 2009년 7월 유네스코가 지정한 제주 생물권 보존지역 내에 있는 사려니숲을 '제주시 숨은 비경 31' 중 하나로 선정했다. 사려니숲을 트레킹하는 출입구는 수악길에서 생태탐방로를 따라 사려니오름으로 이어지는 길을 가다 보면 붉은오름 자연휴양림 입구와 비자림로로 진입하는 곳에 입구가 각기 2개소씩 있다.

그 숲을 탐방하기 위해 서귀포시 표선면 가시리 붉은오름 자연휴양림 입구로 들어가서 사려니오름, 물찻오름, 절물오름, 비자림로를 거쳐 붉은오름 자연휴양림 입구로 나오는 15㎞의 긴 코스를 택했다.

유네스코가 수여한 Man and the Biosphere Programme 인증패

사려니숲에는 삼나무, 편백나무, 졸참나무, 서어나무, 산딸나무, 때죽나무, 꽝꽝나무, 단풍나무, 녹나무 등이 자생한다. 삼나무와 편백나무는 식재된 나무다.

그 생태 공간에서 나무는 햇빛을 조금이라도 더 받기 위해서 키를 높이 세운다. 그 경쟁에서 낙오되면 도태된다. 또 각종 병균이나 벌레로부터 자신을 보호하기 위해 보호 물질인 피톤치드(Phytoncide)를 발산한다.

피톤치드에는 식물이 병원균, 해충, 곰팡이로부터 자신을 보호하기 위해 분비하는 특수한 향기가 함유되어 있다. 나무가 방출하는 피톤치드

사려니숲

사려니숲으로 가는 길

파색조가 서식하는 사려니숲

가운데 대표적인 것이 테르펜(Terpene)이다. 이 물질은 아무런 부작용 없이 균을 죽이고, 인체에 자연스럽게 흡수되어 피부 자극, 염증 방지, 소염, 소독, 항균 작용을 하며 신경을 안정시키고 면역 기능을 향상시킨다.

나무는 숲에서 치열하게 적자생존경쟁을 벌이는 동안 자신의 잔가지를 스스로 죽이며, 눈에는 보이지 않는 유리한 고지를 차지하기 위해 치열하게 경쟁한다.

삼나무 우거진 숲에는 녹나무, 꽝꽝나무, 팔손이, 루모라고사리, 보스톤고사리 등 식물이 경쟁하며 땅 위에 낮게 깔려 자란다. 이들은 편백나무나 삼나무가 자신을 보호하기 위해 발산하는 기(Energy) 때문에 키를 높이 세우지 못하지만, 낮은 가운데서도 숲과 질서 있게 조화를 이룬다.

키 큰 나무 아래에 관중도 자주 눈에 띈다. 관중은 습한 곳에서 잘 자라며, 어린잎은 식용으로 사용하고 뿌리는 구충 효과가 있어서 약용으로 사용하는 유용한 약재다.

사려니숲속에 이색적으로 책장이 마련되어 있고 책이 가지런히 꽂혀있다. 숲속에서 산책하고, 힐링하며, 책도 읽으라는 한라산 둘레길 안내센터의 인정 있는 배려다. 그 배려가 숲속에서 명상하며 산책하는 데 신선한 감격으로 다가온다.

숲속에는 곳곳에 도로 인내표지가 너무나 잘 세워져 있어 숲속에서 길을 잃을 염려는 전혀 할 필요가 없다.

시인 현원학 님은 사려니숲길을 이렇게 노래했다.

「사려니숲길」

- 현원학

아득한 옛날 제주 들녘을 호령하던
테우리들과 사농바치들이
숲길을 걸었습니다

그 길을 화전민들과 숲을 굽는 사람
그리고 표고버섯을 따는
사람들이 걸었습니다

한라산 맑은 물도 걸었고
노루 오소리도 걸었고
휘파람새도 걸었습니다

그 길을 아이들도 걸어가고
어른들도 걸어갑니다
졸참나무 서어나무도
함께 걸어갑니다

우리는 그 숲을 사려니숲길이라
부르며 걸어갑니다.

군데군데 생명을 다한 고사목들이 죽은 몸체를 부식시켜 생명 에너지를 다른 식물에게 전해준다. 나무들은 이렇게 살아 있는 동안에는 산소와 피톤치드와 테르핀을 내뿜어 공기를 정화시키고, 때로는 새와 짐승의 먹이가 되어주기도 한다. 죽어서도 건축 자재나 화목으로 유용하게 쓰이다가, 썩어서도 유기물을 내어 다른 식물의 생존을 돕는다.

사려니숲은 노루, 족제비, 오소리 등 포유동물과 참매, 팔색조, 휘파람새 등 조류, 그리고, 쇠살모사, 유혈목이, 산개구리 등 파충류가 서식하는 공간이다. 사려니숲에는 멧돼지도 자주 출몰한다. 이들 멧돼지 떼는 종종 인근 농장에 침입하여 뿌리채소를 경작하는 농가에 막대한 피해를 입힌다.

제주도에서는 일정 기간 포획기간을 정해 개체 수를 조절하지만, 멧돼지는 생각보다 날렵하고 신출귀몰하다. 산이나 숲속에서 멧돼지를 만나면 절대 뒤로 돌아 도망가지 말고 침착하게 행동해야 한다. 멧돼지가 만약 공격해올 때는 나무에 오르거나 바위에 은신하는 것이 최선책이며, 위급한 상황이면 등산스틱이나 나무 몽둥이라도 들고 사납게 방어해야 한다.

사려니숲의 특징 가운데 하나는 서어나무가 널리 분포하고 있다는 사

치열한 생존경쟁이 벌어지는 삼나무숲

가장 안정된 숲인 극상림을 구성하는 서어나무숲

실이다. 서어나무는 가장 안정된 숲인 극상림을 구성하는 나무다. 약 100
년 이상의 시간이 흘러야 만들어지는 숲으로, 숲을 형성하는 마지막 단
계가 바로 서어나무숲이다.

오늘 사려니숲 산림욕장에서 흠뻑 취한 피톤치드와 테르펜 에너지로
내일을 새롭게 준비해야겠다. 피톤치드(Phytoncide)와 테르펜(Terpene)은 신
경을 안정시키고 면역기능도 강화시켜준다고 하니, 내일 절물조릿대길에
가기 위한 기(氣)는 충분히 채워진 셈이다. 절물조릿대길을 향해서 랄라~.

7. 절물조릿대길
– 한라산 둘레길 7구간

...

절물조릿대길은 비자림로 제주 1112 도로에서 명림로를 따라 절물자연
휴양림까지 이어진 한라산 둘레길 7구간 생태탐방로다. 절물조릿대길 안
내문에는 비자림로에서 봉개민오름까지 거리가 3㎞로 표기되어 있다. 하
지만 절물오름으로 이어지는 길과 절물자연휴양림에서 파생된 나눔길, 삼
울길, 만남의 길, 건강산책로, 장생의 숲길을 모두 합하면 20㎞가 넘는다.

또 장생의 숲길 출구는 숯모르편백숲길로 이어져, 유럽의 모든 길은 로
마로 통하는 것처럼 절물조릿대에 있는 모든 길은 숲속으로 끝없이 이어
진다.

휴양림 입구로 들어서자 눈앞으로 물 흐르는 건강산책로가 펼쳐졌다.
왼쪽 길은 만남의 길, 나눔길, 너나들이길, 숲속의 집과 수련장으로 이어
지고, 오른쪽 길은 삼울길, 장생의 숲길, 노루생태관찰원, 산림문화휴양
관, 절물오름으로 이어진다.

숲속에는 산림문화휴양관 이외에도 숙박시설로 숲속의 집과 수련장이
있어, 부지런한 사람은 이곳 숙박시설을 예약하고 이용할 수도 있다. 숙소
예약은 인터넷으로만 가능하다(예약 홈페이지: https://www.foresttrip.go.kr/
indvz/main.do?hmpgId=ID02030053).

절물자연휴양림을 가로지르는 삼나무숲 가운데로 건강산책로가 길게
놓여 있다. 절물자연휴양림을 가로지르는 삼나무숲속 건강산책로를 걷는
것은 건강증진에 도움은 되겠지만, 한라산에까지 와서 포장도로를 걷는
것은 썩 유쾌한 일이 아니다. 길안내 표지목에는 여러 방향으로 가는 길
이 표시되어 있다. 여러 길 가운데 건강산책로 오른편으로 난 숲속 소로

삼울길

인 삼울길로 접어들었다. 삼울길 주변 삼나무에 고색창연한 이끼가 가득 덮여 있다. 숲에 깊은 내공이 서려 있음이 느껴진다.

삼나무는 낙우송과 상록교목으로, 피톤치드(Phytoncide)와 테르펜(Terpene)이 많이 분비되는 나무다. 테르펜은 편백, 삼나무, 잣나무, 소나무 등 침엽수에 많이 들어 있는 성분으로, 피톤치드와 같이 숲속을 떠돌아다녀 몸이 숲속에 둥실둥실 떠 있는 느낌을 준다.

테르펜 향기는 독특하다. 살충성과 살균성이 있으며, 치료 효과를 가지고 있음은 물론, 사람의 자율신경을 자극하고 감각 계통을 조정하며 정신을 집중케 하는 등 뇌 건강에도 순기능을 한다. 삼나무 우거진 숲은 소나무 우거진 송림으로 바뀌지만, 울창한 송림도 삼나무숲 못지않게 무성하다.

산림욕은 육체는 물론 정신 건강을 증진시키는 데도 도움을 준다. 숲속을 걸을 때는 피부를 가능한 많이 노출시키고 최대한 완보(緩步)로 걷는 것이 좋다. 숲은 대도시보다 공기가 200배나 맑으며 음이온도 풍부하다. 음이온은 인체의 자율신경을 조절하고 혈액순환을 도와 문명병을 없애준다. 또한 나쁜 세균을 죽이고 공기를 정화시키며, 마음을 안정시키고 혈압을 낮춰주는 성분이 포함되어 있다.

삼울길 곳곳에 해학적으로 조각된 눈요깃거리 나무 조형물인 장승이 곳곳에 서 있다. 장승들은 태풍이나 강풍으로 쓰러진 나무를 이용하여 조각된 예술품이다. 심지어 안내 이정표에조차 의미 있는 형상으로 조각되어 있다. 갖가지 형상의 장승들 모습에 웃음이 저절로 나온다. 조각가의 탁월한 예술적 감각에 박수를 보내지 않을 수 없다.

이 길이 절물자연휴양림이라 불린 이유는, 옛날 절 옆에 샘물이 있었다 하여 절물이라 불리게 되었고, 조릿대가 많아 절물조릿대길이 되었다. 옛

푸른 이끼가 덮인 숲에 설치된 평상 쉼터   거대한 소나무를 타고 오르는 덩쟁이

피톤치드와 테르펜이 넘쳐흐르는 절물조릿대길

시절 절은 지금은 없어졌으나, 약수암이 있어 옛 시절 절의 정취를 느끼게 한다. 약수암을 지나면 민속 놀이장이 펼쳐지고, 절물오름으로 오르는 전망대 길이 펼쳐진다.

절물오름으로 오르는 기슭에 약수터가 있다. 약수터에서 솟아나는 용천수는 신경통과 위장병에 큰 효과가 있다고 알려져 음용수로 이용되며, 제주시 먹는 물 1호로 지정, 관리되고 있다. 그 물을 물병에 받아 시음해 보았다. 제주 생수와는 미묘하게 다른, 향긋하면서도 부드러운 맛이 느껴졌다.

절물오름길로 들어섰다. 제주도 분화구는 백록담에만 있는 것이 아니다. 제주도에는 360여 개의 기생화산이 있고, 작은 화산마다 화산이 폭발했던 분화구 흔적이 남아 있다. 절물오름도 화산이 폭발했던 분화구다. 오름 입구에서 봉우리 정상까지는 800m의 오르막길로 이어지고, 길옆으로는 천연림 활엽수가 울창하다.

절물오름 전망대에 올라서니 해발 697m의 정상에는 말발굽형의 분화구가 있고, 그 뒤로 한라산이 손에 잡힐 듯 펼쳐져 있다. 한라산 남쪽으로는 남원과 표선 모습이 아련히 모습을 드러낸다.

절물오름 분화구 밖으로 둥글게 원을 그리며 약 1㎞의 분화구 순환로가 연결되어 있고, 그 중앙에는 화산이 폭발하면서 만들어진 분화구가 깊게 패어 있다. 순환로를 따라 분화구 주변을 한 바퀴 돌았다.

순환로에는 산딸나무가 붉은 열매를 탐스럽게 매달고 있다. 산딸나무는 산형화목 층층나무과 낙엽소교목이다. 높이는 7~10m 정도로 자라며, 산에 피는 꽃 가운데 가장 아름답다. 5월 말부터 꽃이 피는데, 활짝 핀 하얀 산딸나무 꽃은 눈부시다. 열매는 9월 말부터 딸기 모양의 연분홍색 열매가 지름 1.5~2㎝ 크기로 익는다. 외양은 딸기처럼 먹음직스럽게 생겼

절물오름 정상 전망대   절물 분화구

절물오름 샘물

절물조릿대길의 나무 장승들

지만, 맛은 무화과처럼 연한 맛이 나며, 수분이 적고 당도가 낮아 식용으로는 부적합하다.

산딸나무 열매는 설사를 멎게 해주며 장에 좋은 효능이 있어 복통이 있거나 가스가 차서 더부룩하고 탈이 생겼을 때 진정시켜주는 약리적 효능이 있다. 지혈 작용도 하기 때문에 외상치료에 쓰이며, 칼슘 성분이 많이 들어 있어 가축 사료로도 쓰인다.

산딸나무는 우리나라보다는 북아메리카에 많이 자생하는 나무다. 남북전쟁 당시 의약품이 부족했을 때 부상병들의 치료제로도 쓰였다고 한다. 목재는 단단하고 무늬가 좋아 조각재, 오보에, 플루트 등 목관악기 제작에 쓰인다.

정상에서 내려가는 길은 오른 길로 다시 내려가는 코스와 장생의 숲길로 내려가는 코스가 있다. 길 이름이 좋아 장생의 숲길을 택했다. 장생의 숲길은 산림문화휴양관에서 출발하여 절물자연휴양림 외곽을 한 바퀴 돌아 연리목(사랑의 나무) 방향으로 나오는 11.1㎞ 코스로 자연 그대로의 흙길이다.

산에서는 포장된 길이나 자갈길보다는 흙길이 걷기에 훨씬 부드럽다. 흙의 보드라운 느낌이 발가락 끝에 전달될 때의 촉감은 경쾌하기 이를 데 없다. 장생의 숲길 입구에서 목공예체험장을 지나 유아숲 체험원에 이르면 오른쪽으로 야생노루를 볼 수 있는 생태관찰원으로 가는 길이 있다. 숲을 지나다 보면 노루가 바스락거리며 먹이활동을 하다가 사람을 보고 놀라 뛰어가는 모습이 종종 보인다.

사려니숲에는 여러 개의 오름이 있고, 그 속에는 노루의 먹이가 되는 풀과 떨기나무가 많아 노루가 즐겨 찾아오는 곳이다. 한라산 노루는 1970년대 이전까지만 해도 노루의 천적인 사람들의 밀렵으로 멸종위기에 처하기도 했으나 1980년대 이후 인간이 노루의 보호자 역할을 하면서 노루의 개체수가 늘어나 낮은 숲에서도 노루가 자주 목격된다.

낙엽 수북이 쌓인 숲속 길을 걷는 것은 유쾌한 체험이 아닐 수 없다. 가을 낙엽 덮인 산속에서 산수를 둘러보며 발걸음 옮길 때마다 발길에 밟히는 낙엽의 촉감은 비단결보다도 보드랍고, 사각사각 울려나오는 낙엽 밟는 소리는 쇼팽의 「녹턴」 음악 소리보다도 감미롭다.

장생의 숲길에 있는 가막살나무의 붉은 열매기 탐스럽다. 가을은 확실히 풍요와 결실의 계절이다. 장생의 숲길 출구로 나온 한 갈래 길은 거친 오름으로 이어지고, 다른 한 갈래 길은 숯모르편백숲길을 거쳐 비자림으로 연결된다.

비자림로는 제주시 봉개동에서 구좌읍 평대리까지 이어지는 27.3㎞ 구간으로, 한국에서 가장 아름다운 길로 선정된 도로다.

8. 숲모르편백숲길
- 한라산 둘레길 8구간

숯모르편백숲길은 한라산 둘레길을 따라가며 생태숲의 자연 그대로를 보고 느끼며 산림욕과 트레킹을 겸할 수 있는 명품 숲길이다. 숯모르숲길은 한라산 한라생태숲 구간을 공유하여 지나간다. 한라생태숲 입구에 있는 안내소를 지나면 숯모르숲길로 연결되는 입구가 보이고, 안내소에서 휴게광장을 벗어나면서 한라생태숲이자 숯모르숲길이 시작된다.

제주시 5·16 도로 2596번지에 있는 한라산 생태숲은 숲이 훼손되어 방치되었던 야초지를 원래의 숲으로 복원하여 조성한 곳이다. 난대성 식물에서부터 한라산 고산식물에 이르기까지 모든 식물을 한 장소에서 볼 수 있도록 조성된 600,000여 평의 생태숲에는 탐방객센터, 장애인 탐방로, 각종 테마탐방로, 생태연못이 있다. 그 숲 요소요소에는 수생식물원, 양치식물원, 야생난원, 구상나무숲, 산열매나무숲, 임석원, 유전자보호림 등 각종 테마숲과 전망대가 있고, 파고라 등 휴게시설이 갖추어져 있다.

생태숲에는 760여 종의 각종 식물과 516종의 동물이 서식하여 자연 관찰과 견학장 역할은 물론, 산림욕장이나 가족의 나들이 장소로도 적절할 것 같다.

한라생태숲에는 구상나무숲, 양치식물원, 산열매나무숲, 야생난원, 수생식물원 등 각종 테마숲이 조성되어 있어, 이를 둘러보는 것만으로도 한라생태숲을 이해하는 데 도움이 된다. 각종 테마숲을 지난 길은 셋게오름 삼거리에서 숯모르편백숲길로 이어지고, 그 길은 장생의 숲길, 절물자연휴양림, 거친오름이 있는 노루생태관찰원으로 길게 연결된다.

한라생태숲 혼효림을 벗어나 벗나무숲을 지나는 길목에 각기 다른 두

나무가 한 몸으로 붙어서 크는 나무가 있다. 연리목(連理木)이다. 나무는 서로가 다른 수종이다. 인위적으로 접목하지 않는 한, 둘이 결합하여 한 몸이 되는 것은 희귀한 일이다. 그런데 이곳에 고로쇠나무와 때죽나무는 서로 다른 뿌리로 올라와 한 몸으로 결합되어 서로 다른 가지로 자란다.

연리목은 흔히 남녀 간의 사랑에 비유된다. 연리는 사랑을 하나로 연결시켜주는데, 나뭇가지가 서로 연결된 것을 연리지(連理枝), 줄기가 연결되면 연리목이라 한다.

연리목

벚나무숲에서는 제주에 자생하는 산벚나무, 올벚나무, 사옥 등 모든 벚나무를 한 곳에서 볼 수 있다. 그 가운데 왕벚나무는 천연기념물 159호로 지정되어 있으며, 제주상사화, 좀비비추 등 30여 종의 식물이 벚나무 아래에서 함께 꽃을 피운다.

벚나무숲을 지나면 양치식물원이다. 제주의 독특한 지형과 식생을 보

한라생태숲길

여주는 곶자왈과 유사한 지형을 가진 양치식물원에는 제주만의 특이한 자연식생인 관중, 고사리 등 양치식물이 자생한다.

우리는 대부분 고사리가 한 종류만 있는 것으로 안다. 그러나 한라산 둘레길 숲속에는 보스턴고사리, 루모라고사리, 십자고사리, 홍지네고사리 등 수많은 양치식물이 있다. 우리 식탁에 오르는 고사리는 꽃이 피지 않고 포자로 번식하는 다년생 양치식물로 식이섬유, 칼륨, 인이 풍부하여 산에서 나는 쇠고기라고 불린다. 봄철 산에서 갓 채취하여 데친 고사리나물의 맛과 부드러운 식감은 여타 산나물의 추종을 불허한다.

고사리는 봄철에 채취하여 말려서 1년 내내 식재료로 사용하는데, 말린 고사리는 칼륨, 마그네슘, 철분, 무기질들이 더욱 풍부해진다고 한다.

숯모르편백숲길로 진입했다. 참무가 많은 한라산 숲속에는 옛 시절 숯 굽는 사람들이 많았다. '숯을 구웠던 등성이'란 뜻을 담고 있는 숯모르숲길은 이제 숯을 구웠던 과거의 흔적은 찾기 어렵지만, 당시 숯 굽던 사람들의 마음을 헤아려보고 그들이 걸었던 발자취를 따라가며, 자연의 향기, 나무의 향기에 취해본다.

한라생태숲과 숯모르숲에는 진귀한 나무가 참 많다. 주목, 곰솔, 비자나무, 새비나무, 졸참나무, 때죽나무, 팥배나무, 왕쥐똥나무, 참빗살나무, 고추나무, 아그배나무….

한라생태숲을 벗어난 길은 하늘이 보이지 않을 정도로 우거진 편백림 숲속으로 이어진다. 가끔씩 산새 소리만 적막을 흔드는, 피톤치드(Phyton-cide)와 테르펜(Terpene) 향기 가득한 숲은 이 세상 어느 공간보다도 편안하고 고즈넉하다.

편백나무 쉼터 평상에 걸터앉아 푸른 가을 하늘을 올려다보았다. 하늘 높이 멋지게 솟아오른 나무를 보면서 문득 나무의 일생을 떠올려본다.

나무는 동물에게는 자신의 몸을 내주어 먹이와 안식처를 제공하고, 새와 곤충에게 먹이를 제공하여 산림이나 농작물 피해를 감소시켜주고, 인

아늑한 숯모르편백숲길

삼나무숲 휴게소

간에게는 목재뿐만 아니라 잣, 밤, 대추 등 열매와 버섯, 산채, 온갖 약재를 제공한다, 나무는 생명활동을 멈추고 죽는다 하더라도 그냥 죽어 없어지는 것이 아니다. 건축 자재로, 가구로, 종이로, 화목으로 쓰이며, 심지어는 썩어서도 생태계에 유익한 자양분을 제공한다.

지난 일주일 동안 한라산 둘레길을 돌며 투명하도록 맑은 공기에 취하다 보니 머릿속까지 맑아지는 느낌이다. 나무의 일생을 생각하다 보니 '화향십리 인향만리(花香十里 人香萬里)'가 떠오른다. 제아무리 아름다운 꽃이라 할지라도 꽃향기는 십 리밖에 못 가지만, 사람 향기는 만 리 밖 사람을 감동시킨다고 하지 않는가!

이제 산행을 마감하고 산을 내려가야 할 시간이다. 나도 편백나무나 삼나무 같은 나무처럼, 삶에 피어오르는 향기로 이웃을 위해 그늘막을 제공해주고, 유익한 향기 듬뿍 뿜어내는 일을 하고 싶다. 피톤치드로, 목재로, 가구로, 종이로 유익함을 남기고 죽어서도 유기물로 분해되어 다른 나무의 성장을 돕는 나무처럼 내 삶의 향기가 멀리까지 퍼져나가면 좋겠다.

桐千年老恒藏曲
梅一生寒不賣香

오동은 천 년을 늙어도 아름다운 곡조를 품으며
매화는 평생 춥게 살아도 향기를 팔지 않는다

9. 비자림

천년의 숲 비자림

···

제주도와 남부지방에서만 귀하게 자라는 비자(榧子)나무! 주목과에 속하는 비자나무는 늘푸른 상록 교목으로, 바늘잎 같은 잎 뻗음이 비자를 닮았다고 하여 붙여진 이름이다.

천연기념물 제374호인 비자림은 제주시 구좌읍 비자숲길 55번지에 있다. 문화재청에서 관리하는 이 숲은 135,600평의 면적에 800년생 비자나무 2,800여 그루가 자생하는 비자나무 군락지다. 나무 높이가 7~14m, 직경 50~110㎝, 수관 폭 5~10m에 이르는 거목으로 세계적으로도 보기 드문 숲이다.

비자는 암나무와 수나무가 따로 있으며, 비자 열매에는 땅콩처럼 단단한 씨앗이 들어 있다. 옛날에는 이 씨앗을 먹어 몸 안의 기생충을 없앴고, 씨앗으로 기름을 짜기도 했다.

예부터 "죽어가는 사람도 소나무나 비자나무 아래에 있으면 소생한다"라고 했을 만큼 약리적 효능이 뛰어난 비자나무는 고서에 의하면 눈을 맑게 하고 양기를 돋운다고 했고, 비자 열매는 강장 장수를 위한 비약(秘藥)으로 알려졌다. 비자나무는 목재는 탄력이 좋고 습기에 강해 고급 가구나 장식재로 쓰이며, 최고급 바둑판재로 인기가 높다.

강이 없고 물이 귀한 제주에서 물은 중요한 생활자원이다. 생명수처럼 귀한 빗물은 하늘에서 떨어져 화산석 현무암을 통해 땅속으로 스며든다. 제주 사람들은 빗물이 지하로 들어가는 구멍을 제주어로 '숨골'이라고 했다. 제주의 산간 곳곳에 있는 숨골을 통해 지하로 스며든 빗물은 암석 틈 사이를 통과하는 동안 점점 깨끗해져서 '제주 삼다수'를 만들고, 숨골 내

타르핀과 피톤치드 쏟아져 흐르는 비자나무숲

여름에는 시원한 냉기가, 겨울에는 따뜻한 바람이 나오는 숨골 구멍

부를 통과해서 나오는 공기는 일정한 온도를 유지하기 때문에 여름에는 시원한 냉기가, 겨울에는 따뜻한 바람이 솟아나온다.

비자림 숲속에는 진귀한 나무가 많다. 후박나무, 머귀나무, 아왜나무, 사스레피나무, 루스커스, 비목, 때죽나무, 말 오줌 냄새가 난다는 말오줌때, 자금우 등….

때죽나무는 흰 꽃이 나무를 온통 뒤덮어버릴 만큼 많이 피는 고급 정원수로 물고기를 잡는 나무이기도 하다. 열매나 잎에는 마취성분이 있어서 이를 찧어 물에 풀어놓으면 물고기가 잠시 기절한다. 이때 물고기를 그릇에 주워 담기만 하면 물고기를 손쉽게 잡을 수 있다.

비자림은 워낙 오래된 숲이기에 고사목도 많고, 고목이 되어 나무에 구멍이 뻥 뚫린 채 자라는 나무도 있다. 숲속에 비자나무 우물터가 있다. 옛날 비자나무숲 산림감시원이 이곳에 살면서 사용했던 우물터다. 식용수가 귀한 산이지만, 이곳만큼은 비자나무 뿌리가 정수기 필터처럼 물을 걸러주어 뿌리들이 물을 머금고 있다가 조금씩 흘려보내어 항상 맑은 물이 고여 있다. 그 우물터에 수도를 설치했다.

숲속은 희귀종인 풍란, 차걸이난, 콩짜개란 이외에도 약용식물인 상산, 미모사, 송악, 약초이자 독초이기도 한 천남성, 털머위 등이 비자림 숲속에서 하모니를 이루며 전원교향의 대향연을 벌인다.

송악은 제주 남해안 따뜻한 지역에 자라는 늘푸른 잎덩굴나무다. 큰 나무나 바위에 부착근을 붙여 올라간다. 그늘에서도 잘 자라므로 집안에서 키우기도 한다.

천남성은 맹독성을 지닌 약초이자 독초다. 여러해살이풀인 천남성은 산지의 습지 나무 그늘에서 자란다. 반하와 비슷하여 담음을 치료하는데

나무를 덮은 이끼

아왜나무

때죽나무 꽃, 때죽나무 열매

비목

털머위

쓰이는데, 반하보다 효능이 강하며 독성도 세다. 열매는 옥수수처럼 달리고 10월에 포도송이처럼 붉은색으로 익는다. 잎줄기는 거담, 거풍 등의 효능이 있으며, 중풍, 반신불수, 종기 치료에 쓰인다. 예부터 백부자와 함께 사약으로 사용되었던 강한 독성을 가진 약초다. TV 드라마 사극에 보면 사약을 먹고 피를 토하는 장면이 등장할 때가 있다. 이유가 천남성의 독성 때문이다. 열매가 탐스러워 먹고픈 생각도 들지만, 이를 먹는 것은 천당으로 직행하는 지름길이다.

숲속에 있는 식물을 가만히 살피면 꽃 아닌 풀 없고, 약 아닌 식물이 없다. 털머위는 제주 산간이나 집 주변 담장 밑 혹은 큰 나무 아래에서 자주 보이는 국화과 여러해살이풀이다. 일반 머위와 잎이 비슷하게 생겼으나, 잎이 더 두껍고 진한 녹색이다. 잎에 광택이 나고 겨울에도 지지 않으며 꽃도 머위와는 다르다.

털머위는 상록성 식물이므로 낙엽수림의 지표용이나 실내장식용 식물로도 쓰이고, 암석정원에 심어 관상수로도 인기 있다. 한의학에서는 봉두채(蜂斗菜)라고도 하며, 가래를 삭여주고 폐를 촉촉하게 해주는 식품으로, 유럽에서는 천혜의 항암제로 쓰인다. 신체의 저항력과 면역력을 높여줄 뿐만 아니라, 고혈압, 동맥경화, 고지혈과 같은 심혈관계 질환 예방에 탁월한 효과가 있다. 잎은 국으로 끓여 먹거나 나물로 무쳐 먹고, 밀가루를 덧입혀 튀김으로 튀겨 먹기도 한다.

타르핀 향기 가득한 비자나무 숲속을 거닐다 보니 속세로 나가고픈 생각이 전혀 들지 않는다. 세상 소식이 궁금하지도 않고, 휴대전화나 카톡조차도 확인하고픈 생각이 전혀 들지 않으며, 심지어는 이대로 세상이 멈추어도 좋겠다는 생각마저 든다. 토머스 모어(Sir Thomas More)에게 유토피아(Utopia)를 세우라면 아마도 이런 곳에 세우지 않겠나 생각될만큼 아름다운 곳이다.

오후 6시가 되자 숲 개방을 종료하니 나가달라는 안내방송이 계속 귀를 따갑게 한다. 아쉬운 발걸음으로 비자림 숲을 나서며, 근일 중 다시 방문할 날을 기약한다.

3장

맛기행 멋기행

배낭여행의 설렘

1. 자유 배낭여행

···

우리는 사람들과 인간관계의 틀을 맺고, 그 공간에 묻혀 살 때는 그것이 삶의 전부인 양 열심히 살아간다. 그러나 높은 산 위에 올라가서 우리가 사는 세상을 바라보면, 또는 비행기를 타고 높은 하늘에서 지상을 내려다보면 작은 일에도 희로애락하던 우리는 세상을 어떻게 살아야 하는지 다시 한번 생각하게 된다.

그보다 한 차원 넓은 시각으로 우리 삶과 역사와 인생을 조망한다면, 아니 만약 지구 밖 우주에서 지구에 살고 있는 사람들을 바라볼 수 있다면, 우리는 지금과 같은 방식으로 살지는 않을 것이라는 생각이 든다.

마치 개구리가 우물 안에서 살 때는 우물 안에서 보이는 세상을 세상의 전부로 알고 우물 구멍만 한 하늘을 우주의 전부라고 믿으면서도 행복하게 살듯이 말이다. 그러나 우물 밖으로 한번 뛰쳐나와 넓은 세상을 바라본 개구리는 다시는 우물 안으로 들어가려 하지 않을 것이다.

우리는 여행을 떠날 때 점을 찍어 선으로 연결한 후 다녀온 지역을 표시하고 선으로 연결하며 여행을 끝낸다. 일주일이면 유럽을 섭렵하고, 보름이면 세계여행을 마무리할 정도로 발 빠른 민족성을 타고났다. 한곳에서 하루 이상 머무르는 것은 시대에 뒤떨어진 사람들의 나태한 여행문화라고 생각한다. 식사 모임에서도 5분 안에 모든 식사를 다 끝내고, 다음 순서를 기다리는 역동성이 강한 민족의 DNA가 우리 혈관 속을 흐르고 있다. 그러하기에 '빨리빨리'에 익숙해져 있는 우리에게는 패키지여행 상품이 인기를 끈다.

유럽 식당에서도 한국 단체여행객들은 주문한 음식이 나오기를 기다리는 동안 빨리 가져오라고 연신 재촉한다. 그 소리를 들을 때마다 종업원들도 자기들끼리 어색한 발음으로 "빨리 빨리"를 외치며 키득키득 웃는다. 나 역시 지난 20여 년간 그런 여행문화에 익숙해져 있었다.

여행을 떠날 때 가장 먼저 해야 하는 일은 여행 주제와 목적지를 정하고 코스를 선택한 후 숙소를 예약하는 일이고, 두 번째는 교통편을 예약하는 일이다. 장소를 예약하면 예약된 숙소까지 찾아가는 수고로움은 있지만, 어김없이 찾아오는 저녁 시간과 밤을 행복하게 맞이하고 다음 날 여행을 즐겁게 할 수 있기에 예약은 필수다.

그러나 나는 자유여행을 떠날 때 숙소를 예약하지 않는 편이다. 낯선 장소에서 400~500㎞ 멀리 떨어진 예약된 숙소까지 찾아가는 것도 여행하면서 겪어야 할 스트레스의 하나다. 또 미리 예약해두면 수시로 변하는 여행지의 현지 사정을 고려할 여유가 없다. 마치 은 덩어리를 사서 어깨 위에 지고 가다가 금덩어리를 발견하면 바꾸어 메야 하는데, 즉석에서 바꾸기가 쉽지 않은 것처럼 말이다. 어느 순간부터인지 나는 짐을 간단하게 꾸리고 시간에 구애받지 않으면서 자유롭게

사랑과 미를 관장하는 여신 Venus de Milo(루브르 박물관, BC 130~100 사이에 제작된 것으로 추정)

회화와 조각예술의 최대 걸작 라오콘군상(바티칸 박물관, BC 150년경 제작 추정)

BC 2288~2170년 고대 이집트 후기 6왕조 시대
이집트인의 생활상을 알리는 토상
(하버드대학교 보스턴 박물관)

BC 1세기의 Santiponce 로마 시대 원형경기장
(스페인 안달루시아 산티폰세)

한국 분청사기(하버드대학교 보스턴 박물관)

옮겨 다니는 자유여행을 선호하게 되었다.

자유여행 가운데는 박물관이나 유적지 탐사가 으뜸이다. 박물관이나 유적지에는 인류 역사의 숨결이 묻어 있다. 고대 시대부터 문명을 이루며 이 땅에서 살아온 사람들이 전하는 지혜와 문화가 농축되어 있다.

역사는 과거와 현재의 단절 없는 대화다. 우리는 역사라는 거울을 통해 과거를 들여다보고, 그 거울을 통해 현재를 읽어내며 미래를 예측한다. 역사 속에 일어났던 수많은 사건 속에서 관심의 초점을 그 시대에 맞추고 시대상을 재조명하며, 시대를 이끌었던 인물들과 시공을 초월하여 침묵의 대화를 나누는 것은 상상만으로도 즐겁다.

패키지여행은 미리 짜인 일정에 따라 짧은 시간에 여러 지역의 하이라이트만을 볼 수 있다는 장점이 있다. 미리 일정을 계획하지 않아도 좋고, 교통편과 숙소를 예약하는 번거로움을 피할 수 있어서 편리하다. 백화점에서 상품을 고르듯이 마음에 드는 상품을 골라 언제든지 훌쩍 떠날 수 있어서 좋다.

여행지에서는 서로 모르는 사람들과도 쉽게 친해질 수 있다. 먹고, 자고, 눈뜨면 가이드의 안내에 따라 구경만 하면 되는, 고민할 게 하나도 없는 여행 상품이다.

그러나 패키지여행은 내가 좋든 싫든 미리 정해진 일정에 따라다녀야 한다는 단점이 있다. 자신의 취미나 기호에 관계없이 여러 사람과 함께 단체행동을 해야 하기에 개인의 자유가 제한될 수밖에 없다. 가끔씩 단체여행객 중 어느 한 사람이라도 늦게 나타날 경우 발생하는, 유쾌하지 않은 기다림은 많은 인내를 요구하게 한다.

나는 영혼의 자유로움을 찾아 사색하고 탐사하며 즐기는 방법으로 배낭여행을 즐겨 한다. 영혼이 자유로워야 한다는 말은 내가 하고 싶은 일을 나의 의지대로 자유롭게 할 수 있는 상태를 뜻한다. 거기에는 시간과 공간과 온갖 제약으로부터의 구속이 없다.

성경은 우리에게 "진리가 너희를 자유롭게 하리라"라고 가르친다. 진리가 터득되면 영혼이 자유롭다. 그런 철학적 명제나 가르침으로부터도 벗어나 온갖 제약과 관계의 틀로부터도 자유로워야 한다. 자유를 극대화하는 것이 방종을 의미하는 것은 결코 아니다.

배낭여행은 시간을 자유롭게 할애하고, 자유롭게 사색하며, 자신이 하고 싶은 일에 몰두할 수 있다는 장점이 있다. 맛있는 음식을 즐기고, 서로 모르는 사람과도 아무런 편견 없이 자유롭게 대화할 수 있어 좋다. '멍 때림'의 시간을 갖는 것도 자유다.

자유 배낭여행! 훌쩍 떠나기 쉬운 일은 아니지만, 마음만 먹는다면 어려운 일은 더더욱 아니다. 무슨 일이든 적극적으로 추진코자 하는 사람은 방법을 찾고, 하기 싫어하는 사람은 핑계를 찾는다.

현자(賢者)는 평범한 우리에게 이렇게 충고한다. "자녀에게 부와 재산을 물려주려고 고민하지 말고, 의미 있고 보람 있는 경험을 물려줘라"라고.

의미 있고 보람 있는 경험 가운데 단연 으뜸은 여행이다. 거기에는 이야깃거리가 있고, 즐길거리가 있고, 맛있는 먹거리가 있다. 쉼이 있고, 재충전 기회도 주어진다. 의미 있는 경험은 덤으로 주어지는 부수 효과지만, 우리에게 주어지는 최고의 선물이다.

지식과 의미 있는 경험은 기억의 영역에 저장되어 있다가 필요할 때마다 긴요하게 재생된다. 일평생을 살아가는 동안 사려 깊은 지혜의 샘이 되어주기도 한다. 세계와 미래를 바라보는 통찰력 있는 시각을 넓혀준다. 그것은 빌려줄 수는 있을지언정 남들이 절대로 가져가거나 훔쳐갈 수도 없다.

여행은 떠남으로써 시작되지만, 그 떠남 속에는 새로운 탐구에 대한 호기심과 실체적 진실에 다가서는 기쁨이 있다. 여행을 통해 얻어지는 혜택은 호기심을 채우는 과정만이 아니다. 미래를 준비하고 설계하는 지평을 넓혀주며, 시대를 읽는 통찰력 있는 탐색의 기회를 제공하기도 한다. 관조와 관찰만 하면서 소중한 시간을 허비해서는 안 된다. 생각하고 꿈꾸는 일은 누구나 할 수 있다. 하지만, 행동은 누구나 하지 않는다.

해외에 나가서 보면 한류나 방탄소년단이 아니더라도 재주 있는 한국인을 자주 만난다. 어색한 한국말로 인사를 건네오는 외국인도 종종 보게 된다. 우리 국격이 많이 신장되었다는 신호다.

3년 전 퀘벡시를 방문했을 때다. 샤토프랑트낙 호텔 옆 뒤프렝 테라스를 지나다가 귀에 익은 음악소리가 들리기에 주위를 살펴보았다. 뒤프렝 테라스 담벼락에서 거문고를 연주하는 한 한국인 여성을 보았다. 거문고 현 위에서 다섯 손가락이 춤추듯 움직일 때마다 울려나오는 낭랑한 소리가 마법의 성에서 세상을 향해 띄워 보내는 메시지 같았다. 신비로운 미소를 머금은 그녀의 얼굴도 오래도록 기억한다.

내게는 악기 다루는 재주가 없다. 그러나 필요할 때 한국 국위를 선양하는 데 힘쓸 수 있도록 진도아리랑 한 곡 부를 수 있는 입과, 아름답지는 않을지라도 소리를 낼 수 있는 입과 성대는 있으니, 진도아리랑이라도 한 곡 연습해두어야겠다. 누군가 요청하면 즉석에서 부를 수 있도록.

오늘 밤에도 지구의를 빙글빙글 돌리며 바라본다. 다음에 방문할 목표를 찾아갈 즐거운 상상을 하면서.

러시아 민속극장 공연장

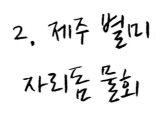

2. 제주 벌미
자리돔 물회

．．．

　제주 특산 생선으로 맛이 뛰어난 자리돔! 자리라고도 불리는 자리돔은 몸길이가 10~18㎝가량 되는 붕어 크기의 바닷물고기다. 바다생선 치고는 작은 편이다. 농어목 자리돔과에 속하는 자리돔은 머리 부위와 지느러미가 회갈색을 띤 달걀 모양의 둥근 몸에, 배 쪽은 은색과 푸른빛을 띠며, 제주도 근해, 남해 동부, 일본 중부, 대만 등에 서식한다.

　농어과에 속하는 바닷물고기임에도 먼 거리를 이동하지 않고 같은 자리를 배회하며 서식하기에 자리돔이라고 불린다. 생선은 회, 찜, 구이, 젓갈 등으로 이용되는데, 입은 작고 흑갈색이며, 가슴지느러미에는 동공 크기의 흑청색 반점이 있다.

　자리돔 떼의 군무는 화려하기 그지없다. 근해의 수심 2~20m 바닷속에 떼지어 살며, 바닷속 산호초나 암반 해역에서 헤엄치는 자리돔은 그물로 떠서 잡는다. 낚시로도 낚이지만, 산란기인 5~6월에 서귀포나 모슬포에서 잡히는 자리돔이 살이 통통하고 기름기가 많아 최상급으로 친다. 맛이 담백하고 칼슘과 칼륨이 풍부하며, 고단백인데다가 소화 흡수가 잘되어 병후 회복기 환자에게 특히 좋다고 알려져 있다.

　예부터 제주도에서는 물회의 으뜸으로 자리돔 물회를 꼽았다. 자리는 몸집이 작은 물고기지만 가시는 생각보다 억세다. 머리, 꼬리, 지느러미를 떼고 잘게 썰어 내온 자리돔회 육질은 생각보다 부드럽고 고소하다. 자리돔회를 맛있게 즐기는 비결은 제피나무 잎을 듬뿍 넣은 양념 된장에 찍어 먹는 맛이다.

　생선회이기에 도시인들은 취향에 따라 고추냉이나 초장에 찍어 먹기도

수중 자리돔

자리돔

한다. 그러나 제주인들은 특이한 향을 내는 제피나무 잎을 넣은 양념 된장에 찍어 먹는다. 쌉싸름하고 향기 독특한 제피 잎을 듬뿍 넣은 양념 된장에 찍어 오도독 소리 나게 씹어 먹는 자리돔의 맛과 향기는 입안에서 오묘하게 맴돈다.

제주 사람들은 특이한 향을 내는 제피를 좋아해서, 웬만한 사람들은 뜰에 제피나무 1~2그루를 심어놓고 양념할 때 사용한다.

자리의 담백하고 고소한 맛을 보다 다양하게 즐기고 싶다면 자리 무침을 추천한다. 대파, 양파, 오이, 당근, 미나리, 초고추장, 통깨, 참기름으로 버무린 자리 무침도 별미다. 자리 무침은 옛 시절 우리 선조들이 생선을 양념에 버무려 먹던 전통 방식이다. 식당마다 개발한 독특한 양념 맛과 어우러진 자리 무침은 누구에게나 거부감 없는 매력을 안겨준다.

자리돔은 식량이 귀했던 옛 시절 제주도민을 살린 단백질 공급원이었다. 벼농사가 귀했기에 쌀이 없었고, 경작할 땅이 비좁았기에 소출이 적었다. 풍랑이 거세고 파도가 드높아 깊은 바다로 나가기 어려웠던 옛 시절, 제주인들은 테우라는 뗏목 배를 타고 근해에서 자리를 잡아 춘궁기 부족한 영양을 보충했다. 바닷가에서 잡은 자리돔은 제주인들이 손쉽게 구할 수 있는 먹거리이자, 된장, 미나리, 부추, 마늘 등 양념에 버무려 손쉽게 먹을 수 있는 단백질 공급원이었다. 옛 시절 제주도에는 자리돔이 무척 흔했다. 너무 많이 잡혀서 잡은 자리를 항아리에 넣고 소금을 부어 젓갈로 담가 두고두고 먹었다.

자리돔 조림도 별미 가운데 하나다. 냄비 바닥에 콩잎을 깔고, 자리돔에 간장, 설탕, 다진 마늘, 생강즙, 식초, 후추, 고춧가루, 식용유를 넣고 적당량의 물을 붓고 조려낸 것으로 제주도에서는 자리 지짐이라고도 한다. 가시가 억세기 때문에 바닥에 부은 물이 거의 졸아붙을 때까지 끓여야 양념이 흠뻑 배어 뼈째 먹을 수 있다.

자리돔의 또 다른 별미는 자리돔 구이다. 볼품없이 작은 자리돔 몸통에 먹을 게 어디 있으랴 싶지만, 굵은 소금을 숭숭 뿌려 숯불에 구워낸 자리돔 맛은 별미 중 별미다. 주의할 점은 뼈와 지느러미가 억세서 발라 먹기가 성가실 만큼 귀찮지만, 노력한 것 이상으로 감칠맛이 있다. 구이 1 접시에 10마리를 담아주는데, 조금 많다 싶지만 3~4 사람이 식전 맛보기 음식으로 먹기에 적당하다.

자리돔 요리 가운데 최고는 역시 자리돔 물회다. 여름철 얼음 둥둥 띄운 자리돔 물회는 제주 사람들이 물회 가운데 최고로 쳐주는 보양 음식이다. 오죽 맛이 있으면, "제주도에 여행 가서 자리돔 먹지 않고 올라오면 다시 갔다 와야 한다"라고 할 만큼 헛된 여행이라 했으랴!

자리돔은 4월 중순부터 7월 말까지가 제철이다. 그때 자리가 가장 살이 통통하게 오르고 기름지다. 하지만 굳이 더운 여름이 아니라도 좋다. 냉면이 여름철에만 먹는 별미 음식이 아니듯, 자리돔 물회도 사시사철 즐

자리돔회　　　　　　　　　제피 가루　　　　　　　　자리회 무침

자리 조림　　　　　　　　　　　　자리돔 구이

자리돔 된장 물회　　　　　　　　　자리돔 고추장 물회

길 수 있는 별미음식이다.

　물회 가운데는 가늘게 채썰어 면발이 국수 가닥 같은 한치 물회가 있고, 세꼬시 물회도 있고, 전복 물회도 있다. 그러나 제주인들이 물회 가운데 으뜸으로 쳐주는 음식은 역시 자리돔 물회다.

자리돔 물회는 자리를 잘게 채썰어 넣고, 양파, 부추, 오이, 풋고추, 당근, 통참깨를 넣고 얼음을 둥둥 띄운 다음, 식초를 적당히 뿌린 후 기호에 따라 고춧가루나 고추냉이를 약간 가미하여 먹기도 한다. 요즈음 대부분 음식점은 식용 빙초산을 쓰지 않지만, 자리돔 물회를 전문으로 하는 몇몇 집 테이블에는 지금도 빙초산이 놓여 있다. 자리돔 물회는 빙초산 식초와 제피 가루를 듬뿍 넣고 휘휘 저어 오도독오도독 소리가 나도록 씹어야 제맛이라는 사실을 기억하시라!

　고소하고 담백하고 시원한 자리돔 물회 진하게 맛보고 싶어 제주도에 다녀와야겠다. 그런데 요즈음은 수온이 오르고 제주 근해 생태환경이 변해서 제주 근해에서만 잡히던 자리 떼가 어느 순간 사라졌고, 울릉도와 동해에서 가끔씩 보인다고 한다.

　제주도에 가면 한라산 둘레길 완주 코스에도 재도전해봐야지. 8개 코스를 완주하는 데 8일 걸리니, 8일 중에 하루는 서귀포나 모슬포에서 자리돔을 만날 수 있으리라 기대하면서….

옛 시절 테우로 자리돔을 잡던 모습(제주 해녀박물관)

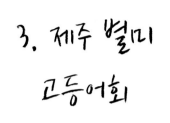

3. 제주 별미
고등어회

•••

　　등 푸른 생선의 대표 고등어! 꽁치, 고등어, 청어, 다랑어 등 등푸른 생선이 몸에도 유익함은 삼척동자도 안다. 그 가운데 건강을 위한 필수 지방산인 오메가3와 DHA의 보고인 고등어는 맛도 좋을뿐더러 영양도 만점이다. 게다가 단백질이 풍부하고 비타민 A・B・E가 다량으로 함유되어 있어 건강에도 좋고 성장기 어린이 두뇌 발달에도 좋은 생선이다. 가격도 착하다 싶을 만큼 저렴하다. 쓰임새도 회, 구이, 조림, 맑은 탕, 찌개 등 다양하게 쓰인다. 무, 양파, 파, 감자를 넣은 조림이나, 묵은 김치와 함께 푹 끓여 낸 고등어 김치찌개는 별미다. 도시에서 고등어는 보통 굽거나 조림하는 등 조리해서 먹지만, 제주도나 부산 바닷가에서는 회로도 즐겨 먹는다.

　　내가 즐겨 찾는 고등어횟집은 고등어회와 자리회만을 전문으로 취급하는, 서귀포에 있는 식당이다. 규모는 작지만 실내는 아담하다. 식당은 평일임에도 불구하고 코로나 사태에도 아랑곳없이 빈 테이블이 없을 만큼 꽉 차 있다. 그만큼 맛으로 인정받는 집이라는 뜻이다.

　　고등어회는 살아 움직이는 생선만을 쓴다. 주인에게 물었다. "고등어 출신이 어디입니까?"라고. "우리 집은 일 년 사시사철 가두리에서 양식으로 키운 고등어만을 쓰는데, 오늘은 제주 앞바다에서 잡아온 생물 고등어입니다"라고 대답했다.

　　요즘은 고등어 양식 기술의 현대화 덕분에 고등어회를 일 년 사시사철 먹을 수 있다. 하지만 찬바람 부는 가을과 겨울철에 잡히는 고등어가 더욱 맛이 있다. 고등어회를 주문한 후, 주문한 고등어가 나오기를 기다리는 동안 주위를 둘러보았다. 식당을 가득 채운 사람들의 웃음소리, 행복한 대화로 시끌벅적하다.

사람들의 음식 먹을 때 표정만큼 아름답고 선한 모습을 나는 일찍이 본 적이 없다. 모든 사람에게서 흡족한 표정, 만족한 미소가 양 볼을 타고 흐른다. 순간, 우리가 사는 동안 항상 이렇게 행복한 표정을 유지하고 살 수 있다면 얼마나 좋을까 하는 생각마저 들었다.

주문한 고등어가 나왔다. 딸려나온 밑반찬이 푸짐하다. 미역무침, 마늘, 고추, 김, 상추, 깻잎, 김치, 묵은지, 딱새우, 부침개, 양파 간장 소스, 그런데 김 가루를 뿌린 밥이 딸려나온 것이 특이했다. 이 지역에서는 자리 물회를 시켜도 아예 밥이 물회 위에 얹혀 나온다.

주인을 불러 먹는 방법을 소개해달라고 부탁했다. 깻잎을 맨 아래에 깔고, 김을 올려놓고, 고등어회를 양파 소스에 찍어 김 위에 올려놓은 후, 묵은지, 고추, 마늘, 밥을 차례로 넣고 쌈으로 싸서 초장에 쿡 찍어 입에 넣고 씹으라고 한다. 그렇게 싼 쌈 크기가 주먹만 하다.

그것을 입에 털어놓고 씹었다. 고등어회인지, 야채쌈인지, 혼합된 비빔밥인지 맛이 묘하다. 하기야 제주도에서는 물회에도 밥을 말아서 함께 먹는 것이 보통이다.

고등어회를 맛있게 먹는 방법을 여러 가지로 시도해 보았다. 첫째, 깻잎 위에 김을 깔고 고등어회를 쌈 싸서 고추냉이나 초장에 찍어 먹는 방법. 둘째, 깻잎에 고등어회를 싸서 고추냉이나 초고추장에 찍어 먹는 방법. 셋째, 김에 고등어회를 쌈 싸서 고추냉이나 초장에 찍어 먹는 방법. 넷째, 상추에 고등어회 한 점만을 얹어 제피가루를 뿌리고 고추냉이장에 찍어 먹는 방법. 다섯째, 고등어회에 고추와 된장을 얹어 양념장에 찍어 먹는 방법. 여섯째, 고등어회에 고추냉이만을 발라 간장에 찍어 먹는 방법.

내가 터득한 바, 고등어회를 최고로 맛있게 먹는 방법은 고등어회 한 점에 고추냉이 약간을 바르고 제피 가루를 뿌려 간장 소스에 찍어 먹는

방법이다.

쌉싸름하고 향기 독특한 제피 잎을 넣은 양념 된장이나 고추냉이에 찍어 먹는 고등어회 향기는 입안에서 오묘한 맛으로 맴돈다. 고등어회의 부드럽고 고소한 맛과 제피의 향긋함, 고추냉이의 매콤한 맛이 어우러진 고등어회는 내가 먹어본 가격 대비 최고의 생선회다. 그 후에 고등어회를 뜨고 남은 생선 뼈를 넣고 맑은 탕으로 끓여낸 고등어 지리탕은 그 어디에서도 먹어보지 못한 독특한 맛을 품고 있었다.

생선회 종류는 다양하다. 도미회, 참치회, 자리회, 갈치회, 광어회, 전복회 등 모든 종류의 생선회를 열거하라면 입이 아프고 혀가 바쁘다. 도미 종류만 해도 참돔, 줄돔, 돌돔, 흑돔, 감성돔, 따돔, 벵에돔, 다금바리 등 헤아리기 어렵다. 가격도 천차만별이다.

줄돔, 흑돔, 돌돔, 다금바리 등 고급 어종 가격은 접근하기조차 부담스럽다. 돌돔도 검은빛이 도는 놈이 있는가 하면, 몸에 스트라이프 띠를 진하게 두른 놈도 있고, 얕게 두른 놈도 있다. 그 이유를 물었더니 "사람이 옷을 각기 다르게 입듯이 돌돔도 각기 외양이 조금씩 다르다"라고 한다.

여러 생선 가운데 제주도나 부산 등 바닷가에서만 먹을 수 있는 고등어회는 내가 즐겨 찾는 생선회 가운데 하나다. 이제 찬바람이 불기 시작하는 계절이니, 식도락 여행 겸 고등어회를 먹을 수 있는 제주에 다녀와야겠다.

한라산에는 유네스코가 인정하고 세계에서도 자랑스러운, 세계 3관왕의 명산 숲이 있으니 낮에는 인자(仁者)가 되어 명산 단풍 물든 숲에서 명상에 잠기고, 저녁에는 지자(智者)가 되어 바닷가 항구에서 고등어를 만나봐야지. 아! 한국의 가을은 풍요의 계절, 축복의 계절이다.

고등어

4. 보말칼국수

．．．

보말은 고동을 뜻하는 제주도 사투리다. 제주도 사람들은 예전부터 보말을 가지고 여러 가지 조리 과정을 거쳐 죽, 찜, 조림, 부침개, 미역국 등에 넣어 제주도 특유의 음식으로 만들어 먹었다. 제주도 옛말에 "보말도 괴기여!"라는 말이 있다. 고동도 생선이라는 말이다. 보말은 생선 못지않게 온갖 영양이 듬뿍 들어 있어 예부터 제주도 사람들이 즐겨 먹었던 식재료다.

농경지가 절대 부족했던 옛 시절, 제주도 사람들은 반농반어 형태로 척박한 땅을 일구며 생존을 이어갔다. 사방이 바다인 제주도 근해에는 오분자기, 해삼, 멍게, 전복, 소라, 보말, 톳, 미역 등 해산물과 한치, 오징어, 고등어, 도미 등 각종 생선이 풍부했다.

고려시대부터 제주도 오분자기, 전복, 해삼과 미역은 조정에 공물로 올려질 만큼 유명세를 치른 특산물이다. 해삼은 바다에서 나오는 인삼으로 여길 만큼 귀한 음식이었으며, 눈을 밝게 하는 성분을 가지고 있다.

환경적 요인으로 인하여 남자가 귀한 대접을 받던 시절, 보말 채취는 주로 여성들 몫이었다. 보말은 수심이 깊지 않은 바닷가 바위에 붙어 사는 생명체다. 밀물 때는 바닷물에 잠기기도 하지만, 썰물 때에는 돌이나 바위벽에 붙어 있어 쉽게 노출된다. 바위에 앉아 한두 시간이면 한 바구니는 너끈히 담아올 수 있을 정도로 채취하기 쉬운 식재료다. 하지만, 외지인이 제주도 바닷가에서 보말을 채취하는 것은 불법이다. 마을마다 관리하는 어장이 구획되어 있고, 어촌계마다 어장에 어패류 씨앗을 뿌리고 청소하며, 자체 규약을 만들어 관리하고 있기 때문이다.

제주도를 대표하는 향토음식을 꼽으라면 많은 사람들이 갈치, 고등어, 자리돔, 옥돔, 똥돼지고기를 든다. 제주를 자주 방문했던 사람에게 "제주에서 가장 인상 깊게 먹은 음식이 무엇인가?" 하고 물으면, 대부분 사람들은 전복죽, 성게미역국, 보말미역국, 갈치조림, 갈치구이, 고등어구이, 옥돔구이, 각종 도미회, 혹은 똥돼지고기를 꼽는다. 제주도 음식을 조금 아는 사람은 거기에 섭국, 몸국, 돔베고기, 자리돔 물회, 보말칼국수를 추가한다.

보말도 고기다

나는 그 가운데 보말을 넣고 끓인 보말칼국수를 으뜸으로 친다. 보말칼국수는 메밀칼국수 면에 보말 알갱이와 해초를 넣고 끓여낸 연초록색 빛이 나는 칼국수다. 그 맛이 화려하지 않고 담백해서 좋다. 또 보말 알갱이가 섞인 면발이 입안에서 씹히며 목구멍을 타고 스르륵 넘어가는 느낌은 그 무엇과도 비교할 수 없다.

보말칼국수에는 톳김치가 있어

보말

바닷가에서 보말을 채취하는 해녀

보말칼국수, 보말죽

보말전

제주 감귤막걸리

야 제격이다. 톳은 산삼이나 녹용보다도 질병 치료에 좋은 불로초다. 칼슘, 아연, 요오드, 철 등 각종 미네랄 성분이 풍부하게 함유되어 있어, 중년기 이후의 남성이나 갱년기 여성들에게는 에스트로겐이 풍부한 특별 보약이다. 더 나아가 간에도 좋다고 알려져 있다. 거기에 더하여 제주 바다에서 막 건져올린 생미역 무침은 또 어떤가. 태평양 바다의 거친 숨결이 듬뿍 담겨 있는 생미역은 무침뿐만 아니라 미역만 초장에 찍어 입에 물고 있어도 입안에서 파도 소리가 울려나온다. 중국 최고 요리는 무색무취가 특성이라고 하는데, 톳이나 미역은 진한 갈색에 식감이 약간 질긴 듯하지만 입안에서 사각 소리가 나며 씹히는 맛이 일품이다.

보말 알갱이 속에는 파도의 숨결과 바다의 전설이 들어 있는 듯하다. 먹어도 크게 배부르지 않고, 지방이 없어 비만 걱정하지 않아 좋고, 소화 흡수가 잘 되니 건강에도 만점이다. 가격도 착하다 싶을 만큼 저렴하다.

보말죽은 또 어떤가. 혹자는 전복죽을 으뜸으로 치지만, 보말죽은 전복죽 이상의 맛과 향을 지니고 있다. 거기에 부추와 해물이 가미된 보말전과 감귤막걸리가 한 병 추가되면 금상첨화다. 과일막걸리라는 용어가 조금은 생소하다. 제주도에는 유산균이 듬뿍 들어 있는 제주막걸리가 있고, 우도에서 땅콩을 넣고 발효시켜 만든 땅콩막걸리도 있지만, 막걸리에 감귤을 넣고 발효시킨 감귤막걸리가 막걸리 가운데 최고다. 프랑스나 스페인이 자국의 와인을 자랑스러워한다면 나에게는 제주 감귤막걸리가 있어서 자랑스럽다.

비가 부슬부슬 내리는 오늘따라 일렁이는 파도의 숨결과 바다의 전설이 들어 있는 그 보말칼국수에 제주 감귤막걸리가 간절하게 생각난다.